FLORJAN LIPUŠ | DER ZÖGLING TJAŽ

Umschlaggestaltung: Matjaž Vipotnik
Typografie: Textdesign GesmbH, Klagenfurt
Gesetzt aus der Berthold Bodoni Old Face

ISBN 3 85129 197 2

Florjan Lipuš

Der Zögling Tjaž

Roman

Deutsch von Peter Handke
zusammen mit Helga Mračnikar

Wieser Verlag

I | DAS KAPITEL VOM UNKRAUT

Endlich gehst du durchs Dorf. All die Feiertage bist du nicht so großartig hindurchgegangen wie heute. Es ist nicht dein Geburtsdorf, so eine Unterstellung weist du entschieden zurück, sondern das Dorf, das zwischen deiner Bahnstation und dem Elternhaus liegt, und das heißt nicht viel: es ist ihm gewährt, dazwischenzuliegen, mag es dir auch im Weg sein auf dem Weg zur Station. Sooft du daherkommst (ob aus der einen oder anderen Richtung, ist einerlei), pfeifst du, spitzt du zum Trotz die Lippen und pfeifst nach allen Seiten: an dieser Losung erkennen dich die Dörfler, daran erkennst du dein Dorf und unterscheidest es von anderen Dörfern, so glänzt es dir in der Erinnerung. Du hast das Pfeifen erlernt eigens für dein Dorf, dieser schimmligen Häuseransammlung zuliebe; obwohl es tausend ähnliche davon gibt, gehst du als Pfeifender nur durch dein Dorf, wie es auch sein Verdienst ist, daß du überhaupt pfeifen gelernt hast, früher hast du dafür keinerlei Neigung gezeigt, von ihm erst ist die Anregung gekommen, es hat dir den Willen eingegeben, Raum und Zeit zur Übung, ohne Beschränkung, leicht hast du dich geübt im Spitzen der Lippen, auf daß sie Laut gäben, hier freut dich das Pfeifen und hat seinen Sinn, hier findet der Pfiff Unterstützung im Pfiff, dein Gepfeife überfällt die Dörfler, die Lautpfeile bannen sie, bist ein guter Pfeifer geworden, schon wird über dich geredet, einen Namen wirst du dir erpfeifen. Wenn du durch das Dorf gehst, zerlegst du es in zwei Teile, einen rechten und einen linken Teil, du hörst die Dörfler im linken und die Dörfler im rechten Teil des Dorfes, du teilst deine Dörfler in linke und rechte, du blickst dich um, jetzt in die eine, dann in die andere Richtung, du suchst dir die Leute zur Rechten und zur Linken aus und gibst ihnen Gelegenheit, dich zu grüßen, du ermöglichst ihnen also, den ersten Satz des Tages zu sprechen, Subjekt und Prädikat in Umlauf zu bringen, die am ehesten vom Wetter handeln. Deinetwegen stellen sie, auf nüchternen Magen, die Wetterlage fest, sie zwingen dich, mit ihnen die Sorge um Schön- oder Regenwetter zu teilen, richtige Wetter-Eingebungen bekommst du, ständige Übung und Erfahrung haben dir das Gehör geschärft, in harten Prüfungen hast du dich zu einem Wetterexperten herausgebildet. Dazwischen gackern die Hühner, oder es machen sich die Rinder bemerkbar, oder der Hund bellt, zu den Hunden hast du Vertrauen, sie sind immer auf deiner Seite gewesen. Die erste Aufgabe, die auf das Dorf nach deinem Einsteigen in den Zug wartet, ist die Wiedervereinigung des zerteilten Dorfkörpers, das besorgt man sofort nach deinem Abgang, im Dorf beginnt es zu wimmeln, aus allen Richtungen kommen sie zusammen, wo immer es sich ergibt, da sind sie nicht wählerisch, und obendrein eilt es, denn das Dorf ist zerteilt und zerlegt, sie sammeln sich auf den Schwellen, auf halbem Weg zwischen Nachbarn, diesseits oder jenseits des Bretterzauns oder wo immer, in diesen Dingen sind sie weder wählerisch noch kleinlich, das sind sie wahrhaftig nie gewesen und brauchen es auch nicht zu sein, jeder Fleck ist willkommen für ein gutes Wort, der letzte

Winkel ist ihnen recht, die Köpfe zusammenzustecken und deinen Abgang zu erörtern, weil du dich gerade zum Zug aufmachst und also selbst schuld bist. Sie brüten etwas aus, heute dies, morgen jenes, verflixt präzis sind sie dabei, wann immer es ihnen beliebt, stellen sie fest, wie oft du das Wort »Arsch« gebraucht hast statt »Hintern«, sie sind überzeugt, daß »Arsch« grauslich ist, »Hintern« aber schön, sie teilen die Dörfler in zwei Klassen, in die Klasse mit den »Hintern« und die Klasse mit den »Ärschen«, und es ist dir ein leichtes zu erraten, welcher Klasse sie dich zugeteilt haben, der du unterwegs zum Zug bist. Es ist an den Tag gekommen, es kommt immer wieder an den Tag, verschwindet immer wieder in der Nacht, es rinnt durch die Nacht und kommt am anderen Ende zurück an den Tag, Neuigkeit zeugt Neuigkeit, sie wringen sie aus, sie dampfen, solange sie wringen, die Köpfe fügen sich zusammen zu einem letzten Wringegriff, besser geht es nicht mehr, näher ist nicht mehr möglich, das Dampfen dauert, bis es ihnen zuviel wird. So sitzt du eigentlich nicht im Zug, obwohl du inzwischen schon eingestiegen bist, sondern treibst dich in den Mäulern deiner Dörfler herum und bist ihnen Anlaß zu Gedampfe. Obwohl sie nicht die Deinen sind und du keiner von ihnen bist, sind sie doch die Deinen, und du bist einer von ihnen, weil sie dich zu ihresgleichen gezählt haben, sie selbst haben ja sonst niemanden, du hast dich ihrer erbarmt, und fürs erste wirst du schon der Richtige sein, du bist gut und hast dich auch nützlich gezeigt, es genügt, daß du pfeifend durch ihr Dorf gehst, so oft hast du deinen Weg wiederholt und ihr Dorf in kleine Teile zersplissen, so stetig bist du auf ihren asphaltierten Straßen und staubigen Wegen dahingewetzt, daß sie dich für ihresgleichen genommen haben. Jetzt bist du der Ihrige, sie sorgen sich um dich, du liegst ihnen am Herzen, es ist noch nicht entschieden, was du werden wirst, irgend etwas wirst du schon werden, aber es ist noch nicht ganz sicher, was, du wirst werden, wie du werden kannst, und wenn es möglich ist, wirst du dieses werden, jenes wahrscheinlich nicht, das möglicherweise, und wenn es glückt, ein Herr, wenn nichts dazwischenkommt, irgendein Herr, man weiß noch nicht, was für einer, aber das ist nicht wichtig, Hauptsache, du wirst dich nicht so abrackern müssen, wie die Dörfler sich abrackern. Sie haben dir das Herrentum zugedacht, und jetzt haftet es dir an, fällt nicht von Dir ab, du schuldest es ihnen sogar, dessen bist du dir bewußt, du bist der einzige, und sie haben dir die Welt geöffnet, du gehst ja durch ihr Dorf in die Ferien und aus den Ferien zurück zum Zug. Du hast das Gelb von den Ecken der Häuser, der Hütten und der Ställe abgeschliffen, das die Hunde mit ihrem Saft da hingespritzt haben, du bist an ihren Häusern vorbeigegangen und hast so manchen Hof überquert, so mancher Türspalt hat heimlich gequietscht, so macher Vorhang sacht zu leben angefangen, wenn du deinen Weg genommen hast, du hast Gewalt gehabt über Spalte, Vorhänge und versteckte Augen, du hast dich geehrt gefühlt, du bist nicht grundlos so großartig durch das Dorf gegangen. Der Zug stampft herbei, fällt über die Station herein und beschließt einen Abschnitt deines Schülerdaseins. Nie zuvor hast du dich so lebendig gefühlt wie heuer, irgend etwas bereitet sich in dir vor, ungeahnte Dinge bilden sich, die Ferien liegen hinter dir, du hast dich ausgetobt in ihrer Luft, ihre Sonne hat dir ins Gesicht geschmettert, den ersten Lieben bist du zugesegelt, deine Sinne sind geweckt worden, und du hast sie in unvergeßliche Erlebnisse getaucht. Vom Internat hast du eine Ferienordnung mitgebracht, im Sonntagsgewand und im Feiertagsschuhwerk hatte man euch im Festsaal versammelt, dort habt ihr Vorschriften und Anweisungen gestapelt, Ratschläge, Ermahnungen und Empfehlungen, man muß und man darf nicht, man soll und man soll nicht, und das aus diesen und jenen Gründen, es hat im Kopf zu schwirren angefangen vor lauter absichernden Vorbeugemöglichkeiten, und in den Herzen ist es finster geworden. Du bist jedoch nicht dabeigewesen, du hast den Ansturm der giftigen Pfeile abgewehrt, im richtigen Augenblick hast du den Schwanz eingezogen und dich empfohlen, bist in das obere Zimmer geschlichen, wo dich die Schreibmaschine empfangen hat, dieser von Buchstaben flimmernde Krachschläger, bei dem du oft Zuflucht gefunden hast, schon mehrmals hat er dir aus der Not geholfen. Welche Texte der Tjaž zum ersten Mal der Maschine anvertraut und wie er überhaupt in diese Welt gefunden hat, ist nicht mehr feststellbar, man hat nur ein paar Briefe aus jener Periode gefunden, die von dieser Maschine zeugen. All die Jahre ist es ihm gelungen, seine Tätigkeit zu verheimlichen, man ist ihm nicht auf die Schliche gekommen, immer wieder hat er, regelmäßig, sozusagen nach einem speziellen Stundenplan, darauf geschrieben, an Sonntagen zum Beispiel zur Zeit der Gemeinschaftsspaziergänge, an Samstagen während der Nachmittagsandacht, während der geistigen Übungen, der Beichtstunden und anderen Gelegenheiten. Ob das Benutzen einer Schreibmaschine untersagt und strafbar war oder nicht, das hat der Tjaž eigentlich nicht gewußt, die Hausordnung hat sich darüber in Dunkel gehüllt. Während sie zum Beispiel laut in der Kirche gebetet haben, daß die Völker der Erde sich doch des kommunistischen Jochs entledigen möchten und daß es gelänge, eine geschmackvoll verpackte christliche Süßigkeit durch irgendein Loch im Eisernen Vorhang zu schieben, hat der Tjaž den Buchstaben auf der Tastatur nachgejagt, so eine Süßigkeit hinterläßt einen Geschmack, auch du bist ihn nicht losgeworden, immer noch zieht er sich dir im Mund herum, obwohl es schon lang her ist, daß du das Süße verzehrt, verdaut und ausgeschissen hast. Einst hast du dich gegen den und den Punkt der Hausordnung versündigt, und der Präfekt hat dich zu sich gerufen, auf daß ihr euch, unter vier Augen, detaillierter, sozusagen mit allen Punkten und Beistrichen, aussprechen könnt, du aber hast dich nicht gemeldet, wie es dir doch aufgetragen war, du hast die Einladung ausgeschlagen, du hast ihnen die Gelegenheit nicht gegönnt, daß sie ihre Güte gezeigt und dich mit ihrer Großherzigkeit angestrahlt hätten (diesmal sei dir alles verziehen, vergessen, die Strafe sei dir nachgesehen, nur beim nächsten Mal paß auf und sorg dafür, daß die Versuchung dich nicht überwältigt und daß du nicht dem Bösen verfällst). Du bist nicht gekommen, so daß sie dir nicht aushändigen konnten, was sie für dich vorbereitet hatten, was zur Hand war und wonach man nur zu langen hätte brauchen, heimlich ein Stück für dich abzuzweigen und es dir anzutragen, es muß ja nicht jeder davon wissen, leicht hätte man die Angelegenheit auf elegante Art in Ordnung bringen können, es wäre allen wohl ums Herz gewesen, im ganzen Haus hätten sich der Internats-Edelmut offenbart, der es dem Tjaž erlaubt hätte, ungestraft, auf leisen Sohlen wegzugehen, diemal noch, das nächste Mal wahrscheinlich nicht mehr, alle wären befriedigt gewesen, und allen wäre geholfen gewesen, alle hätten aufgeglüht in christlicher Vollkommenheit, in schwitzender Selbstgefälligkeit, wenn Tjaž nur dem Handel zugestimmt hätte, doch Tjaž hat nicht zugestimmt, hat nicht zugelassen, daß man ihm unter die Arme greift, zugleich aber an seiner Schlinge zieht. Während die Völker der Erde dabei waren, sich des kommunistischen Jochs zu entledigen oder die Möglichkeiten durchzustudieren, wie man die Süßigkeiten hinüberbringen könnte, während es sich schon hinter dem Eisernen Vorhang gerührt hat, weil der Süßigkeitsgeruch durchgedrungen war, hat der Tjaž also ruhigen Gemüts seine Buchstaben geklopft. Ein anderes Mal ist der Kommunismus näheren, mehr häuslichen Sorgen gewichen, und zu diesem Zweck sind in der Kirche die Litaneien erschallt, ich denke der lauretanischen Sorte, da ist es über die »Königinnen«

und die »Jungfrauen« hereingebrochen, daß es eine Freude war, da haben die Tasten nach der Arche des Bundes und dem geistlichen Gefäß geschlagen, da hat es durch das Haus, das goldene, und die Pforte, die himmlische, gespritzt und über die Danica, den Morgenstern, kurz, der Beginn unserer Freude ist angebrochen und für die Heiligen Gottes schwere Zeiten, wenn der Tjaž seine Maschine in Gang gesetzt hat. Daher war es verständlich, daß sie nicht willens waren, sich in die privaten, heimischen Angelegenheiten zu mischen und dies und das zu erhören und Gottweißwas zu verschwenden, sie haben sich erst gar nicht auf die Belästigungen durch das Gottesvolk eingelassen, unberührt sind die Schätze des Paradieses geblieben, um so mehr und um so stärker sind daher Worte aufgewendet worden, im Festsaal der Vorferienzeit, die Hinweise und Ratschläge sind ins Blaue gegangen, so daß den Zöglingen der Saft eingeschossen ist. An jenem Tag ist der Direktor schlecht gelaunt gewesen, die Ferien haben ihn bekümmert, er hat den Zöglingen die Erholung sehr vorsichtig bemessen, nur langsam hat er die Ferien auf sie zukommen lassen, nur zögernd dem Verlangen nach Freizeit zugestimmt, er hat einen Kampf mit sich ausgetragen, denn in jedem Schüler wünschten Böses und auch Gutes eine Veränderung und verlangten andere Luft, das war fühlbar, unter solchen Umständen bilden sich beide stärker heraus. Im Internat ist immer alles wie immer gewesen, alles war an seinem Platz, niemals haben sie aus den Studiersälen einen Kellerraum gemacht oder aus der Bibliothek ein Schlafzimmer, doch so weit müßte man nicht gehen, es wäre schon genug, wenn man den Hausrat ein bißchen unräumte, etwas verschöbe, umstellte, wendete, das Leben in einen anderen Raum verlegte, das Wasser über eine andere Mühle ließe, so eine kleine Veränderung würde so manchen Sturz aufhalten und so manchen bösen Vorsatz mildern. Auch bei Tjaž zu Hause hat sich in dieser Hinsicht nichts geändert, die Küche ist immer die Küche gewesen, das Schlafzimmer das alte Schlafzimmer, der Vorraum derselbe Vorraum, der Keller der Keller und die Stube die Stube, nichts hat sich unterschieden von Schlafzimmer, Küche, Vorraum und Keller vor, sagen wir, fünfzig Jahren, alles hat seinen unverrückbaren Platz gehabt wie die Worte im Vaterunser, du hast sie nicht mit anderen vertauschen dürfen, nichts verdrehen oder weglassen, wenn du vermeiden hast wollen, daß sie dich als einen Irrgläubigen bezeichnen. Aber der Tjaž hat sein Zimmer nach Lust und Laune umgeräumt, Kasten und Tisch und Bett haben keinen Frieden vor ihm gehabt, jetzt hat er den Tisch unter das Fenster verbannt und das Bett hinter die Tür, ein andermal hat er die Längswand mit dem Kasten verstellt, ein drittes Mal hat er die Möbel im Kreis gedreht, an der Wand entlang usw., kurz, er hat sein Zimmer ordentlich durchgemischt und umgekrempelt. Aber das ist nicht alles, was du aus den Ferien als Mitgift ins Internat mitnimmst, deine Mitgift ist ein bißchen mehr, du bist voll von Erlebnissen, du stehst davon aufrecht wie ein voller Sack, du hast die Freuden der Ferien gegrast und bist im ungewohnten, frischen Futter versunken, jetzt kehrst du zurück, um Rechenschaft abzulegen, wie du mit den Ratschlägen, Anleitungen und Vorschriften gewirtschaftet hast, du wirst die Früchte zeigen müssen – und schon pfeifen dir die Vorwürfe um die Ohren, einiges davon steht im Bericht des Pfarrers über dein Ferienbenehmen, den brauchst du aber nicht zu fürchten, der Pfarrer hat dich gern und hält zu dir, schlimmer ist es mit der Schuld, die du in dir versteckst, böser als schlimm ist es mit der. Mit Erfolg hast du den Pfarrer und die Wohltäterinnen besucht und die Zeugnisnoten erläutert, du hast ein bißchen gejammert und deine Sorgen geklagt, und siehe, es hat genützt, es hat geholfen, das Geld kommt dir gerade recht, und du weißt auch schon, was du dir kaufen wirst, du meinst es aufrichtig, als du dich bedankst, der Dank kommt dir vom Herzen, denn es ist das einzige Geld, das dir bleibt, und das ist etwas wert. Den größten Teil deiner Zeit hast du mit alltäglichen Dingen vertan, du warst nicht zu überreden, dein armseliges Leben vor ihnen zu zerfasern, es ist doch kein alter Strick, du hast gelebt und es in dir und aus dir leben lassen, du bist sozusagen anwesend gewesen bei der Geburt des Philodendronblattes, aufmerksam, gleichsam mit gespanntem Bogen bist du dabeigewesen, doch hast du nicht den einzelnen Faserungen gelauscht, sagen wir, dem Nachlassen der Zangen, dem Aufbrechen und Entfalten, das Werk, was heißt »Werk«, die Konvulsion der Geburtsmuskeln ist an dir vorbeigegangen, nicht die geringsten Gedanken hast du an solche Dinge verschwendet, du hast vielmehr das Philodendronblatt *gelebt* und lebst es immer noch, bis du als es sterben wirst, du hast das Leben genommen, wie es gekommen ist, das ist alles. Es ist nicht viel gewesen, was du gelebt hast, aber es ist gewesen, du hast ein Stückchen hier, ein Stückchen dort gelassen, es ist dir vertrocknet und auseinandergeflogen, auch das ist passiert, und du hast aus den verknorpelten Dauben ein notdürftiges Gefäß zusammengezimmert. Einmal hast du dich der Dorfkirche genähert, an der du immer wieder auf dem Weg zur Bahnstation vorbeigegangen bist. Sie hat sich auf der Hügelkuppe breitgemacht, justament auf dem höchsten Punkt, wenn nicht sogar eine Spanne höher, weiter empor ging es nicht mehr, die Dorfhäuser sind ergeben darunter gelegen, haben die Rauchfänge betätigt, um ihr schwarze Schmiere unter die Nase zu reiben, auf den entfernten Fluren haben sich ihr die Früchte feilgeboten, die Felder und die Krautäcker haben sich mit ihrem Zehent beeilt. Er hat sie von zwei, drei Seiten fotografiert, hat ihren Stil studiert, und die Kirchensteuer hat in ihm die Säuren zum Rinnen gebracht. Auf dem Friedhof hat ein Mädchen gejätet, wahrscheinlich die Tochter oder die Ziehtochter des Mesners, der Kleidung nach eher die Ziehtochter, dem Gesicht nach eher die Tochter als die Ziehtochter, sie hat bei der Mauer gehockt, in der gehörigen Jätstellung, mit dem Kinn auf den Knien, die Hände ins Erdreich vertieft, mit den Augen den Händen nachgehend. Sie hat gejätet, hat Kraut von Unkraut geschieden, hat das Unkraut von den Grabhügeln getrennt, die Steine vom Sand, den Lolch von den Kreuzen, das Kerzenwachs von den Denkmälern, das Grünzeug von den Pfaden. Den Tjaž haben ihre kräftigen, vollen Bewegungen gefesselt, die ausgeprägten Wangen, der Pferdeschwanz, das erste Zeichen von Brüsten, das Zupacken der Hände und die flinken Finger, ein Mädchen wohlgestalteten gotischen Stils. Ist es Gottes Wille gewesen, ist es nicht Gottes Wille gewesen, Tjaž hat angefangen, sie von unten her anzuschauen, statt von oben, dabei ist er sich auch seiner Verwirrung bewußt geworden. Der Internatling schaut das Weib grundsätzlich von oben an, aber wenn ihn die Augen verleiten, so daß sich ihm unausweichlich andere weibliche Bereiche anbieten, die mittleren, die tieferen oder gar, Gott bewahr, die geheimsten, dann soll er sie nicht mit Gewalt ausschließen, vielmehr soll er gleichmäßig weiterschauen, nach allen Regionen gleichmäßig stark, er soll hernach seine Blicke zu einem sicheren und verläßlichen Platz leiten, dort konsequent verharren, solange die Erscheinung andauert, soll von dort dann den Blick zentrifugal nach allen Seiten zerstreuen und einen Ausweg suchen, systematisch hinauf und hinunter und in die Quere, bis er sich aller Teile vergewissert hat, trotzdem soll er jedem Teil gerecht werden, jedem gleiche Aufmerksamkeit widmen, die Blicke sollen gleichmäßig bleiben, ohne Rücksicht darauf, wo sie verweilen, denn alle Teile des menschlichen Körpers sind gleichwertig, was besonders für den weiblichen Körper gilt. Tjaž allerdings hat seinen Augen Freiheit gelassen, und zu viel Freiheit ist unbekömmlich, die Augen haben unbeschränkt ausgesucht, sie haben hier zuviel weggelassen, dort zusammengezogen, sie haben sich nicht begnügt mit dem einen Gesamteindruck, welchen der jätende Körper vermittelt hat, sie haben sich zuviel einzelne Teile herausgenommen, zuviel Feinheiten, zu wählerisch haben sie sich aufgesplittert, haben sozusagen die zu fällenden Stämme gekennzeichnet, sie hätten nicht jedes Glied für sich umkreisen und bei jeder Kleinigkeit verweilen dürfen, das hätten sie nicht gedurft, die Augen werden nämlich übergenau, wenn du sie nicht bezähmst. Der Tjaž hat die Absicht seines Kommens geändert, hat das Interesse für die Kirche verdrängt und hat, statt über die Kirche, angefangen, Daten über das Mädchen zu sammeln, hat sie von weitem fotografiert, dann näher, von dieser und der anderen Seite, er hat den Film weitergedreht, um die jeweilige Aufnahme von der vorigen zu trennen, das heißt das Mädchen von den Kirchenmauern, der Film hat klickend seine Beute registriert, das Knarren des Apparats hat die Jäterin aus der Arbeit gerissen, sie hat ihren stattlichen Körper aufgerichtet, und da hat sich der Tjaž neuerlich versündigt und sich zu ihr hingehockt, mitten ins Unkraut, nicht zu nah, aber auch nicht zu weit weg, so daß er sie leicht mit Reden erreichen konnte, das ist für den Anfang genug gewesen, für das Fleischliche war es noch zu früh. Er hat angefangen, das Unkraut auszurupfen, sie haben nicht viel geredet, er hat mehr gefragt als gesprochen, sie hat mehr geschwiegen als geantwortet, sie haben die Gräber gejätet, die Harke hat das Unkraut vernichtet, die Finger haben die feinen Stengelchen gewürgt, die Würzelchen haben sich im Widerstand gewunden und mit ihrem stinkigen Saft die Finger bespritzt, aber alles zusammen hat nichts geholfen, sie haben alle nacheinander ausgerupft und sie auf dem Abfallplatz angehäuft, sie haben ihnen die Erde aufgekündigt, ihnen die Säfte versagt, die Nahrung und die Obhut, sie haben das strotzende Lebensverlangen vertrieben, ihnen sozusagen den letzten Appetit auf das Leben entrissen. Die Arbeit ist zu Ende gewesen, die Erde hat an den Fingern gehaftet, er hat ihre heilsamen Berührungen gespürt, die ranzigen Ausdünstungen der Unkrautwurzeln haben die Haut schrumpeln lassen, die Erde hat sich darin verbissen, er hat die Finger zum Mund geführt und geschnüffelt, so also duftet sie, grad ums Kennen anders als die Erde daheim, die Erde hier schlägt ins Säuerliche, die Erde des heimischen Ackers war eher bitter, auch das Gras hat er gerochen. Auf den warmen Händen ist die Erde schnell getrocknet, er hat sie aus den Falten herausgekratzt und sie sich von den Fingern geklaubt, ganze Schichten sind abgefallen, er hat auch die Krätze ertastet, beim Pferdeeinspannen hatte er sich die Hand verletzt, seitdem war ihm die Krätze nicht in den Sinn gekommen, jetzt hat er sie sich wieder aufgerissen, und von neuem ist das Blut aus der Wunde hervorgesickert, dabei hat er keine Schmerzen gespürt, die Blutstropfen haben ihn ein wenig gekitzelt, das träge Rinnen hat der Haut gutgetan, das Blut hat sich mit der Erde vermischt, er hat sich nicht mehr damit befaßt. In Gedanken an die Jäterin hat er sich auf den Heimweg gemacht, hat die Kirche nicht weiter studiert, er wird es das nächste Mal tun, darüber hinaus hat er sie ja auf dem Film und kann sie auch zu Hause studieren, er hat gegrübelt, wieviel Zeit vergehen wird müssen, bis das Unkraut nachgewachsen sein wird und bis es wieder wird ausgerupft werden müssen, dann wird die Dorfkirche wieder in ihm wach werden, an der vorbei er zur Station gegangen ist, ihre Fresken und Grabinschriften, der Karner und die Heiligen, es wird wieder die Gelegenheit sein, der glückliche Zufall wird helfen, diesen schicksalhaften Nachmittag genau zu wiederholen, noch intensiver, so daß er die Begegnung steigern und einen Schritt weitergehen wird, beim Unkraut wird das am leichtesten sein. Aber es wird gar nicht nötig sein zu warten, bis das Unkraut nachwächst, zum Glück bist du nicht abhängig vom Unkrautwachstum, du hast den Honig gerochen, du bist dem Honig auf die Spur gekommen und hast ihn nicht mehr aus den Augen gelassen, du bist der Sache auf den Grund gegangen, du hast gesucht und gefunden, du hast herausgefunden, daß deine Auserwählte sich nicht bloß mit dem Jäten der Gräber beschäftigt, sondern auch mit dem Kühhalten, das rettet dich und lindert die Schmerzen. Sie hat am Fluß die Kühe gehalten, drei scheckige Färsen des Mesners, kaum dürrer als die vom Pfarrhof, im übrigen aber mit lustigen Hörnern und schwarzem Geschau, sie haben ihn dann schon erkannt, deswegen haben sie bei seinem Kommen nur die Köpfe gehoben und sie sogleich wieder ins Gras versenkt, haben sich also aus eigenem Antrieb zurückgezogen, ihm das Feld überlassen, ihn ohne Zeugen bei seinen Geschäften gelassen, auf daß er sich an ihnen ergötze. Er hat sich zu ihr gesetzt, diesmal um einiges näher. Als er angefangen hat, sie am Hals zu küssen, am Haaransatz und, soweit das gelungen ist, unter dem Kleidsaum, ist es klar gewesen, daß die Internatsnorm von neuem, diesmal weit, überschritten wurde, so weit, daß es keinen Weg zurück mehr gab, aber sie ist ja schon längst überschritten gewesen, spätestens damals, als sie gemeinsam gegen das Unkraut vorgegangen sind, es gemeinsam vernichtet und über das Maß ausgerottet haben, mehr, als es für jenen Nachmittag vorgesehen war, aber das ist jetzt nicht mehr entscheidend gewesen. Als seine Finger irgendwo weiter zum Stillstand gekommen sind und einen kleinen Versuch durchgeführt haben, ein anspruchsloses, geringfügiges Versüchlein, dies versucht haben und jenes versucht haben, wie man in solcher Lage halt vorgeht, haben sie schließlich ein System in die ganze Angelegenheit gebracht, haben daher angefangen, systematisch zu streicheln, schön der Reihe nach, aber immer vom Rand ins Zentrum, wie es in solchen Fällen üblich ist und wie es sich gehört, wenn ein Mensch gesund ist. Damals ist die Norm zerplatzt, mit einem lauten Knall, und in weiten Bögen sind die letzten Teile auseinandergeflogen, er war daran, es zu Ende zu führen, aber dabei sind Bedenken aufgetaucht, bis hierher und nicht weiter, nicht einmal eine Fingerspitze mehr, der brave Internatling empfindet die Grenzen seines Treibens, läßt jedoch nicht so leicht locker. Als es ihm gekommen ist, hat er Angst gehabt, daß sie es gespürt habe, er hat gewünscht, daß sie überhaupt nichts bemerke. Über die Woche werden sie sich wieder treffen, und dann wird es anders sein, und da wird er sich trauen und bis ans Ende gehen. Am anderen Ufer ist die Stimme der Hirten erschollen, dieser mißgünstigen Gockel, aus ihrem Gejuchze war zu entnehmen, daß sie auf die beiden gepaßt haben, ohne daß das aber gestört hat. Sie haben Äpfel gebraten und Erdäpfel gebacken und dabei die Hälse gereckt, das schon, aber der Farnkrautsamen ist ihnen nicht in die Hosen geschossen, für sie hat die Johannisnacht nicht angefangen, sie waren dem sagenhaften Peter Klepec, dem Dengelhammer, nicht gewachsen, sie haben ihn überhaupt nicht zu Gesicht bekommen, die Johannisnacht hat dem Tjaž gehört. Am Himmel verweilt der Mond, wandert über ferne Orte, das merkt man bei jedem Schritt, zeigt sich jetzt rücklings, dann von vorne, wie es eben bequemer ist und der Weg es zuläßt, und es ist nicht zu merken, daß es ihn irgendwo besonders hinziehe, sagen wir nach Australien oder nach Südtirol, du hast ihn in Frieden dort gelassen, wo er war, er hat den halben Erdkreis durchmessen, und du hast dazu keine Miene verzogen, er durchmißt den ganzen Erdkreis, und du verziehst keine Miene, du befaßt dich mit der Liebe und heilst deine Wunden, wie es sich eben gibt, heute so, morgen anders, gestern schlechter, heute besser. Die Ferien stürzen aufs Ende zu, die letzten Tage verdichten sich vor dir, du nimmst Abschied, du trinkst bis tief in die Nacht hinein, sonst trinkst du nicht, heute trinkst du ausnahmsweise, und zwar sehr kräftig, sonst bist du wirklich nicht so, aber heute trinkst du derart viel, daß du einen Stein durch den Raum wirfst, das ist dir vom Vater geblieben, das haftet dir vom Vater an, du hast dessen Eigenschaften geerbt, du wirst wie der Vater, du weißt nicht, wohin mit den Kräften, und du legst sie in einen Stein, es trudelt dein Stein, als er sich über diese kleinen Köpfe und dicken Ärsche auf den Weg macht, die dem Wirtshaus die Ehre geben, einen Stein wartest du ihnen auf, es ist seinem Flug anzusehen, daß ihn eine betrunkene Hand geworfen hat, deswegen ziehen die Gäste die Köpfe zwischen die Schultern, die kleinen Köpfe nähern sich den dicken Ärschen und die dicken Ärsche den kleinen Köpfen, Stein ist Stein, und man weiß nie, welches seine Ziele sind, die Gäste ziehen vor ihm die arschigen Köpfe ein, für jeden Fall, denn man weiß nie. Sie müssen gefaßt sein und mit allem rechnen, ein Stein ist kein Wort und auch kein Stroh, nie ist man vor ihm sicher, er schwirrt um Haaresbreite über sie hinweg, daß das Haar auf ihren Schädeln sich sträubt, dort, wo man ganz klar die gezackten Nähte der Schädelknochen sieht, er spaltet die Luft mit seinen Schneidflächen, solch eine kleine Axt ist ganz schön auf menschliches Blut aus, ganz schön zerfranst sie die Zigarettenrauchschwaden, saust an den Lampen vorbei, die in die aufgeschlagenen Zeitungen hängen und den Skandälchen leuchten, sie *sind* in die aufgeschlagenen Zeitungen gehängt und *haben* den Skandälchen geleuchtet, sie werden nicht mehr in die aufgeschlagenen Zeitungen hängen und nicht mehr den Skandälchen leuchten, das wird nicht mehr nötig sein, dort gleitet der Stein drüber hinweg, schön langsam, weil es nicht eilt. Zoll um Zoll, sehr genau nimmt er seine Sendung, das sind wertvolle Augenblicke, die du einschlürfst in die Tiefe deines Bauches, denn du bist der Urheber dieses Steins, einige Jahre wirst du von dieser Wegzehrung leben, dein Stein ist alles gewohnt, es gibt keine Tätigkeit, die ihm ungewohnt wäre, so ist dein Stein, in jedem Moment wird er wieder vorn am Ziel aufschlagen, ganz vorne, wo vielleicht die Wand aus Bambus oder Heraklitplatten ist, diese sind billiger, vielleicht aber ist die Wand nur so, ohne Bambus und Heraklit, zur Not reicht auch eine solche, im Winter ist dieser Teil des Wirtshauses geschlossen, vielleicht ist dort ein Aquarium, oder lieber doch nicht das Aquarium, besser ein Stier oder ein Baum, aber das ist eure Angelegenheit, denkt nach Wunsch jeder an seinen Stier und jeder an seinen Baum, was euch eben lieber ist, an den Rücken des Gastes oder den Kopf der schönen Kellnerin, die alle mit allem bedient, dies beides, ja, legen wir uns auf dies beides fest, so wird es am besten sein, dort schlage er also ein und bohre ein Loch oder vertiefe eine Grube, also vollende er sein Werk, welch ein Schaden, eine Grube oder ein Loch im Rücken des Gastes oder im Kopf der schönen Kellnerin, es muß ja nicht sein, daß es deine Auserwählte ist, wer behauptet das, du schüttest doch über jede gern deine Freuden aus. Genug Zeit hast du damit vertan, ein Mädchen zu finden, nicht irgendeins, sondern eines, das zu dir paßt, von solchen freilich irgendeins, du fängst an, ihr nachzustellen, du schleichst ihr nach, du bleibst auf ihrer Spur, du hast denselben Weg wie sie, obwohl du ihn gar nicht kennst, ihren und deinen Weg, hoch hebst du die Beine, damit sie nicht schleifen und dich verraten, zu hoch ist es nie, jedesmal zu tief, du willst nicht, daß sie dich zu früh bemerkt, du bist ihr auf den

Fersen, oder du überholst sie und näherst dich von vorn, du brauchst eine bestimmte Entfernung und einen bestimmten Blickwinkel, um masturbieren zu können, manche masturbieren im Gehen, andere bleiben stehen und masturbieren stehend oder treten hinter einen Kastanienbaum, das ist von Zögling zu Zögling verschieden, ihr müßt verstehen, nicht jeder Internatling ist gleich beschaffen und gleich anspruchsvoll, der erste ist so, der zweite anders, und nicht jeder ist immer gleichgestimmt, heute gefällt ihm diese, morgen die andere Weise. Aber zum Teufel mit ihrer Gossenart, diese Art steht ihnen zu, wenn sie nicht herankönnen, guten Appetit wünsche ich, es werden ihnen dabei die Säcke sauer werden, in Saft stehen werden sie nicht. Du hast deine Glucke angesetzt, das unterscheidet dich von den andern, wenn du sie auch im Unkraut gefunden hast, heute nacht betreust du sie, die ganze Nacht verschwendest du dich in ihrem Nest und wärmst dir die Knochen, du gibst dir Zeit, der Mond überholt dich, lange bist du gewandert, ehe du angekommen bist, du hast geklopft, und es ist dir aufgetan worden. Als du heimgehst, verbeugt sich vor dir das Gras, das Unkraut flackert aus den Ackerwenden und den Furchen, der Baum steht mit gegrätschten Beinen, nach Tau duftet es, es treibt Blüten, das Vogelgezwitscher erfüllt die Baumgabelungen, der Saft schießt in die Bäume, die erste Sonne entflammt die Wipfel. Übermütig suchst du den Weg durch das Dorf und die Siedlungen, wo die ausgeruhten Leute aus der Nacht herauskommen, kaum daß die Sonne am Horizont erscheint und kaum daß das Morgenrot die Bäume mit Insekten, Vögeln und Eichkätzchen bevölkert und die Felder mit Tautropfen benetzt hat, ein Marienvolk sind deine Dörfler, so brav und arbeitsam sind sie. Du bist Zeuge, wie sie mit dem Morgenlicht zurechtkommen und wie die Lungen frische Luft holen. Es verlangen nach ihnen Acker und Garten, und die Wiese hält es nicht mehr aus ohne sie, im Werkzeug bewegt es sich, das Vieh reckt sich im Stall, die Zäune richten sich auf aus den Tiefen und wachsen zwischen den Weideplätzen auf, das Getreide schießt auf, die Grenzlinien leben auf, die Holzgatter treten den Dienst an, die ersten Fuhrwerke rumpeln über die Wege, jenseits des

Waldes zieht sich ein Sturm zusammen, wie um sich in den Heuharpfen festzubeißen, von den Handflächen schuppen die Schwielen ab. Du weißt, was es heißt, wenn in aller Morgenfrühe im ganzen Dorf und in der ganzen Siedlung die Väter an den Betten ihrer Kinder erscheinen, schlimm sind solche Auftritte. Die Erde fordert ihren Teil, und die Leute bemessen ihn, die einen geizig, die andern in Fülle, aber alle bemessen ihn, so oder so, was sollten sie sich auch wehren, jeder beugt sich dem täglichen Brot zuliebe dem Druck und trägt sein Teil bei, die Erde ist die Erde und gibt immer nur, wenn sie auch bekommt. Zu solch einer Zeit nimmst du den Weg durch das Dorf, gehend überdenkst du dieses und jenes, so manchem spürst du nach, die Augen träumen dir noch, du läßt ihnen die Freude und verläßt dich auf die Beine, die den Weg auswendig kennen, die Erlebnisse der kaum vergangenen Nacht fallen dir ab, der Morgen kraust sich unter deinem Schritt, sie frühen Krähen schreien dich himmelwärts, die nehmen dir die Schwere, mit Leichtigkeit schreitest du. In allen Gesichtern entdeckst du etwas von *ihrem* Gesicht, in jedem Körper versteckt sich etwas von *ihrem* Körper, in jedem Tümpel spiegelt sich etwas von *ihrem* Fluß. Dann biegst du seitlich von der Straße ab, du nimmst einen Anlauf und rennst den Hang hinauf, dem Elterhaus zu, denn die Sonne bewegt sich schnell voran und beleuchtet jetzt alle Hügel und Höhen, es wird Zeit, du mußt dich beeilen. Die Ferien neigen sich dem Ende zu, du kannst ihr Vergehen nicht verhindern, es gelingt dir, aus ihnen noch etwas Gutes herauszuschlagen, das ist alles, du schwirrst noch die letzten Tage herum, schon einige Nächte gehst du Abschied nehmen, hier gründlicher, dort auf die Schnelle, hier kommst du außer Atem, dort erquickst du dich, du willst Körper und Geist vereinigen, richtest dich her für das Internat, weil du weißt, daß das Internat für dich bereit ist, man hat es auf dich aufmerksam gemacht, man ist auf dem laufenden über dich, es ist benachrichtigt und erwartet dich, aber die Vereinigung von Körper und Geist gelingt dir nicht mehr. Als du ein Winzling warst, hast du dem Vater einst das Essen zur Holzfällerhütte getragen, der Vater hat dir mit Worten und den Händen den Weg anzusagen versucht, wo du abzweigen, wann du in diese, wann in die andere Richtung biegen mußt. Der Vater ist niemals ein Meister des Redens gewesen, nur schwer ist es ihm gelungen, dir etwas beizubringen, und du hast es nie verstanden, die leeren Stellen richtig zu ergänzen und in der väterlichen Erzählung die Lücken aufzufüllen. Kein Wunder, wenn du in die Irre gegangen bist und weder den Vater noch die Hütte gefunden hast, mitten im Wald hast du dich verloren, es hat keinen Steig mehr gegeben, du hast nicht die Holzfäller bei der Arbeit erhorcht, mit Luchsaugen hast du nach einem Ausweg gesucht, du bist gestrauchelt, bist blindlings herumgetappt, hast geweint und geflucht und geschworen, bis die Berggipfel zu rotieren anfingen, so daß du schwindlig geworden bist und es dir den Boden unter den Füßen weggezogen hat, die Flüche sind dir ausgegangen, das Schwören ist dir zuwider geworden, das dem Vater bestimmte Essen im Rucksack ist immer schwerer geworden und hat dich schließlich zu Boden gezogen. In der Bedrängnis hast du dich bergab treiben lassen, und die Überzeugung, daß du dich einmal rächen würdest, auch wenn du nicht wußtest, wo und wann, irgendwie, in ferner Zukunft, hat sich im Herzen verfestigt. Du bist längs der Kämme gelaufen, die sich nur langsam dem Tal zugeneigt haben, dann bist du zusammengefahren. Ein Abgrund hat dir entgegengestarrt und ist dir mit seiner Leere ans innerste Leben gegangen, er hat vor dir zu schwanken angefangen, fast hat er getanzt. Du bist größer geworden, und vor den Augen ist dir immer noch der Abgrund, der sich wiegt und dort unten nichts anderes kennt als das Meer, die Küste, die Häfen, die Stürme, die Inseln, die Stürme, die Häfen, die Küsten und das Meer, es wiegt und wogt, wogt und wiegt sich, es wankt, es schwankt. Das Gehölz schwirrt vorbei, der Zug zieht seine Linie in die Gegend, die Lokomotive hat sich die Stationen gesucht, mit Känguruhsprüngen ist sie an den Hügeln vorbei in die große Ebene.

2 | DAS KAPITEL VOM KLEINKRIEG MIT DEM SCHUHZEUG

Das Internat hat am Anfang die Entwicklungsrückständigkeiten des Tjaž nicht bemerkt. Das ist auch nicht verwunderlich gewesen, denn der Bub hatte sich tief in einem Mittelmaß verankert, das den zuständigen Erziehern keinen Anlaß zu irgendeiner Besorgnis gegeben hat. Seine geistigen Fähigkeiten waren nicht auffallend, seine seelischen Möglichkeiten waren dem Heim nicht gefährlich, er hat auch keine besonderen Gaben und Neigungen gezeigt, der kindliche, langsamwüchsige Körper ist niemandem im Weg gewesen, ebenso hat er auch nicht das Bedürfnis gezeigt, sich seinen Vorgesetzten näher anzuschließen. Die amtliche, übliche Zuneigung hat ihm genügt, deswegen hat er nie probiert, sich in den Mittelpunkt der Schüleraufmerksamkeit zu drängeln oder sich bei den Vorgesetzten mehr Geltung zu sichern. Kurz: Er blieb im verborgenen, und weil er selbst nicht auf sich aufmerksam gemacht hat, hat man auch keinen Grund gefunden, sich mehr um ihn zu kümmern. Man ist unterrichtet gewesen von seiner Geburt, den Eltern, dem Geburtsort, der Staatsangehörigkeit, dem Glaubensbekenntnis, der Muttersprache, den Schulen, mehr ist nicht nötig gewesen. Sogar auf das kleinste Taschentuch war seine Nummer genäht, die Nonnen haben seine Wäsche ohne Schwierigkeiten von der übrigen Wäsche unterschieden. Zweimal im Jahr hat man ihn gewogen, im Frühjahr und im Herbst. Sooft er in Unterhosen auf der Waage gestanden ist, hat ihn diese eines weit zu geringen Gewichts geziehen, sooft mit der Meßlatte seine Körpergröße erfaßt wurde, haben sich kaum variierende Zahlen ergeben, Gewicht und Länge sind konstant geblieben. Weil der Bub selber nichts gegen seine Maße und Gewichte gehabt hat und weil er auch in anderen Dingen nicht auf irgendwelche Ausnahmen aus war, weil er also nicht sich selbst mit Gewalt in den Vordergrund gestellt hat und die tatsächlich zu geringen Körpermaße nicht für gar so klein gehalten hat, hat man seine körperliche Winzigkeit übersehen und die Maße für normal genommen. Leicht ist es, sich auszudenken, daß der Bub auf diese oder jene Weise zwischendurch trotzdem einmal auf seinen Zustand aufmerksam gemacht hat, doch bei einer derartigen Anzahl von Zöglingen ist nicht zu erwarten, daß man sich bei jeder Kleinigkeit aufhält. Er hat ihnen keine böse Absicht vorgeworfen und ihnen kein Unrecht nachgesagt, nicht gedroht und nicht gefordert; wenn er das getan hätte, würde man sich gewiß viel früher um ihn gekümmert haben, so aber nahm er, wenn sie gaben, und gab, wenn sie nahmen, ganz zufrieden mußten sie mit ihm sein, er hat ihnen keine Arbeit gemacht, sie mußten nicht groß seinen Körper und seinen Verstand ausbilden, er wuchs heran, ohne ihnen zur Last zu fallen, er ist herangewachsen sozusagen auf eigene Spesen. Was hätte ihn also hervorheben sollen, wie hätten ihn die unsichtbaren, mit den Sinnen nicht faßbaren Dinge herqausfordern können, wenn nicht einmal die sichtbaren, auffälligen, ertastbaren? So hat das Heim wirklich keinen Grund gehabt, an seiner Unauffälligkeit zu zweifeln und ihm irgendeine verantwortlichere oder größere Rolle im Internatsleben zuzugestehen, seine Unscheinbarkeit ist ihnen recht gewesen. Gemeinsam mit den anderen hat er aus den Blechtellern die Einbrennsuppe gelöffelt, die seinem Mund keinen Geschmack nach Salzigem oder Süßem, Bitterem oder Sauerem hinterlassen hat, ihre einzige Besonderheit war es, den Schlund zu kratzen. Wie alle anderen hat es auch ihn eines Morgens stutzig gemacht, als der Blechlärm, sonst ähnlich dem Gelärme in einer großen Spenglerwerkstatt, einem Gereibe in Porzellantassen gewichen ist, der Ersatzkaffee hatte die Einbrennsuppe verdrängt, das Porzellan das Blech. So übersieht der Mensch gern, daß Kleinigkeiten für feiertägliche Stimmung sorgen. Diese Änderung ist tatsächlich eines Feiertags würdig gewesen und hat den Speisesaal fast aus dem Gleichgewicht gebracht. Wenn ein Tag im Internatskalender es verdient gehabt hätte, rot gedruckt zu werden, dann ist es jener Tag gewesen, an dem Besteck und Küchengeschirr ausgetauscht wurden – den Zöglingen hat es vor lauter Verwunderung über das unerwartete Ereignis vor den Augen geblitzt. Sie haben das

Porzellan von innen nach außen abgeleckt, und wahrscheinlich hat noch keine Wallfahrtsheilige ein derartiges Gelecke erlebt wie an jenem Morgen das von künstlichem Kaffee befleckte Porzellan. Auch die Epochen der Einbrennsuppe und des Rübenkaffees hat der Tjaž überstanden, wenn schon nicht mit Freude, so aber doch im Frieden mit den Vorstehern. In jenen Jahren gab es keine besonderen Vorkommnisse, außer daß es mit seinem Wuchs noch immer nicht weitergehen wollte. Überall war Fortschritt zu sehen, das Leben ist besser geworden, und das Brot blieb jetzt länger eingeweicht, während es zuvor noch nicht einmal dazu gekommen war, richtig aufzuquellen in den warmen Porzellangefäßen, weil es die Löffel gleich herausgefischt hatten, um es so schnell wie möglich den Nachkriegs-Zahnwerken zur weiteren Verwendung zuzustellen. Alles hat sich zum Besseren gewendet, nur der Tjaž ist der gleiche Tjaž geblieben, es schien sogar, als würde er immer leichtgewichtiger, weder Grütze noch Ersatzkaffee haben ihn irgendwie weitergebracht, während die anderen die Schalen zuerst mit der ganzen Hand gemeistert haben, dann aber schon mit zwei Fingern, hat er noch immer beide Hände gebrauchen müssen. Es wollte in ihm nichts aufgehen, nicht und nicht voran kam er mit seinem Körper. Wie hätte ein Bub, der schon manche Mission hinter sich hatte und dem der Pfarrer schon verschiedene Rollen in der Pfarre und im Pfarrhaus zugeteilt hatte, in dem ein bäuerlicher Starrsinn die ersten messianischen Anwandlungen entfacht hatte, der sich bei seinem eigenbrötlerischen Berglerleben eine unausrottbare Rauhbeinigkeit angeeignet hatte und dem von klein auf die fundamentalsten Quellwässer abgegraben worden waren, wie hätte so ein Bub, auf dessen Rücken der Vater sozusagen die rauhe, knotige Rute hatte weiden lassen, wie hätte solch ein von Kindesbeinen an gebrandmarkter Bub nach Maß wachsen sollen? Was konnte ihm daran liegen, das Kind zum Mann auszubilden, wenn er noch nicht einmal die erste Lebensepoche angefangen hatte, sie gar nicht entdeckt hatte und also ihre Möglichkeiten nicht entwickeln konnte? Was hätte denn die Tätigkeit der Wachstumshormone fördern können, und wer hätte ihm auf die Frage antworten können, ob der Körper dergleichen überhaupt noch zustande brächte? Dennoch hätte sich getäuscht, wer gedacht hätte, das Internat sei eine Stätte der Völlerei, der Faulheit und der Zügellosigkeit oder aber ein Zufluchtsort zurückgebliebener, ein Sanatorium beschädigter Leben, woher denn, so etwas kann es nicht sein, mit solchen Abweichungen weltlicher Art kann und darf es sich nicht abgeben, das Heim ist ein Arbeitsplatz, es ist eine Angelegenheit der Bildung und muß demnach um jeden Preis, also auch auf Kosten der körperlichen Bedürfnisse, den Nachwuchs für die ordentliche ideelle Überzeugung hervorbringen. Was den Körper betrifft, so hilf dir selbst, iß und trink, wie du willst und kannst, sei ganz natürlich in diesen Dingen, es gibt keinen Helden, der nicht brunzt, wenn er scheißt, ernähre dich und bringe dich weiter, auf daß du seelisch wachsest und dich geistig entwickelest nach ihren Erkenntnissen und Plänen, denn man hat Großes mit dir vor, dafür ist gesorgt, dazu ist man ermächtigt, und vergiß nie, daß du aus den zuvor angeführten Gründen die Internatsreihen füllst. *Das* allein ist wichtig, für die körperlichen Bedürfnisse ergibt sich schon Zeit und Gelegenheit. Früh am Morgen geht es los, aus sechs, sieben Schlafsälen kommen sie hervor, gewaschen, beschuht, die Haare angeklatscht, und an den Türen vermischen sie sich mit jenen, die in Extraschlafsälen schlafen, weil sie Bettnässer sind, auf der Türschwelle tippen sie mit dem Zeigefinger der Rechten zwei-, dreimal kurz in den Weihwasserkessel und auf die Stirn. Dieses erste Zusammentreffen ist selbstverständlich sehr alltagshaft, aber es ist notwendig, damit die Zöglinge sich zurechtfinden, den Schlaf von sich abschütteln, ihre Bänke suchen, die Bildchen im Gebetbuch um vier oder fünf Seiten nach hinten legen, den Tagesheiligen auf den Plan treten lassen, ihn an das grelle Licht gewöhnen. Die Tugenden wurden nicht genügend trainiert und waren nicht eingefleischt, die Wände, der Boden, die Säulen und der Plafond haben zu allen Jahreszeiten Kühle ausgestoßen, so daß die Zöglinge sich gekrümmt haben wie Holz im Frost und die Andachten oft zerplatzten wie Blasen. Wenn einem aus der Schar noch irgendein Gran von Irdischem anhaftete, so ist das bei der Meßfeier gewißlich abgefallen. Hier hat sich die versammelte Gesellschaft gefühlsfeucht in Gebete eingewiegt, ein Schwindel hat das Kirchenschiff erfaßt, und Wellen haben es jetzt gegen die eine, jetzt gegen die andere Küste geworfen. Mit einem perlenden ministrantischen Laut hat das Glöcklein gekläfft, dazwischen kam einmal ein Kläffen vom Turm herab, und die versammelte Gesellschaft hat respondiert und so schnell wie möglich befolgt, was das Gekläff diktiert hat. Die Zeremonie ist mit Volldampf vorangegangen, jedoch die Gläubigkeit der Zöglinge hat nur sehr bescheiden zugenommen, weder Internat noch Zöglinge hatten Grund, sich in Erfolgen zu sonnen. Gar schnell kam das Gähnen über die Buben, die Inbrunst war zum Niedergang verurteilt, weil die Bubenschaft lediglich ausführender Teil gewesen ist, eine bloße Herde von Melkkühen, nur ein Mittel, der Andacht den Namen Andacht zu geben, den Tugenden den Namen Tugend, eine bloße Conditio sine qua non, denn für das Leben der Kirche ist ein gläubiges Volk nun einmal notwendig, zum Unterordnen und zum Befolgen der kirchlichen Gebote, kurz, wenn es das gläubige Volk nicht gäbe, wäre die Kirche ohne

Macht und müßte sich aus Eigensucht und Enttäuschung selbst zerfleischen, ihre Existenz hienieden wäre sinnlos. Genauso gäbe es ohne Zöglinge keine Internatsgewalt, ohne diese keine Hausordnung, ohne diese keine Andachten und ohne Andachten überhaupt keine Kirche. Schon bei der Lesung sank dem Tjaž in der Regel der Mut, weiterhin von den überirdischen Gütern zu kosten; mochte er sich bemühen, soviel er wollte, niemals hielt es länger an als bis zum Evangelium. Wenn das Vorkonzilslatein aus den dicken Meßbüchern durch die Kirche hin scholl, nach Fledermausart um die Basilikasäulen flatterte, über die normierten Frisuren bis zu den letzten Bänken, dort einige der hellen Aufseherglatzen liebevoll umkreiste, an der hinteren Tür von eisernen und schon etwas verrosteten Beschlägen prallte, quer durch das schwankende Schiff zu seinem Ursprung zurückkehrte und sich unverrichteter Dinge wieder in sein Papiernest legte, da hatte der Tjaž seine Vorräte schon erschöpft, das Seine beigesteuert, seinen Anteil abgeliefert, mehr war nicht zu wollen. Das Ende der Messe brachte jeden Morgen das größte Durcheinander in die dösenden Bänke, im lackierten und doch wurmigen Ahornholz hat es zu leben angefangen, in dem Ahorn, von dem unklar war, ob er wegen der Würmer lackiert war oder wurmig wegen des Lacks. Das diesbezügliche Ahornholz hat jedem Zögling eigenartige Zeichen in die Knie, den Hintern und die Ellbogen eingedrückt, die unverwechselbaren Zeichen des Internats. Jetzt kamen sie reihenweise nach vorn zu den betonierten Altarstufen, jetzt knieten sie sich nieder und streckten die Zungen heraus, auf daß der Priester einen nach dem andern sakramentalisch belade, worauf dann Reinheit von vorn nach hinten die Bänke durchstrahlte, hundertfach, mit keinem Maß meßbar. Hier hat sich eine Bankreihe zu früh erhoben, dort eine andre zu spät, rechterhand hat sich eine zu früh geschlossen, linkerhand wollte sich das kirchtagsähnliche Geschiebe nicht und nicht legen. Wieviele Kurven und Winkel mußten verbunden werden, wieviele Wege mußten sich kreuzen, wieviele Schritte im Gleichmaß erfolgen, bis der Kirchengeometrie genügt war. Vorn an den Stufen haben sich die Schuhe, die Socken und die Hosenstulpen der Kommunizierenden geradezu angeboten zu einem genaueren Studium. Dafür hat es keine bessere Gelegenheit gegeben als den Moment der Kommunion, wenn das Bein des Knienden unbeweglich jenen scharfen Blicken derer ausgesetzt war, die dahinterstanden. Nicht nur wurden Leder und Sohlen bewertet und ihnen eine längere oder kürzere Lebensdauer zugemessen, nicht nur wurde anderen Spielereien nachgegangen, also dilettantisch das Werk des Schustermeisters nachgezogen, Drahtzieherei und Fersenmesserei betrieben, mit Ahlen und Schusterwerkzeug umgesprungen, sondern oft auch mit einem nur mit Mühe verhaltenen, dann scheppernden Lachen das Entstehen so manchen Lochs in den Socken betrachtet. Während an den Werktagen die Schuhe ungeputzt blieben, waren die Sonn- und Feiertage die Schuhcremetage. Bös belastet mit guten Vorsätzen, haben sich die Zöglinge dann an der Inbrunst der Bürste ein Beispiel genommen, die wohl am Vorabend an den Kontaktstellen von kirchlichem Schlamm und weltlichem Leder zugange gewesen war. Das waren die Geschehnisse vorn am Altar. Hinten ist inzwischen immerfort einer herumgegangen, gestanden, gesessen, gekniet, gehangen, gelehnt, ist einer aufgestanden, hat sich niedergekniet, hat verzögert, drauflosgesungen, ist verstummt, hat gemurmelt, bereut, in sich hineingelästert, ist einer die Stufen hinaufgehetzt, hat Kurven, Schleifen und Linien gezogen, hat einer gebetet mit Zähnen, Kinn, Lippen, Nase und Zunge, hat einer geredet, angeredet, überredet, ausgesprochen, zugeredet, zurückgeredet, verteidigt, hat sich einer im Gesicht herumgefummelt, hat das Taschentuch mit dem entsprechenden Inhalt versorgt, hat das im Hosenbein eingeklemmte Glied ausgeschüttelt, hat einer die Bank verlassen, gegen die Bank getreten, an der Bank gefeilt, aus der Bank eine Schraube gemacht, zur Bank Zuneigung gefaßt, die Bank gehaßt, ist einer in die Bank heimgekehrt, in die Bank geklettert, hat schwimmend an der Bank angeschlagen, ist in die Bank geflüchtet, in die Bank gestolpert, hat sich einer über die Bank erhoben, hat's mit der Bank getrieben, hat aus der Bank hinausgedrängt, auf die Bank getrommelt, neben der Bank etwas gesucht, ist wegen der Bank wachgeblieben, hat einer die Bänke zusammengezählt, vervielfacht, geteilt, abgezogen, hat einer die Bänke dekliniert, gedacht, gewollt, ist die Bank *gewesen.* Wahrscheinlich fiel es dem Tjaž unter allen Internatlingen noch am leichtesten, der Hausordnung nachzuleben, die unerbittlich tierische Unterwerfung gefordert hat. Tjaž hat sie leidlich beherrscht, hatte er doch zu Hause ihre Grundregeln mitgekriegt; die Knotenrute des Vaters hatte ihn im Vorspiel damit bekannt gemacht, hatte ihm auf eine sehr nachdrückliche Weise die ersten Gesetze des Kadavergehorsams ins nackte Fleisch eingeprägt. Wahrscheinlich hätte es ein gutes Wort auch getan, aber der Vater hatte solche selber nie zu Ohren bekommen, ein Lebtag lang war er gewohnt, mit nichts als dem Holzfällerwerkzeug zu hantieren, deshalb ist auch bei der ersten Gesetzgebung betreffend die Lebensführung des Sohnes die Knotenrute dem Wort vorangegangen. Trotzdem kam der Gehorsam dem Buben nur schwer zu Bewußtsein, ins Blut ist er ihm nie gegangen. Gleichwohl blieb Tjaž von den Lastern der anderen verschont, die aus dem Garten die ersten Pfefferoni mitgehen ließen, in den Fächern Marmelade anhäuften und sich mit Abfällen vollschlugen, das hatte er ihnen voraus, immer hat er rechtzeitig den Kopf zurückgezogen und die Zähne zusammengebissen, man muß zugeben, daß er für sein Alter außerordentlich mißtrauisch und auf der Hut, vorbildlich folgsam und zur Stelle war wie kaum einer sonst, zweifellos auch eine Folge seiner körperlichen Winzigkeit. Nie hat er etwas vergessen, nie hat er gestört, niemanden hat er an den Nerven gezerrt, vom Tablett hat er gewöhnlich die kleinsten Stücke genommen, obwohl er von zu Hause keine Jausenpakete geschickt bekam, er war ein braver Student und brachte sich auch in der Kirche gut zur Geltung, der Gottesdienst war ihm recht, er hat den Predigten und den Ansprachen des Spirituals auf den i-Punkt geglaubt, jedem Gedankenstrich hat er einen Inhalt eingehaucht, vor allen Bildstöcken hat er das Haupt entblößt und ist, besonders vor Prüfungen, davor mit gar frommen Seufzern herausgeplatzt, welche der Allerobersten Oberin der Schulschwestern alle Ehre gemacht hätten. Niemand konnte damals ahnen, daß sich aus dem frommen und bescheidenen Tjaž über Nacht der böseste Kratzer entwickeln würde, den der Volkskörper jemals hervorgebracht hat. Wahr ist, daß er den eigenwilligen väterlichen Gesetzen nur stillen Widerstand geleistet hat und daß er nur einmal in der höchsten Not dem Vater die Knotenrute aus den Händen gerissen hat. Der Vater wollte damals den Schenkeln des Tjaž gerade ein neues Gesetz einschreiben, als dem Geschlagenen ohne Vorsatz ein erster Kratzer gelungen ist, sozusagen als letzte Rettung. Obwohl das Haupt des Tjaž zwischen den väterlichen Beinen eingeklemmt war, konnte er seine Nägel in den väterlichen Arm pflanzen, so daß an den Haarzotteln dort das Blut erglänzte, als wäre ihm ein Ast darübergeschnellt und hätte ihm die Haut aufgebohrt, der Vater ließ sein Opfer los und brüllte wie sonst nur, wenn er einen besonders schweren Baumstamm in der Holzrinne zu Tal zog, der Tjaž war aber schon weggeflitzt, und es gab von ihm keine Spur mehr. Wahr ist aber auch, daß ein solcher innerer Aufruhr ganz im Einklang mit der Entwicklung gewesen ist, jedes gesunde Kind widersetzt sich, mehr oder weniger erfolgreich, seinen Erzeugern, bis es die Flausen verliert und sich ein salonfähiges

Verhältnis zwischen ihm und seinem Übergeordneten entspinnt. Bei Tjaž hat sich die Sache ein bißchen anders gedreht, von einem Salonverhältnis kann nicht die Rede sein, er hat das Kratzen entdeckt, er hat dabei Lust empfunden, und zugleich hat er eine unerhörte Wirkung erlebt, die knochigen väterlichen Schenkel sind auseinandergewichen und haben ihm nicht mehr den Hals eingepreßt, auf der bärigen Pranke spielte das Blutspiel. Den starken Holzfällerhänden entkommen zu sein, hat dem schwächlichen Aufrührer etwas bedeutet. Als er später im Internat mit dem Gekratze anfing, da hatte er schon die ersten fachlichen Erfahrungen hinter sich, die erste wirkliche Bildung. Vor den Augen haben ihm da bestimmte Pflichten gewimmelt, sehr klar hat er sich diese seine zukünftigen Pflichten vorgestellt. Obwohl er damals noch kein regelmäßiger Kratzer war, sondern bloß bei Bedarf, und obwohl die Nebenumstände, wie Ort und Zeit des Kratzens, eher zufällig waren, hat er trotzdem schon auf Anhieb einige Aufregung und ebenso viel Bewunderung hervorgerufen. Von allem Anfang an war es offensichtlich, daß seine Kratzereien nie romantische Witze waren, noch weniger Zufälligkeiten, sondern daß sich darin geradezu berufsmäßige Fähigkeiten offenbarten, die man durch und durch ernst zu nehmen hatte, das erste Beispiel hat ja auf solche Ernsthaftigkeit sehr kräftig aufmerksam gemacht, aus der Bedeutungslosigkeit in der Familie ist er da geziemend vor die Öffentlichkeit getreten, den familiären Rahmen, der nie viel Gutes versprach, hat Tjaž mit Leichtigkeit zerschlagen, seine Begabung wurde weitum berühmt. An dem bewußten Morgen ist er etwas zerstreut gewesen, die versammelte Schülerschaft ist mit dem üblichen Direndei durch den Gottesdienst gerattert, ohne daß er hätte den Anschluß finden können. Feierlich hat es aus den Kehlen gelärmt und leiernd wider die Wände geschallt. Es ist einer jener seltenen Morgen gewesen, da er den Mund nicht aufbekam, auch die Ohren, die doch sonst jede Unstimmigkeit bei den kirchlichen Geschäften registriert hatten, waren an jenem Morgen sozusagen außer Betrieb. So läßt es sich nicht sagen, ob an dem bewußten Morgen eine Textstockung auftrat oder ob die vorderen Bänke wieder einmal den hinteren um einen Halbsatz vorausgewesen sind. Sonst hat das gottweiß nicht viel zur Sache getan, die Zöglinge bestritten ihre Auftritte mit kurzen, verständlichen Sätzen, wie das einfache Volk sie sich wünscht, das ja gern über langwierige Sätze und schlechte Sehkraft klagt. Der Tjaž war an diesem Morgen nicht zugänglich für die kirchlichen Ereignisse, anderweitige Bedürfnisse haben ihm den Sinn verdüstert, die religiösen Gefühle haben ihn schändlich im Stich gelassen, »der brave Internatling« hatte ausgespielt, im Kopf drehte und wendete sich ein von der kirchlichen Alltäglichkeit weit entfernter Entschluß, das Gehirn hat voll Eifer die Geburtsfunken angefacht und ihre Helligkeit gemessen, der Plan wurde im ganzen erwogen, und zuletzt wurde jede einzelne Phase für sich durchgegrübelt. Als es zur Kommunion geläutet hat, hat der Plan zu laufen angefangen. Auf dem Kirchenboden hat es getrippelt und getrappelt, der Geistliche hat zischelnd die ihm hingestreckten Zungen befriedigt, die Buben sind der Reihe nach zum Presbyterium vorgeprescht, haben die Zungen hingehalten, geweidet und sind dann in Dösen versunken. Die

Bank des Tjaž ist nach vorn geschwärmt und hat sich dort aufgestellt, dem heranreifenden Kratzer hat das Herz im Leib frohlockt, als er vor sich sein Opfer erblickt hat, einen Mitschüler, der sich gebuckelt hat wie ein nasses Brett in der Sonne und seine langen Beine nach hinten gewinkelt hat. Tjaž hat eine Fontäne in sich gespürt, ähnlich jener aus der Kinderzeit, als ihm der Hals zwischen die väterlichen Schenkel geklemmt war und über seine Gliedmaßen gesetzgeberisch das Zischen der väterlichen Knotenrute erging. Damals hatte sein Körper in der Luft gebaumelt, die Arme haben ihm einige Spannen über dem Fußboden geschlenkert, und von hinten waren knieabwärts die pechfleckigen väterlichen Hosenbeine sichtbar, sein grobgenageltes Schuhzeug und darunter die hölzernen Küchenbretter: in jenen Augenblicken, da also die Rute tobte, hat der Boden jede Heimatlichkeit verloren und sich in den Boden einer Spelunke verwandelt. Der Bub ist ein schlechter Baumler gewesen, die Wirbelsäule geriet ihm in allzu große Windungen und gebärdete sich, als wollte sie jeden Moment in einem wilden Bogen irgendwohin wegspringen, die Verkrampfungen haben die Arme des Tjaž seinerzeit auf das Arbeiten vorbereitet, haben die Finger angesprochen, haben die Nägel geweckt, mit wildem Kratzen hat der Bub den kaum begonnenen väterlichen Ritus gestoppt und ist geflüchtet. Jetzt also haben sich jene Fontänen erneuert, ihn ergriffen und für die neue Aufgabe freigestellt. Er hat Maß genommen und seine Angel geworfen, und, o Wunder, das Schuhzeug hat angebissen, zuerst hat er die Bänder aufgebunden und sie unbemerkt aus den Ösen gezogen, dann hat er sich an die Sohlen gemacht und begonnen, die Holznägelchen aus ihnen herauszukratzen, wie der Habicht hat er über den Sohlen gekreist und sie gemolken, so daß die Nägelchen sich in Strahlen zu Boden ergossen. Der Kratzer hat erkannt, daß er sich gute Schuhe ausgesucht hatte, Schuhe, die nicht wie die des Tjaž zwei, drei Kindergenerationen hinter sich hatten. Bei den letzten Nägeln, als die Schichten schon die nahende Befreiung gewittert haben, fing das Leder an, sich vom Fuß zu schälen, die Schuhe haben sich gewunden und gewellt und haben sich endlich aufgelöst, sind in Stücke verschiedener Größen und Formen auseinandergefallen, mitsamt den eingestochenen Nähten. Als er diese auch noch herausgekratzt hat, haben sich die brüchigen äußeren Schichten des Leders von den weicheren mittleren und inneren getrennt. Erschütternde Szenen haben sich da vor des Tjaž ätzenden Augen abgespielt, so als wäre das Leder gerade aus dem hundertjährigen Schlaf geweckt worden oder zurückgekehrt aus langjähriger Gefangenschaft, die Ränder und die Säume haben sich stöhnend aufgerichtet, der Tjaž hat dem Leder seine ursprüngliche unverarbeitete Form zurückgegeben, hat ihm die Freiheit zurückgegeben, hat es von seiner Fron erlöst, hätte das Leder ein menschliches Auge gehabt, wäre ihm dieses über alle die Wohltaten feucht geworden. Fast hätte er in seiner warmen, milden Stimmung auf die Absätze vergessen, er hat sie für den Schluß aufgehoben, weil sie ihm von Anfang an einige Zweifel eingeflößt hatten, ob er mit ihnen zurechtkäme, sie waren vernäht, geleimt, gepreßt und gehämmert und haben die meiste Mühe versprochen, er hat befürchtet, der Leim könnte ihm Hindernisse bereiten und seine Schlagkraft stoppen. Als er aber die Angel nach ihm auswarf, hat er willig darauf angesprochen, mit besonderer Zärtlichkeit wurden beide Absätze entfernt, und die einzelnen Teile haben sich für immer zur Ruhe gelegt. Der arme Mitschüler des Tjaž hat alsbald ein unruhiges Hin und Her im Leder bemerkt, obwohl er das kein bißchen verstehen konnte, jäh wurde ihm dann klar, daß er unbeschuht war, in bloßen Socken, die Schuhe aber in kleinste Teilchen zerfallen. Es fuhr ihm in den Sinn, daß üblicherweise kein Schuh so enden kann und daß mit ihm unerhörte und unglaubliche Dinge im Gange seien. Beide Schuhe haben zugleich den Dienst aufgekündigt, zur selben Zeit, obwohl sie dazu keinen Anlaß gehabt haben, sie sind in ihre Bestandteile auseinandergefallen. Jemand hat jeden Sohlennagel gesondert aus dem Leder gezupft, ohne das Material zu verderben oder auch nur zu beschädigen, im Vorübergehen hat er das umstürzlerische Leder sozusagen entleibt, hat die Absätze in dünnste Schichten zerlegt. Den schwierigen Zerlegungsprozeß hat man diesen dann kaum angemerkt, ohne Mühe hat er die Plättchen von den Schuhspitzen gelöst und ohne jede Beeinträchtigung den Schusterdraht herausgezogen, ein wunderbares Werk, zusammengesetzt aus gleichwertigen Einzelhandlungen und ausgeführt in kürzester Zeit, etwas Vollendetes, jedermann mußte die Technik bewundern und die Vollkommenheit der Leistung anerkennen, und, Gipfel, das alles hat sich ohne Zeugen ereignet, niemand hat nichts bemerkt und niemand hat nichts gehört, obwohl die ganze Kirche dabei war und im schicksalhaften Augenblick einige nur eine Spanne von dem unglücklichen Buben entfernt waren. Erst als alles vorüber war, ist dem Messelesenden das Geflüster in der Kehle steckengeblieben, hat man bankweise die Hälse nach dem Strümpfling gereckt, ihn links und rechts gesucht, obwohl man ihn mit einem einzigen Blick hätte ausfindig machen können, die Köpfe haben sich zu Trauben zusammengesteckt, der Präfekt am Chor, der Überwacher der Kommunion, hat das Brevier weggelegt und sich über die Barriere gebeugt, aus war es mit der Sammlung des Geistes. Dennoch war jetzt nicht die Zeit zu grübeln und festzustellen, wie das passieren hatte können, den Buben hat als die einzige Sorge gequält, wie so vielen Augen entkommen, wie so vielen Maulaffen entfliehen. Am liebsten wäre er versunken, aber dafür war der Internatsboden zu hart, und außerdem hätte die Hausordnung kein besonderes Verständnis für derlei Absichten gezeigt. Die Blässe hat ihm das Gesicht überzogen, denn was immer er tun würde, jeder Schritt würde seinen unglücklichen Zustand nur verschlimmern, aus dem Regen würde er unter die Traufe treten, solches hat ihn unausweichlich erwartet. Trotzdem war die Angelegenheit bis hierher noch erträglich, es wäre immer noch möglich gewesen, daß sie gut ausging. Vor einer Stunde hatte er sich die Schuhe angezogen und war mit ihnen in die Kirche gegangen, nichts Verdächtiges hatte er an ihnen bemerkt, keine Anzeichen hatten sie gegeben, daß die Nähte aufgehen und daß die Schuhe in absehbarer Zeit in Stücke zerfallen würden. Wenn er sich recht erinnert, hat er sie erst vor einem Monat gekauft, also hätten sie in Ordnung sein müssen. Gestern abend hat er sie geputzt, freilich, einige feine Risse hatten sich schon durch das Leder gezogen, aber im übrigen waren sie blank, was hätten diese kaum sichtbaren Äderchen schaden können. Auch die Schuhpasta hat er ihnen regelmäßig zugeführt, sie waren seine Lieblingsschuhe, sie haben ihn nicht gedrückt, sie haben nicht am Fuß geschlackert, angenehm haben sie sich der Haut angeschmiegt, weich und leise ging es sich mit ihnen. Nichts hat ihnen gefehlt, gar nichts, er hatte sich für die Kommunion niedergekniet wie schon unzählige Male zuvor, und jetzt war das Schuhwerk auseinander, vernichtet, aufgerieben, ohne daß er dazu einen Finger gerührt oder irgendeine Gewalt gespürt hätte, nichts, auseinandergefallen sind sie in kleinste Teilchen, das ist alles, was man von ihnen sagen kann. Kreuz und quer sind die Einzelstücke auf dem Boden gelegen, die Zöglinge haben sie geschubst und in die Gegend verstreut. Wer hätte sich gedacht, daß ein Standardschuh zusammengesetzt ist aus so vielen Teilen. Dergleichen passiert wirklich nicht jeden Tag, es war ein Unglück, das ihm leibhaftig die Schuhe ausgezogen hat, in wollenen Socken hat er auf die Kommunion gewartet, sonst aber ist ihm nichts Unseliges passiert, bis dahin war die Sache nicht so arg, wie aber sollte er nun aufstehen und bei seiner Bank ankommen? Wie weit war es noch bis dahin, und auf dem Weg kein Versteck, wie hell ist der Tag gewesen, wie licht, wie freigebig sind die Fensterscheiben an diesem Morgen gewesen, wie allein war er angesichts der Genossen, die die Kirche gefüllt haben. Soll er die Sache ins Komische drehen, soll er zum Trotz die Füße in die Höhe heben und die Aufmerksamkeit der kirchlichen Versammlung auf die Strickfertigkeiten seiner Sippschaft lenken, sollen alle sehen, wie seine Tanten und seine Babica die Stricknadeln tanzen lassen, oder soll er den Vorfall ernst und tragisch nehmen, ihm ein paar Tränen untermischen, tiefe Betroffenheit zeigen, seine Entzauberung, sein Pech? Wahrscheinlich hätte der Arme sich für eine der Möglichkeiten entschieden, vielleicht hätte er sich sogar aus dem Teufelskreis gerettet, wenn nicht die Zeit so gehetzt hätte. Es war nötig, den Tatort zu räumen, denn hinter ihm hatte sich schon eine neue Reihe gebildet. Er hatte keine Gelegenheit mehr zu einem Spiel, nicht einmal für die kleinste Posse, sein Hoffen hat ihn getäuscht. So wie er war, im Gesicht mauerblaß und an den Füßen wollig, in den bloßen, aber herrlich weißen Werktagssocken, deren Strickspezialität eine kräftiggraue Ferse und ein schwachgrüner Sohlenteil war, genauso ist er vom Altar zurück in seine Bank entfleucht.

3 | DAS KAPITEL VOM ERSCHLAGEN DER RABEN

Das Mobiliar in der Dachkammer war verbogen, rissig, windschief, und beim Umgang damit mußte man besonders vorsichtig sein. Ein Tisch mit krummen Beinen und zwei Stühle bildeten den Mittelpunkt, sie standen an der Längswand. Einen Teil dieser Wand nahm die Couch ein. Der Kleiderkasten und das Toilettentischchen haben sich den Bereich rechts und links von der Tür geteilt. Die Westwand hat einige Quadratmeter des Zimmers beansprucht und diesem im Querschnitt die Form eines ungleichschenkeligen Trapezes gegeben. Für den Plafond blieb nur ein schmaler, ausgeblichener Streifen. Die vom Mobiliar nicht verdeckten Wandteile beherbergten einige Blumentöpfe, einige Zeichnungen in verschiedenen Techniken, zwei, drei Erzeugnisse weiblicher Handarbeit, als Füllsel Ausschnitte aus Zeitungen und Moderevuen. Durch die Mansardenschrägmauer wurde den bunt beklebten und verstellten Wänden die Farbe Weiß beigefügt. Wegen der starken Schräge dieser Wand ist dort der Verputz immer unangetastet geblieben, kein Reißnagel hat je Löcher in seine Blasen gebohrt, kein Klebstoff hat an ihm seine Saugfäden ausgelegt. Nichts Sinnvolleres ist denkbar, als an diesem toten Punkt, an dieser Mansardenwand, sich eine Liegestatt einzurichten. Nicht nur das mit dem Nachtkästchen untrennbar verbundene Bett, sondern alle Gegenstände sind so praktisch und zweckmäßig wie nur möglich angeordnet gewesen, und sie gaben dem Raum weder persönliches Aussehen noch Atmosphäre. Außer ihr selbst hat in dem Zimmer nichts an sie erinnert. Die Dachkammer war billig und zweifellos dementsprechend, gemessen an den Vorhängen und dem schleißigen Mobiliar hätte sie umsonst sein müssen. Der Tjaž war davon auf keine Weise überrascht oder enttäuscht, denn es hatte ihm zuvor nicht einmal geträumt, wie ein Mädchenzimmer sein soll, bis dahin hatte er sich dergleichen nicht vorstellen können, es hatte ihn auch kein bißchen gereizt oder ihm die Neugier angestachelt, es schien ihm eine Nebensächlichkeit, zu der er bisher keine eigene Meinung gehabt hatte. Jetzt aber, als er ihre Schwelle übertreten hatte, mußte er feststellen, daß ihn der Eindruck von diesem Raum stärker beschäftigte als Nini selber. Vielleicht hatte zu diesem Eindruck auch die Tatsache beigetragen, daß in diesem Zimmer niemand Fremder lebte, kein unbekannter Mensch, keiner von denen dort, sondern Nini. Deswegen mußten ihn alle scheinbaren Randumstände angehen, er war ihnen soviel Aufmerksamkeit schuldig, wie er Bindung an sein »Tierchen« spürte. Vielleicht war das alles aber auch nur Ausdruck der Bedrängnis, die entsteht, wenn ein Mensch in eine gänzlich neue Periode seines Lebens eintritt. Wenn es ihm gelang, den Fehler der Westwand zu übersehen, nämlich deren schräges, leeres, ungenütztes Vorfallen in den Raum, dann erschienen ihm die bloßen Wände in Ordnung, sogar gefällig kamen sie ihm vor, und das ist wenigstens etwas gewesen, es hat die verhältnismäßig hohe Miete gerechtfertigt, die sie der feisten Vermieterin bezahlt hat, unter der zusätzlichen Bedingung, keinen Männerbesuch zu empfangen. Der Tjaž war ein Internatswesen, aber zweifellos ein Wesen männlichen Geschlechts. Nur in einem braven Internatling konnte sich soviel Schneid ansammeln, das Seligmachende oder gar Gesetzliche der von Frauen getroffenen Verfügungen in Frage zu stellen und schließlich die mißgünstigen Anordnungen der dicken Hauswirtin großmütig zu übergehen. Eine zweite Erfahrung war die, daß er sich zwischen diesen Wänden sofort zu Hause fühlte. Er empfand eine rechtschaffene Zuneigung zu diesen Gegenständen, die im Zimmer standen, hingen, lehnten oder lagen, obwohl er mit ihnen noch nie etwas zu tun gehabt hatte. Als sie eingetreten sind, hat die Luft ihnen ins Gesicht geschlagen, die den ganzen Nachmittag von den Sonnenstrahlen aufgeladen worden war. Ohne sich näher auf das Zimmer einzulassen, das er doch erstmals betrat, und ohne sich um die verwunderten Augen der Nini zu kümmern, die in diesem Moment alles andere erwarteten, machte er sich am Fensterriegel zu schaffen und stieß die schütternden Scheiben sperrangelweit auf.

Was ins Zimmer hereinbrach, war auch nicht gerade das Frischeste und Beruhigendste, und doch hat es die modrige und aufgeladene Luft verscheucht und sich wohltuend über dem Mobiliar verbreitet. Nini war mit etwas beschäftigt, hoffentlich für soviel Zeit, daß er sich am neuen Ort umschauen könnte. Zu viele Bilder gleichzeitig sind offenbar auf ihn eingestürmt, er war ihnen nicht auf Anhieb gewachsen und hat nicht gewußt, wo mit ihnen anfangen und wie sie verdauen. Er hat sich an das Fensterbrett gelehnt, nahm Anteil am Austausch zwischen der besseren und der schlechteren Luft, der sich an seinen Ohren vorbei vollzog, und hat sich zuletzt dem Fenster und allen zugehörigen Szenen gewidmet. Die beiden Vorhangteile wellten sich von den Vorhangstangen abwärts auf seinen Nacken und teilten sich dort in zwei Bahnen. Fettig hat der Stoff die Haut berührt, es schien ihm, als rieben zwei kalte Säbel ihre Klingen an seinem Hals. Das hat ihn in der Überzeugung bestärkt, daß das Vorhangpaar schon generationenlang vor diesem Fenster hing, und es hat ihn auch mit dem Ekel bekannt gemacht, denn derselbe

Stoffzipfel, der im Moment seinen Hals berührt, hat zuvor andere Hälse berührt, das heißt die Hälse aller Vorgänger, die irgendeinmal in diesem Zimmer gehaust haben. Jeden Morgen und jeden Abend haben sie nach den Vorhängen gegriffen, an derselben Stelle wie er jetzt. Am Anfang haben sie in der Kraft der besten Jahre noch ein bißchen höher oben gegriffen, als aber das Alter ihnen den Rücken gebogen hat, die Beine gekrümmt und die Hände ausgesaugt, da haben sie immer weiter und weiter unten nach den Vorhängen gegriffen, bis sie so weit geschrumpft sind, daß sie zu den Vorhängen überhaupt nicht mehr hinaufgelangt haben. Von da an haben sie sie nur noch gleichsam mit den ermattenden Augen betätigt, und schließlich haben sie sie sich ein letzes Mal und für immer vor die Pupillen gezogen. Wie fleißige Bienen haben sie aus allen Lebensperioden die Feuchtigkeit in den Stoff hineingetragen. Obwohl der Tjaž zuvor nur wenige Male dem Ursprung des Lebens so nahe gewesen war und die Lust auf das Leben noch nie so gewaltig in ihm gewirkt hatte, konnte er sich angesichts dieser Vorhänge eines Nachsinnens über die Vergänglichkeit nicht erwehren. Die Hausdächer haben ihre grauen Firste knapp bis unter sein Fenster gedrückt, er hätte sie berührt, wenn er die Hand ausgestreckt hätte. Bläulich, grau und rot hat es aus den Rauchfängen gequalmt, hoch über den Dächern haben Schwärme von Mücken und Fliegen die Stacheln gewetzt. Ganz unten war die Straßenecke, die die späten Fußgänger mit eiligen Schritten zerstückten. Von oben hat das ausgesehen, wie wenn sich Haufen von Grummet selbsttätig auf die Tenne zu bewegten, solche, wie sie sich nach der Mahd über Nacht auf den heimatlichen Wiesen häufen. Die Dämmerung hat die Helligkeit in sich aufgenommen und sich gleichsam an ihr gemästet, der Himmel hat die Baumspitzen in sich aufgesaugt, die Stämme standen mit ihrem untätigen Astwerk in die frühe Nacht. Auf einer freien Fläche waren Maurer dabei, mit Hilfe von Kränen ein hohes Gebäude zu errichten. Der Kran hat die Traversen, die Bauplatten und die Wannen mit Beton hoch über die Erker befördert, die Planierraupe hat Feierabend gemacht, und einige Zeit danach kamen auch die Eisenarme des

Krans zur Ruhe, die Zementmaschinen sind verstummt, die Automobile der Arbeiter sind unter Stottern und Krachen von der Baustelle weggerumpelt. Hinter seinem Rücken hat er Ninis sporadischen Schritt verfolgt, ist dann erfüllt worden von ihrem Hin- und Hergeeile in einer Haushaltsmission. Sie querte das Zimmer jetzt aus dieser, dann aus der anderen Richtung, es war wie ein Anspringen von vorn und von hinten, und in den Pausen wurde die Radiosprecherin hörbar. Von Zeit zu Zeit sind die Schritte knapp hinter seinem Rücken aufgetaucht und haben dann wieder eine neue Furche gezogen, die von ihm weg in noch unentdeckte Winkel ging. Er hat versucht, ihre Zeichen zu enträtseln, ohne daß er sie hätte ergründen können, er hat die Wege des Küchengeschirrs verfolgt, aber mittendrin hat er die Spur verloren. Er konnte nicht verstehen, warum sie sich mit dem nichtsnutzigen Haushalt aufhielt, er selber hat seine Geschäfte am Schrank, beim Waschbecken, beim Tisch doch immer auf die kürzeste Zeit beschränkt und sie in den toten Stunden ausgeführt. Er hat dies weggelegt, nach jenem gegriffen, das dritte verschoben, ohne daß dabei irgendein Eindruck von Ordnungsliebe oder Anteilnahme entstanden wäre, derartige Beschäftigungen haben ihn nicht aufgehalten, er verrichtete sie immer nur oberflächlich, ohne sich ihrer überhaupt bewußt zu werden, sie aber wurde davon unabsehbar beansprucht, belegt, ausgesaugt. Es stimmt, daß er sich zwischen diesen Wänden schnell zurechtgefunden hat, sich mehr als nur notdürftig eingefügt hat und vertraut damit geworden ist. Es stimmt aber auch, daß die Dachkammer und ihr lebender und unbelebter Inhalt ausgesprochen simpel waren, ganz und gar nicht aufregend waren sie, ganz verschieden von der Phantasievorstellung. Seine verführerischen, gewaltigen Träume aus dem Internat sind auseinandergestoben, und nicht einmal soviel ist von ihnen geblieben wie von einem geplatzten Seifenbläschen, er mußte einige Sprossen tiefer, dort erst traf er auf den wahren Boden. Er hat sich freilich keine Sorgen um die Rückkehr aus den Honigwolken gemacht, sondern gehofft, daß gesunde Kräfte ihn ergreifen würden, sollte das nottun. Er hat an verborgene Antriebe in sich geglaubt, die ihn im rechten Moment verwandeln würden, die Tatsache, daß er nun in ihrem Zimmer war, mußte genügen, er hat sich aufrichtig eine Veränderung gewünscht, das war sogar sein Hintergedanke bei dem Entschluß, sich in dem geheimnisvollen Netz einfangen zu lassen, er hat die Gefahr gewollt und sie so dauerhaft gesucht, daß sie in Sichtweite kam, immer näher rückte sie heran, und auch als er schon ihren Hauch an den Wangen spürte, konnte er noch immer nicht aufhören, sie herauszufordern. Die Dächer, die ihm kurz zuvor die schmutzigen Rauchfänge entgegengehalten hatten, entfernten sich. Sie haben den Blick auf einen riesenhaften Ameisenhaufen freigegeben, der sich, von Insekten flitternd, nach allen Seiten ausgebreitet hat. Dieses feine, helle Gestichel veränderte jetzt ungezählte Werkstätten, Aufzüge, Keller, Autobushaltestellen, Küchen, Golfplätze, Korridore, Balkone, Klosetts, Pissoirs, Kontore, Kinos, Kirchen, Druckereien, Bordelle, Warteräume, Lagerstätten, Garagen, Kaffeehäuser, Krankenhäuser, Sakristeien, Schlachthöfe, Vorräume, Säle, Treppenhäuser, Heuhütten, Rumpelkammern, Ämter, Schlafräume, Grabstätten, Benzintankstellen, Dachböden, Getreidespeicher: alles das ist durch die Insektenstiche zu einer einzigen großen Geschwulst geworden. Seine Blicke haben sich über all diese Auswürfe der zauberischen Nacht hinwegbewegt in die Ferne und haben sich in der Hauslosigkeit verloren. Das Sonnwendfeuer einer Idee ist in ihm aufgeschossen, wie im Krampf haben dessen Flammen gezuckt, die letzten Bedenken wurden abgeschüttelt, keinen Widerstand gab es mehr gegen eine völlige Befreiung. Tjaž hat seine Beute klarer umrissen, hat den Bauch weitgemacht und die Feuersteine betätigt, mit angehaltenem Atem hat er gewartet, wann tropfenweise Wärme aus den Poren treten würde, wann ihm das Herz das volle Liebesmaß ausgebrütet hätte, wann so viele Funken in ihm stieben würden, daß er sich endlich vom Fenster lösen könnte. Dieses Zuwarten war ein bösartiger Genuß, jeden Moment konnte alles anwachsen oder zusammenfallen. Weil der Ausgang der Erwartung – wie überhaupt die nächste Zukunft – nicht faßbar war und auch nicht zu ahnen, war die Spannung unerhört. Das Internat hätte in diesem Augenblick seinen Insassen Tjaž mit der gleichen Heftigkeit beneiden müssen, mit welcher Tjaž in diesen Augenblicken das Internat verachtet hat. Er hat wohl gewußt, daß er auf dergleichen Gerechtigkeit vergeblich wartete: sein Internat hat nie etwas wie Neid gefühlt, denn zu beneiden hätte bedeutet, angesichts des Besseren die eigenen Schwächen anzuerkennen. In dieser Lage hat auch der Tjaž keinen Grund gehabt, das Internat zu beneiden, wohl aber, es für nichtig zu erklären. Dies ist die Nacht gewesen, da er sich weicher gebettet hat. Seine Internatskollegen haben in jenen Augenblicken ihre großen und kalten Betten angebrütet, sie haben mit dem vorgeschriebenen Schlaf den Schlafsaal gesäuert, sie haben sich Auswege aus ihren Sorgen zu ihren Wünschen geträumt, sie haben das Abendessen aus ihren Mägen geschnarcht. Wenn er nicht schnell einschlafen konnte und das Geschnarche seiner Genossen ihm sozusagen zuvorkam, dann war er dazu verurteilt, es sich anzuhören. Je weiter die Nacht vorgerückt ist, desto tierischer ist das Gepfeife geworden. Diese Nächte haben ihm den Ekel nahegebracht und ihn geradezu dafür begeistert, er hat ihn in sich hineingewürgt, bis ihn der Schlummer übermannt hat und er vor dem Getöse der ekligen Musik an den Ohren unter der Decke klein beigegeben hatte. Heute abend haben sie wahrscheinlich schon den Hochglanz seines unberührten Bettes entdeckt, haben sich am Fußende versammelt, den Direktor geweckt und veranlaßt, was in einem solchen Fall zu veranlassen war. Sie haben ihn der öffentlichen Erörterung preisgegeben, haben seine Tat der Gemeinschaft ausgeliefert, worauf ihn diese in ein kritisches Für und Wider verwickelt hat. Klar, daß bei dieser Entwicklung der Geschichte seine Versorgung mit allen Internatsgütern in Frage gestellt worden ist, die er bis jetzt unbegrenzt genossen hat. Strittig geworden sind: seine Verpflegung, das Kalt- und Warmfließwasser, das Waschen und Bügeln der Wäsche, der gute Ruf bei den Nonnen, die Benutzung der Zeitungen und Zeitschriften im Leseraum, der Parkplatz fürs Rad im Keller. Er hat Schuhgröße 40 getragen, immer um zwei Nummern größer, als das nötig war, solche haben ihm die Wohltäter zu dem

Zweck gekauft, daß er sie gut eine längere Zeit trage, aber er ist niemals dazu gekommen, in sie hineinzuwachsen. Ab jetzt wird er sie selber kaufen müssen. Er hat sich ein allgemeines Gerede zugezogen, ein Getuschel hinter seinem Rücken, Zeigefinger, die ihn hinterrücks stechen würden. Die Änderung, die den Schlafsaal unerwartet auf den Kopf gestellt hat, ließ alle Umstände unsicher werden und hat seine lebenswichtigen Kratzer-Fähigkeiten bedroht. Von sämtlichen Schlägen hätte ihn der Verlust der Kratzer-Gabe am meisten betroffen, wenn diese Quelle in ihm versiegt wäre, hätte das seine endgültige Niederlage bedeutet, seine Karriere wäre zunichte gewesen. Der Stoff muß kostbar gewesen sein, daß er seinetwegen alles außer acht gelassen und sich in die Unsicherheit geworfen hat, aus der windgeschützten Geborgenheit hat er sich barhäuptig in den Luftzug gestellt, das Annehmliche ist dem Schrecken gewichen. Sein eigenmächtiger Ausbruch wäre leicht entdeckt worden bei einer Elementarkatastrophe: bei einem Zusammenbruch des Dachzimmers, mit den beiden Insassen unter den Trümmern, oder aber, wenn ein Auto ihn überfahren hätte. Wenn schon die schlimmsten Mißgeschicke ausgeblieben wären, so hätte er doch leicht die Treppen hinunterfallen können, ohne weiteres hätte es ihm zustoßen können, sich auf dem lanzenförmigen Zaun aufzuspießen, der den Internatsbereich abgeschirmt hat und den er zweimal übersteigen muß, einmal, wenn er sich auf den Weg macht, und dann bei der Rückkehr, und er würde da hängen bis zum Morgen, bis ihn die Kollegen dann entdeckten. Schon auf nüchternen Magen hätte er ihnen die erste gute Tat ermöglicht, denn sie hätten ihm vergeben und ihn geliebt, seine Sünden jedoch gehaßt, er aber, dieser verblendete Maulesel, hätte die Güte nicht zu schätzen gewußt, wie er auch jene Wohltaten nicht zu schätzen wußte, die ihm all die Jahre am Kropf gehängt sind, nicht scheren würde er sich um die ihm erwiesene Gnade. Mit den Blicken werden sie ihm die Unverschämtheit und den Verrat austreiben, sie werden ihn am Zaun zappeln lassen, entrüstet werden sie hinwegspringen, wenn ihn die in der Dachkammer vollbrachte Handlung, mit der Feuchtigkeit an seinen Schenkeln, vor ihrem im allgemeinen schon verfeinerten, auf die Feuchtigkeit des weiblichen Schoßes aber noch besonders spezialisierten Geruchssinn bloßstellen wird. Seine bloße Nähe wird ihre Internatstugenden gefährden. Dennoch hätte sich Tjaž auch aus eigener Einsicht und aus anerzogener Sorge für den häuslichen Frieden eine Buße auferlegt und ihnen die Hoffnung gelassen, sie hätten in ihren Reihen den Skandal der letzten Jahrzehnte entdeckt. Wo er Nini zum ersten Mal begegnet ist, kann nicht mehr genau festgestellt werden: ob es noch in den Träumen war, oder als er seine Freizeit in den Parkanlagen vertat? Beides ist möglich, und eins unterscheidet sich kaum vom andern. Er ist ganz zufällig auf sie gestoßen und, versteht sich, gegen die eigene Überzeugung. Den Park entlang standen Häuserreihen, zwischen ihnen und den Laubhaufen haben Straßen durchgeführt und sich um das herbstlich gefärbte Stadtviertel gewunden. An jenem Tag sind ihm die Augen durch den Park vorausgeeilt, und er hat ihnen freien Lauf durch die leere Straße gelassen. Gerade als sie gegen die sonntäglich hohlen Häuser geprallt sind, haben kaum hörbare Schritte in seinem Rücken das Laub aufwirbeln lassen, es ist aufgeflattert wie ein Gefieder. Tjaž hatte die Augen noch nicht aus den Straßen zurückgeholt, da war sie schon an ihm vorbei, hat sich auf eine freie Bank am anderen Ende des Parks gesetzt und die Beine gekreuzt, sie haben geleuchtet wie die Beine eines braunen Fohlens, von den Schuhen hinauf bis zu den nackten Schenkeln und zurück zu den Schuhen. Gegen seine Erziehung hat er beschlossen, standzuhalten. So irgendwie auf gut Glück, wie in den meisten derartigen Fällen, hat er sich mit freiem Willen der Neigung hingegeben, der Apfel hat so nah gehangen, daß man sich danach strecken und ihn abreißen mußte, er hat ihm eine schöne Menge ungezügelten Saftes verheißen, es haben sich ihm so viele Vitamine angeboten, daß es unverzüglich notwendig wurde, etwas für die eigene Gesundheit zu unternehmen. So hat Tjaž bis zum Ende ausgeharrt und die Internatstugenden auf die Probe gestellt, soll sich doch einmal erweisen, wieviel sie wert sind, außerdem hat ihn auch der Park, in dem er gewöhnlich auf derselben Bank gesessen ist, zu einem solchen Beschluß genötigt. Vielleicht hätte er anderswo, in einem anderen Stadtteil, ihr Kommen noch nicht einmal wahrgenommen, dieser Park aber war der seine, mittels ungezählter Sitzungen unter den Kastanienbäumen hat er ihn sich angeeignet, deswegen verstand er die Ankunft fremder Leute immer wie irgendwelche Übergriffe auf sein Eigentum. Von ihm war es abhängig, wen er davon ausschloß und mit wem er den Besitz teilte. Zwei Buben sind quer durch den Park gegangen, sie haben fürs Rote Kreuz gesammelt. Als sie ihn erblickt haben, sind sie hinzugetreten, und der Tjaž hat sich gequälten Herzens von ein paar armseligen Groschen getrennt, das folgende und, wie Tjaž beschlossen hat, wahrscheinlich letzte Opfer der Buben ist dann sie gewesen. Tjaž schien es, daß die beiden ihre Sammelaktion auch nicht schöner beenden konnten als mit ihrem Beitrag. Die Büchse mit dem Roten Kreuz drauf hat Tjaž und dessen Jagdwild um einige Münzen erleichtert, das war schließlich nichts Ungewöhnliches, das Besondere aber war, daß in ihrer beider Leben sich erstmals und zugleich etwas Gemeinsames ergab, was weitreichende

Folgen versprach. Sie sind einander gegenübergesessen. Die anderen Male war er schon zu Hause oder jedenfalls auf dem Weg dahin, heute ist er sitzengeblieben, es trieb ihn nirgendwohin. In der Büchse ist nicht nur das Geld mehr geworden, sondern auch die Dämmerung, die Buben sind weggegangen, haben die Sammlung mitgenommen und ihnen beiden die Dämmerung gelassen, durch die Bäume ist das Licht der ersten Sterne in den Park gerieselt, in den Häusern wurden schon die geziemenden Vorhänge vor die Fenster gezogen, auf den Straßen haben die Fahrzeuge die Lichter angeschaltet, es hat geeilt, es wäre nötig gewesen, etwas zu unternehmen, es gibt keinen ungeschickteren und langweiligeren Menschen auf der Welt als einen Verliebten. Es hat ihn gereizt, sie auf sich aufmerksam zu machen, dabei aber konnte er das Hämmern in der Brust nicht anhalten, das bis ans andere Ende des Parkes dringen mußte, nicht nur diese Schwäche hat ihn beengt, sondern es war ihm auch klar, daß er sich nicht getrauen würde, sie anzusprechen, sein bescheidener Wortschatz, gänzlich für andere Bedürfnisse bestimmt, würde einem solchen Gefühlsansturm und einer solchen seelischen Notlage nicht standhalten. Die verfügbaren Wörter, wie er sie im Internat genuschelt hat, waren für so ein Zusammentreffen ganz ohne Wert, Tjaž hat sie zur Hölle geschickt, der Teufel hole das Internat samt seinem Wortschatz. Statt der natürlichsten Sache – sich näher kennenzulernen – haben die beiden im stillen, also jeder für sich, ihre Namen gesagt wie zum Auswendiglernen. Ihr Name war Nini, ein sehr leichtes und einfaches Wort, zweimal »Ni«, Nini. Nachdem sie derart die Namen ausgetauscht hatten, hat sich ein Gespräch ergeben, das sie unhörbar führten, jeder von seinem Platz, sie an dem, er an jenem Ende des Parks, ohne Worte, vereinzelt, jeder für sich und jeder über den ganzen Park hin, ohne daß einer sich dem andern verriet. Ich habe damit gerechnet, daß du kommst, hat er gesagt. Ich habe mich verändert, du hast es nicht bemerkt, ich weiß, es scheint dir sonderbar, daß ich dir das sage, du hättest es selber merken müssen, daß ich nicht immer kann und daß es mich nicht geben wird, überhaupt bin ich gar nicht da, hat sie gesagt. Selbstverständlich, ich habe vergessen, ich habe vollständig vergessen, wenn ich deine Lebensumstände beachtet hätte, hätte ich wirklich selber draufkommen müssen, daß du heute nicht kommen würdest, kurzum, du konntest dich nicht losreißen, obwohl ich überzeugt war, daß du dich nähertest, als es im Laub geraschelt hat, jetzt weiß ich, daß du doch nicht gekommen bist, hat er gesagt. Du hast mich im Büro angerufen, Nini, hast du gesagt, wenn du kannst, komm heute, so hast du gesagt, hat sie gesagt. Es stimmt, so habe ich gesagt, ich habe gesagt, daß du heute abend kommen mußt, weil Sonntag ist und weil der Park von der Straße aus nicht einzusehen ist, lange haben wir uns schon nicht mehr getroffen, am besten, du kommst spät am Abend, du bist ein bißchen früher gekommen, das macht nichts, du wolltest mich nicht warten lassen, du bist hinter meinem Rücken zu dieser Bank am Ende des Parks gegangen und hast dich gesetzt, vorher hast du im Laub geraschelt, so leise hast du geraschelt, daß ich nicht wußte, ob du es warst oder nicht warst, und jetzt bist du da, in den Häusern sind schon die Vorhänge vorgezogen, und die Automobile haben die Lichter angeschaltet, hat er gesagt. Ich weiß, ich habe gesehen, man hat die Vorhänge gezogen, so als würde ich im Park sitzen und darauf warten, daß die Fenster verhängt würden, hat sie gesagt. Soeben haben die Buben für das Rote Kreuz gesammelt, gerade heute abend, erscheint dir das nicht ungewöhnlich, hat er gesagt. Laß das, was weichst du aus und verdrehst unser Gespräch, mit meiner Haut wolltest du die deine parfümieren, das ist alles, oder stimmt das nicht, sag, daß ich mich irre, das ist ein besonderer Geruch, hast du gesagt, hat sie gesagt. Das behaupte ich noch immer, erinnerst du dich, immer sind wir außer Atem gekommen, hat er gesagt. Wirklich, es hat mir den Atem genommen, und gegen Ende, als es ihn uns beiden schon ganz genommen hatte, hast du dich entschlossen zu gehen, es hat dir sehr geeilt, hat sie gesagt. Wie du sprichst, so ist es gewesen, du verstehst ja, ich habe Gründe gehabt, und du bist vernünftig gewesen, ich bin wirklich gegangen, ich mußte mich so entscheiden, du hast alles verstanden, wir mußten uns nicht streiten, ich bin zwischen den Kastanien auf die Straße getreten, du aber bist geblieben, als ich mich umdrehte und zwischen den Fingern durchblickend nach dir suchte, siehst du, so, da gab es dich nicht mehr, in jenem Herbstnebel hattest du dich aufgelöst, wenig später hat es zu regnen angefangen, hat er gesagt. Nein, es hat geschneit, hat sie gesagt. Es hat geschneit, ich erinnere mich, es war der erste Schnee, ein warmer, weicher und heiterer Schnee, man konnte sich nicht mehr auf die Bänke setzen, weil es geschneit hat, deine Augen haben sich verdunkelt und sich mit dem Weiß der Flocken geschlagen, hat er gesagt. Was soll's, die Flocken fallen halt, das ist ihre Aufgabe, sie fallen in einem fort, hat sie gesagt. Sie sind auf uns geschmolzen, jede halb auf deiner Wange, halb auf meiner Wange, jede Flocke so, kannst du dir das heute vorstellen, dieses freigebige Fallen der Kristalle auf beide zugleich, so als bröselte Weißbrot von einem großen Bauerntisch, und jedes Brösel tropft einem in den Mund, jedes schmilzt halb in deinem und halb in meinem Mund, hat er gesagt. Jetzt verstehe ich, das war also der Grund deiner wirren Vermutung, ich würde heute vielleicht doch kommen, nein, du hast dich geirrt, ich konnte wirklich nicht, hat sie gesagt. Als das Laub geraschelt hat, nahm ich das für ein Zeichen, daß du kommst, hat er gesagt. Schon hat er die Nini durch den Park begleitet, zwei Bänke haben sich ihr Alleingelassensein in die Brettergesichter geschrien, sie haben sich das weiße Zahnwerk gezeigt und einander breitest angegrinst. Tjaž hat davon nichts mehr gehört und gesehen, er hat Nini begleitet, am Ende der Straße hat er gegrüßt, hat den Gruß einige Male wiederholt, aber nirgends war jemand, vor dem man vielleicht etwas hätte wiederholen können. Über den Gebäuden hat zunehmendes Dunkel gelagert, dazwischen entstrahlte ihnen manchmal eine Helligkeit. Zuweilen haben die späten Lastwagen sie von unten mit ihren grellen Lichtkegeln gestreift. Die Lichter haben sich wie in ihre dunklen Kerne zurückgezogen, so daß das Auge sie nicht mehr erreichte und blind auf das geschlossene Gehäuse starrte. Die Mauern der Stadt fingen an, sich ineinanderzuschieben, die mit Schindeln, Ziegeln, und Platten gedeckten Dächer, beschwert mit den Fernsehantennen, flache und schräge, eckige, runde, längliche und spitzige, solche mit Rauchfängen und solche ohne, sie sind ineinanderverschwommen, die Wetterhähne und Blitzableiter wirkten wie umgestülpt, die Parkplätze sind in die Vorhäuser und Flure vorgestoßen, die Gebäude sind zusammengeschrumpft, der Tjaž konnte nicht mehr unterscheiden, wo der Park mit seiner Bank und den Kastanien geblieben war, dort unten irgendwo war er die Finsternis zwischen den Oasen kleiner Helligkeit, getragene Hochzeitsfarben in der Finsternis. Irgendwo dort unten an der Bahnkreuzung war der Luftraum noch zusätzlich schwarz, denn er war erfüllt mit Ruß, und von da kam auch das Gerumpel der Stahlräder, dort irgendwo in der Verlassenheit mußte das Heim stehen. Dann hat sich in die Senke, wo der Tjaž das Heim vermutete, ein Nebel hineingezogen, Tjaž konnte nichts mehr unterscheiden, es war offensichtlich, daß die Stadt zu dieser Stunde sozusagen zugesperrt war, die Letzten der Letzten haben sich die Pyjamas angezogen, sich die Zähne geputzt, sich die Gurgeln ausgespült, haben die Zungen schnalzend in die Pfefferminze getunkt, haben die Handtücher aufgehängt, haben auf dem Klosett das Ihre beigesteuert, haben die Spülung gezogen, haben die Nachtlämpchen eingeschaltet, haben sich den Matratzen überlassen, haben mit dem geschlechtlichen Bettkollegen das Programm für den restlichen Teil der Nacht verabredet. Der Tjaž hat die zwei Vorhänge heruntergelassen, so daß sie sich ineinander verhaspelten und von seinem Nacken wegschnellten, seine Karotte hat sich angekündigt und ist zu einem zusätzlichen Finger angewachsen, im Internat pflegte dergleichen ein Problem zu sein, sie haben sich dort zu zweit niedergelegt und zuzeiten auch gegenseitige Handanstrengungen unternommen. Obwohl Tjaž durch die Internatserfahrungen die Bedürfnisse der Karotte gut gekannt hat, sind diese ihm jetzt gar uferlos vorgekommen. Der Pfeffer hat gebrannt, mit doppelter Schärfe hat er zu wirken angefangen, bis sich in der Bauchhöhle ein Brand verdichtet hat, es hat geglimmt, als würden vom ganzen Körper vertrocknete Dauben wegspringen, als würden alle Zellen mit ihren Öffnungen in eine wüstenheiße Sonne starren, die Haut verkrustet sich, die Krusten fressen sich immer tiefer ins lebendige Fleisch, während der Pfeffer mit dem Pfeffer den Pfeffer vertreibt und zu einem trockenen pfeffrigen Schmerz wird, an dessen Akutstellen die letzten Spuren der Blutstriemen erscheinen. Sie ist nicht aufgewacht, als er fortging, seine Hände haben noch nach ihrer Feuchte gerochen, er hat sich nicht einmal gewaschen, obwohl er das leicht hätte tun können, aber das Geplätscher im Waschbecken hätte sie sicher geweckt. Sie hat tief geschlafen, durch eine ganze Reihe von Böden und Plafonds und von Teppichen hindurch, durch alle Etagen und Keller, durch die Erde hinunter bis zu den Wurzeln der Bäume und noch tiefer, hinunter bis zum Erz, bis zur Kohle und bis zum Feuer hat sie geschlafen, bar der Lust hat sie ihren Leib den unterirdischen Silber-, Eisen- und Bleisträngen angeboten. Er hat ihren Schlaf betrachtet, der sich hinter den Lidern staute, und überlegt, wie viele Scheffel an Sünde sich noch aus ihm herausschlagen lassen würden. Dieses junge Stadttierchen hat den Internatling, den Speik und Weihrauch schon durch und durch geräuchert hatten, im guten Sinn ernüchtert, mit ihr konnten sich auch nicht die unter der Obhut der Nonnen stehenden Küchenhilfen messen, die nachmittags von zwei bis fünf Leib an Leib auf den Bänken im Hof gesessen sind und im Schatten der Nonnen ihr weißes Fleisch gesonnt haben. Durch den Wimpernbogen hat er genau gesehen, daß hinter ihren Lidern schwarze Raben gekreist sind, sie haben am Himmel geweidet, sie sind hin und her gehuscht, sie haben das Gefieder ausgebreitet, sie haben den Wind geschlagen, sie haben sich geradewegs in den roten Himmel fallen lassen, haben dort Feuer gefangen und sind mit verbrannten Flügeln kopfüber hinunter auf die Erde gestürzt. Er hat die Hände ausgestreckt, und als die brennenden Raben nicht da auftrafen, wurde er sich seiner unaussprechlichen Einsamkeit bewußt. Was sollte er mit den toten Raben anfangen, die zu seinen Füßen aufschlugen? Schnell hat er sie aufgehoben, hat sie an den Fingerspitzen aus dem Dachzimmer getragen und ist mit ihnen die Stiegen hinuntergerannt. Im Flur hat ihn der eigene Schatten erschreckt, der eine Nachahmung der stürzenden Raben war und außerdem noch verräterisch aufschrie, ihm unter die Füße rutschte und sich mit der Düsternis des frühen Morgens vermengte. Im Stiegenhaus haben sich die Türen geöffnet, die Leute sind in den Gang getreten, in allen Winkeln Geklapper von Türschlössern und Schritte. Tjaž hat die toten Raben an sich gedrückt, hat die Hände über die toten Körper gehalten und sich an den Leuten vorbeigeschlichen. Aber die Leute haben alles gewußt, weil die Leute immer alles erfahren, sie waren unterrichtet. Schaut her, der Töter der Raben, so haben sie gegrüßt. Drunten auf der Straße hat gerade der neue Tag angefangen, es war noch nicht die volle Helligkeit da, und schon haben die frühen Spazierer etwas davon in ihre Mäntel eingeschlagen. Die Lampen hingen von den Masten in Erwartung ihrer Ablösung durch das Tageslicht, dort aber, wo die Masten ins Pflaster übergingen, da haben noch kräftige Fetzen der Nacht gelegen. Er ist in die städtischen Straßen davongestürzt. Im Internat war noch niemand wach, er hat die schwere, eisenbeschlagene Tür aus Lärchenholz aufgeschoben und sich durch die Öffnung gezwängt. Zu spät hat er daran gedacht, daß er die toten Raben an irgendeine Mauer oder irgendeine Schwelle oder in eine Baumgabelung hätte legen müssen. Auf jeden Fall hätte er sich ihrer entledigen müssen vor der Rückkehr ins Heim, jetzt war es zu spät. Er hat versucht, unhörbar durch das steinerne Vorhaus zu gehen, und gerade als er glaubte, ganz leise zu sein, hat er eine Hand auf seiner Schulter gespürt, die Raben in seinen Armen haben wild aufgekreischt.

4 | DAS KAPITEL VON DEN HOLZFÄLLERN

Er hat die Raben an den Pfeiler unter der Empore gelegt, hat sie schön aufgereiht, damit nicht der eine dem andern im Weg sei, hat das schwarze Gefieder aufgefächert, ließ die Hand längere Zeit auf den Flügeln, dort, wo der Tod kleine Gruben in ihr Gefieder eingesponnen hatte, und hat ihnen in der Rabensprache Anweisungen für die folgenden Stunden gegeben. Seit sie aufgekreischt haben, als er von seiner Liebsten ins Internat zurückkehrte und ihm jemand die Hand auf die Schulter legte, ist er vorsichtiger geworden. Obwohl diese Hand seinen Platz im Internat nicht bedroht hat und ihn, so schien es, nicht einmal wirklich berührt hat, hätten die Raben trotzdem nicht so frech aufkreischen dürfen. Es war äußerst unvernünftig, und der Tjaž hat sie von da an nicht mehr aus den Augen gelassen. Jedesmal hat er ihnen befohlen, was zu tun sei und was zu lassen sei, wie sie sich in diesem und wie in einem anderen Fall benehmen sollten. Die Hand, die sich an jenem Abend auf des Tjaž Schulter gelegt hat, war die meine, also eine durch und durch verläßliche, des Vertrauens werte und verständnisvolle Hand, wenn auch für ihn, versteht sich, im ersten Moment die stark unangenehme, feindliche Hand eines Unbekannten. Tjaž hat nicht geduldet, daß jeder seine Pratzen auf ihn lege, nur mir hat er diese schreckliche Gewohnheit nachgesehen. Die Geschichte ist inzwischen so weit fortgeschritten, daß ich mich einschalten kann, ohne daß der Lauf der Dinge deswegen Schaden nehmen wird. Es ist Zeit, daß ich mich selbst in diese Begebenheiten einfüge. In jenen Jahren, als wir uns noch unter einem gemeinsamen Internatsdach befanden, halfen wir einander und hatten ein Auge aufeinander, damit uns beiden nichts Unvorhergesehenes zustoße. Er war derjenige, der mich in die Liebe einführte, mir den ersten Unterricht in Geschlechtsangelegenheiten gab, der mir etwas Wissen über den Umgang mit Frauen vermittelt hat, mir seine Erlebnisse auseinanderlegte und sich mit Freuden über die Art ausließ, wie man eine Frau angeht und sie wieder abfertigt, ihr also die letzten Flämmchen ausbläst. Ich konnte mich nicht anders revanchieren als mit gelegentlichen Diensten, denn mein Vater war Straßenkehrer und als solcher ein Gemeindeangestellter mit niedrigem Lohn, andere Vorteile hat er von meiner Bekanntschaft nicht gehabt, wir waren Freunde oder wenigstens Mitarbeiter, warum, ist mir nicht ganz klar, wahrscheinlich wegen der eng verwandten Methoden, mit denen wir das Internat hinter uns zu bringen versuchten, diese gemauerte, graue Babica, die glänzende Begebenheiten aus der Bibel und ähnliche Märchen zu erzählen wußte und es verstand, ihre Schützlinge von der Sonne in den Schatten und vom Schatten in die Sonne zu treiben, sie zu stillen und einzuwiegen und dafür zu sorgen, daß sie sich nicht zu sehr und zu häufig beschmutzten und anmachten, danach aber hat sich ihre Zuständigkeit schon erschöpft. Der Aufenthalt im Internat war gefährdet, daran gab es keinen Zweifel. Während Tjaž sich der fleischlichen Begierde verdingte, wie wir fachmännisch benannten, was sich mit immer neuen Verbindungen durchs ganze Jahr hindurch wiederholte – er hatte sich also einem recht engen Schauplatz verdingt –, verdingte ich mich dem Abenteurertum in einem entschieden weiteren Sinn des Wortes. Tjaž war wie immer von seinem Tierchen zurückgekehrt, das sich seiner Karotte erbarmt hatte, jenes umstrittenen Teiles des menschlichen Körpers, und ich, eigentlich ein Gegner des Sports, war diesmal zum Eishockey in die Stadthalle gegangen. Obwohl ich zu dieser Sportart, wie auch zu allen anderen Sportarten, nie eine Beziehung gepflegt habe, schlug ich mir begeistert auf die Schenkel, schrie mir die Stimme aus dem Leib, zog mir ein paar Frostbeulen an den Füßen zu, schluckte jetzt an einem Spielzug, jetzt an der Kälte, dachte zwischendurch sogar an meine Mittellosigkeit, die mich der kalten Jahreszeit nicht Herr werden ließ, den verbleibenden Teil der Nacht aber wärmte ich mich in der Gesellschaft betrunkener Kumpane im Kaffeehaus. Ich war knapp vor Tjaž ins Heim zurückgekehrt, hatte hinter mir Schritte gehört, hatte in ihnen die der Vorgesetzten vermutet, hatte mich durch eine Lücke in der Mauer gezwängt, den Atem angehalten, gewartet, erwartet, festgestellt und dann meine Hand sacht auf die Schulter des vor lauter Vorsicht fast unsichtbaren, freilich um so verschreckteren Tjaž gelegt. Tjaž hatte zweifellos mehr Fähigkeiten als andere, hat er doch Spuren auf allen Gebieten hinterlassen und, wenn das unumgänglich war, sogar in der Klasse und auch im Studiersaal, wo ihn doch die sonst braven und vorbildlichen, freilich ahnungslosen Mitschüler mit ihrem Eifer gestört haben. Tjaž verstand es, sich in seinem Umkreis auf die fundamentalen menschlichen Notwendigkeiten zu konzentrieren. Seine Fähigkeiten, darunter das Kratzen und das fleischliche Hin und Her mit dem Kleintier, waren so stark ausgeprägt, daß er hinter seinen Genossen nicht zurückblieb, vielmehr ergänzten wir uns alle hervorragend. Wo die Mitschüler die Quantität entwickelt hatten und daher an der Oberfläche bleiben mußten, da ist der Tjaž in die Tiefe gegangen, ins Tiefe vorgedrungen. Uns allen aber ist im gleichen Maße das beschränkte und launenhafte, wie gegen ein Türkenfeuer befestigte, mit heißem Pech und mit Galgen gewappnete, zum

Kreuzzug versammelnde Internat über gewesen. Diese Nacht hatte Tjaž die Raben unter der Empore aufgereiht und ihnen ihre Aufgabe eingeschärft, worauf er sich in die letzte Bank setzte und wartete. Eine fischartige Stille ist entstanden und zu einem Singen in den Ohren geworden. Die sonst grauen Mauern waren jetzt rötlich, und nur dort, wo sie mit Bildern und Heiligenstatuen verdeckt waren, ging die Röte in Schwärze über. Zur linken Seite, knapp neben dem Altar, hat das Licht geflimmert, rot wie der Kommunismus, ein überkräftiges Flackern behufs Erhellung der weiten Räume, was ihm, versteht sich, gar nicht geglückt ist. Die gläsernen Fenster waren zu dieser Stunde noch außer Dienst, deswegen haben sie auf eigene Art geschimmert. Die Bank, welche der Hintern des Tjaž gedrückt hat, strahlte eine Kälte aus, die das Hirn zu keiner besonderen Tätigkeit anregen konnte, die Kirche war im Winter angenehm kalt und im Sommer angenehm heiß, ihre Mauern haben auch im Frühjahr und im Herbst nur Angenehmes ausgestrahlt, was eine allgemeine Eigenschaft auch aller anderen Kirchen in unseren Breiten ist. Es ist ihr geglückt, das ganze Jahr hindurch annähernd die gleiche Temperatur zu halten, die den Körper immer sanft wachhielt und zugleich jeden geistigen Eifer verhindert hat. Nein, die Gefahr, daß die Zöglinge Schaden an ihren Gehirnen nähmen, diese Gefahr bestand im Internat nicht, an einer Gehirnentzündung sind die Internatlinge nicht gestorben. Tjaž hat sich den gewohnheitsmäßigen, wurmstichigen Ideen überlassen, wie sie eben zu später Stunde unter einer kirchlichen Empore entstehen. Dort hat er gewartet, bis ihm ein Geschlurf am Seitentor das Kommen eines Menschen angekündigt hat. Obwohl in dieser Finsternis leicht irgendwer hätte eintreten können, hat Tjaž nicht daran gezweifelt, daß es sich um den Richtigen handelt, und das unruhige Geschniefe der Raben hat ihm bestätigt, daß er recht vermutete. Die Schritte vermochten nicht vom Boden abzukommen, sich von den Sohlen loszuschlagen und den Schwung des Leders auszunützen, nein, dazu waren sie außerstande, sondern sie haben sich bemerkbar gemacht, so häufig und stark es nur ging. Sie erinnerten den Tjaž an den Vater, der an den Herbstabenden auf ganz ähnliche Weise die Kukuruzkolben zu brechen pflegte. Es ist mir bewußt, daß ich äußerst tölpelhaft und unvorsichtig gegangen sein muß, ich verstehe ihn, wenn er mir sogar zutraute, ich würde in jedem Moment mir auf die Schenkel zu schlagen beginnen, in meinem Gang konnte seiner Meinung nach nichts Spioniererisches sein, nichts Geheimnisvolles und nichts Verborgenes – obwohl ich mich nach Kräften bemühte, vorsichtig aufzutreten –, meine Gangart war vielmehr am ehesten einzuordnen zwischen die eines Poeten und die einer Schweinehirtin, die den Ferkeln in beiden Händen das Futter bringt. Zwar muß man als mildernden Umstand berücksichtigen, daß ich von einer heftigen Unruhe Gliederreißen hatte, aber dennoch habe ich gewußt, daß trotz all meiner Nervosität kein Grund zu Angstgepolter war. Tjaž hätte sich auf eine solche Kraftverschwendung nie eingelassen, jeder ungeplante Ablauf erfüllte ihn mit einer unangenehmen Empfindung. In diesen Momenten, als sich unbewußt die Verbindungen mit mir, dem Herankommenden, knüpften, hat es ihn gereut, mich in die Sache hineingezogen zu haben. Wenig später sind wir einander unter der Empore ge-

genübergestanden, und jeder hat in den undeutlichen Schatten vor sich hingestarrt. Da sah Tjaž ein, daß seine Bedenken nur bis zu einem gewissen Grad berechtigt waren, denn sie kamen zum Teil auch aus seiner eigenen Nervosität. Ohne daß wir einander hätten ins Gesicht blicken können (weil auf uns beiden eine Finsternis wie in einem Kuhhorn lastete), hat einer den andern an seinem bloßen Atem, seiner Ausdünstung, seiner Haltung erkannt, wir haben einander ein außerordentliches Feingehör bewiesen, indem einer den andern in der völligen Finsternis ohne Geflüster ertastete. Tjaž hat den Mund breit verzogen, ein Zeichen dafür, daß ich ihm recht war. Es war vorgesehen gewesen, daß ich einige Zeit nach Tjaž, zu der und der Stunde, durch das hintere enge Pförtchen treten sollte, das ins rechte Kirchenschiff führte. Wir haben nämlich in verschiedenen Schlafsälen geschlafen und mußten deshalb vereinbaren, einzeln wegzugehen. Wir hatten uns für die enge Pforte entschieden, weil sie uns am sichersten und gemäßesten erschien. Sonst haben nur die Achtkläßler das Recht auf diese Tür gehabt, für alle anderen Zöglinge war die

Seitentür oder die hintere Haupttür bestimmt, aber was hat uns das in dieser Nacht gekümmert, aus eigenem Gutdünken haben wir die Internatsnorm außer Kraft gesetzt. Die Mauer hatte an dieser Stelle eine schwindelerregende Dicke, so daß man nur im Gänsemarsch durchkonnte. Alle, die da hindurchgegangen sind, wurden jeden Tag neu in dem Bewußtsein gestärkt, daß dem trägen Gebäude ein dauerhafter und gar fetter Druck in den Geschichtsbüchern gesichert sein mußte. Es war verständlich, daß die Achtkläßler, dabei, das Heim zu verlassen, eines solchen Bewußtseins am meisten bedürftig waren. Die Internatsnorm umfaßte nicht nur die Verletzung der Achtkläßlertür, nicht nur die babylonisch mächtige Mauer, sondern sorgte auch für den Eindruck, daß man durch keine bloße Tür trat, vielmehr durch ein Loch in einem Felsen. Einige Zeit saßen wir untätig unter der Empore. Was Tjaž kurz davor festgestellt hatte, das gleiche stellte nun auch ich fest: das Bild war unverändert, noch immer waren die Wände finster, lockend hat das Ewige Licht den Heiligen nachgestellt und ihnen unter die Füße geleuchtet, wenn sie sich auch nirgends auf einen Weg machten, und Christus hat auf dem Hohen Stamm mitten im Presbyterium übernachtet. Dann hat es hinter uns geklopft, jemand hat mit der Faust gegen die hintere Haupttür geschlagen, den Tjaž hat es auf die Beine gerissen, noch niemand hat ihn je mit solcher Eile eine Tür aufsperren sehen, Nini ist von der Straße hereingetreten, mit ihr sind einige Strahlen Helligkeit unter die Empore gefallen, ohne daß sie es geschafft hätten, die Poren in den Mauern zu glätten. Tjaž hat sie um die Hüfte genommen und sie mehr hereingezogen als hereingelassen und an die Stelle, wo er in der Finsternis ihr Gesicht annahm, einen Kuß gedrückt, vor allem deswegen, weil es ihm schien, daß solches auf mich gleich den tiefsten Eindruck machen würde, am meisten war ihm daran gelegen, verständlich genug zu zeigen, was sein war oder was er sich wenigstens anmaßte, und den zu kurz gekommenen Kollegen auf damit verbundene Vorteile aufmerksam zu machen. Mit der freien Hand hat er abgesperrt, die andere hielt das Kleintier gepackt, und schließlich hat er sich den langen Schlüssel in die Hose gestopft. Die Raben haben keine

Schwierigkeiten bereitet, sie waren von Ninis Kommen unterrichtet, wir haben keine unnötige Zeit vertan, wir sind alle drei durch die Mitte nach vorn gegangen, durch die Kluft zwischen den Bänken zur Rechten und zur Linken. Dem Tjaž war es, als stapfe er zur Eheschließung. Aus war es mit dem Gejammer im Haus der Braut, aus war es mit den ans Herz gehenden Abschiedsszenen, hinter ihm sind Weihwasserschüssel, Spinnrad, Friseur, die Schar der Näherinnen, die brauchtumsüblichen Wegsperren, erstickt ist die Schande, denn gerade noch rechtzeitig hat man es geschafft, das Ansehen zweier Häuser zusammenzunähen, größere Falten sind am Brautkleid angebracht, weil sich der Bauch der Braut von Tag zu Tag mehr wölbte, in den Haaren kann jetzt leicht ein »weißes Kränzchen« leuchten anstatt der so viel Gerede nach sich ziehenden »Blume«, das Kind wird einen Vater haben und den Namen nach einem Heiligen, der im Augenblick, versteht sich, noch in der Luft schwebt, es ist noch nicht völlig entschieden, welcher es sein wird, sie werden es mit Milupa, Dr. Reis, Honigpulvern ernähren, werden es auch mit Haferflocken versuchen, die Windeln werden entschieden auf eine Modernisierung des Haushalts hin wirken und es vielleicht doch erreichen, daß eine Waschmaschine angeschafft wird. Er hat sich das ganze Theater vorgestellt, das auf ihn in der Rolle des Haupthelden zukäme. Wenn sie sich auf der Straße zeigen werden, wird sie sich bei ihm einhängen müssen, sie wird die Sehnen zwischen Unter- und Oberarm berühren, sie werden den Gleichschritt suchen, sie werden gleichzeitig mit dem rechten und gleichzeitig mit dem linken Fuß auftreten, sie werden gleichzeitig die gleichen Muskeln anspannen, die gleichen Knochen bewegen und das gleiche Fleisch anschwellen lassen, dieselbe Richtung werden sie nehmen, beide immer gleich kräftig, gleich schnell, gleich lang, sie werden beide gleich heißen, Nini und Tjaž Soundso, wie lächerlich das klingt, und die Briefe werden an Frau und Herrn Dingsbums gerichtet werden, gemeinsam werden sie Märkte und Ärzte besuchen, gemeinsam werden sie zur Messe gehen, sie werden sich an ihre Bank gewöhnen, schon hundertundzwanzig Jahre im Besitz der Familie, soll sie doch im Besitz auch noch der künftigen Generationen bleiben, was du hast, ist dein, wenn es auch nur eine Kirchenbank ist, und was dein ist, auf das paß auf, auf daß es dir erhalten bleibe, auch wenn es nur eine Kirchenbank ist, nach der Messe werden sie auf dem Friedhof oder vor dem Pfarrhaus plaudern, drei Sätze nach rechts, drei Sätze nach links, ein Lächeln in diese Richtung, ein Lächeln in jene, dann noch ein Gruß dem Pfarrer, der aus der Sakristei gewatschelt kommt, und noch etwas Kleingeld für die Ministranten, die der Henne hinterherwatscheln, wichtig ist, vom Pfarrer gesehen zu werden, er muß wissen, daß du freigebig bist und zur Kirche gehst, du hast immer ein offenes Herz für die kirchlichen Bedürfnisse gehabt. Endlich ein letztes »Gelobt sei Jesus Christus« und ab nach Hause, das Marienvolk hat hiermit seine Pflicht erfüllt. Tjaž ist vor solchen Vorstellungen erschrocken, sie haben ihn vor sich selber in Verlegenheit und schlechte Laune versetzt. Er rieb sich alle derartigen Phantasien aus den Augen, aber die Hochzeitsgäste sind immer wieder zu seiner Hochzeit zurückgekehrt. Der Weg von der Empore zum

Presbyterium hat sich gezogen, und der nachdenkliche Bräutigam, unwillkürlich zu tief ins Eheleben geraten, hat jetzt zornig auf die Hochzeit, die Musikkapelle und die Vermählungszeremonie gepfiffen. Auf einmal kein Gedanke mehr an eine Hochzeit, denn die zwei Burschen haben die aufgezwungene Braut im Stich gelassen und sind in der Sakristei verschwunden, haben eine längere Leiter herbeigetragen, sie an das Kreuz gestellt, das mächtig vom Betonboden zur Decke emporstieg, und sie an den Brustkorb Christi gelehnt. Diese Leiter gehörte zum liturgischen Gerät und diente ihrer gesegneten Aufgabe besonders am Pfingstmontag, sie hat da dem Mesner den Zutritt zu den näheren Spinnennetzen ermöglicht, zur Decke und in die entfernten Winkel hat sie freilich nicht gereicht, der Mesner ist bis zu den letzten Sprossen geklettert und hat von dort aus mit einem langen Wedel nach den Schmutzstellen und Insektenbrutstellen gelangt. Der Wedel machte von dieser Leiter aus mehrmals im Jahr dem Staub und dem Ungeziefer ein Ende, das Ungeziefer zeugt sich ja rasch fort. Manchmal hingen sich Fledermäuse unter die dunkelnde

Decke, verschliefen den Morgen und flatterten bei der Ankunft der jungen Gläubigen mit ihren grauslichen Laken. Weil sie die Aufmerksamkeit der Gesellschaft auf sich zogen, die ihre Sinne im Gebet hätte sammeln müssen und statt dessen, unter den verdächtig dahängenden Päckchen sitzend, ängstlich hin und her rutschte, bei gleichzeitigem Wegdrehen der Köpfe aus der Richtung eines möglichen Falls, war der Mesner verpflichtet, mit dem Wedel die Glaubensstörungen zu beseitigen. Danach mußte er die Leiter noch an weiteren Orten aufstellen und mit dem Wedelgestocher das Getier verscheuchen. Zu Ostern mußten sämtliche Christusse mit violetten Tüchern verhängt werden, zu Pfingsten mußten Lindenzweige angebracht werden wegen der heiklen Liturgie, und das brachte die Leiter von neuem in Umlauf, worauf dann auf ihren Sprossen schon wieder die Vorbereitungen für Weihnachten begannen. Der Tjaž hat nie aufgehört, die fruchtbaren Väter der Liturgie zu bewundern, die all ihre männlichen Hormone in die liturgische Bewegung hatten einschießen lassen, sie entdeckten dem gläubigen Auge immer neue Symbole und verbanden sie mit bis dato unerreichten Gesten und Haltungen, in der Liturgie konnte sich die Phantasie ungehindert ausleben, sie machte die Glaubensneigungen geschmeidig, die Liturgen hatten sich nur um immer neue Anregungen zu kümmern. Wenn ihnen diese nicht glückten, würzten sie die alten frisch und wärmten sie auf, denn man muß mit der Zeit gehen, wenn nicht überhaupt vor ihr her, das kirchliche Leben muß stets geschmackvoll inszeniert werden, eingewickelt in Seidenpapier, man muß eine Schleife herumwickeln, es soll doch wenigstens nach außen hin anziehend sein, was im Kern so bitter und schwerverdaulich ist. Dafür hat sich das Pfingstlindenlaub gut bewährt. Es war üblich, daß auf der Leiter Neues entstand und das Alte verjagte, wir beiden Burschen waren uns deshalb der besonderen Bedeutung der Leiter voll bewußt und sind mit dem Gerät vorsichtig und sacht umgegangen. Es war sehr dämmrig, und wie es mir schien, hat sich das Innere der Kirche jetzt noch mehr verdunkelt, es war tiefe Nacht. Tjaž hat die Sprossen ergriffen, bald hat er die ersten Heiligen erreicht, er hat sie hinter sich gelassen und ist ein bißchen höher oben auf neue gestoßen. Ab der Mitte hat die Leiter angefangen, sich zu biegen und dumpf an dem Christusbrustkorb zu scharren. Tjaž hat sich von der Leiter weg in den Altaraufbau hineingeschwungen und sich dort mitten unter den hölzernen Heiligen wiedergefunden, die kaum von seiner Ankunft Notiz nahmen, war doch eine Ahnung um sie, daß nichts Gutes bevorstand. Wenn der Tjaž nicht auf ein loses, schlecht befestigtes Brett getreten wäre, so hätte sich gar nichts verrückt, so aber hat er den jenem Brett zugeteilten Heiligen zu einer schwindelerregenden Verneigung gezwungen, welche freilich nicht in erster Linie dem ungebetenen Gast galt, sondern eher mit dem mangelnden eigenen Gleichgewicht zu tun hatte, dennoch hat das Nicken von gutem Willen gezeugt und den Tjaž friedlich gestimmt. Die Altarhöhe, in der Tjaž aufgetaucht war, bedeutete für die Heiligen ein Kinderspiel und wurde von ihnen wie mit dem kleinen Finger gemeistert, ihn aber hat sie geradezu kleinmütig gemacht, die ehrwürdige Gesellschaft hat auch keine andere Möglichkeit gelassen. Immerhin hat er sich langsam gefaßt, die beleidigende Ungehobeltheit seiner Altarkollegen vergessen, sich mit ihrer aufgeblasenen Ehrsucht angefreundet, ihre schon an Eifersucht grenzende Unhöflichkeit übersehen und ein beträchtliches Maß an Selbstbewußtsein und Mut hervorgekehrt. Bald hat er sich heimisch gefühlt und die Nasenflügel gebläht, wie um den schmeichlerischen, süßen Weihrauch einzufangen, den er dann für einmal mit ganzer Lungenkraft in sich aufnahm. Tief unten zu seinen Füßen standen die verlassenen Bänke, er konnte seine Begleiter nicht mehr erkennen, er nahm an, sie hätten eine Bank gefunden, von wo aus sie ihn beobachteten. Unversehens hat er sich eine Menschenmenge herbeigewünscht, die mit schwierigen Problemen zu ihm käme, die Augen zu ihm erhöbe und anhübe, ihn mit unverwirklichbaren Bitten zu überschütten, und tatsächlich kamen an seine Ohren unglaubliche Dinge, drangen auf ihn ein, verdichteten sich um seine Ohren. Weil ein derartiges Geschäft ihm fremd war, hat es ihn seine ganze Kraft gekostet, eine Angelegenheit von der andern zu unterscheiden und in diesem Gedrängel keine untergehen zu lassen, ach, wie hat das alles die Heiligenlangeweile verkürzt, wie hat das in der

Nase gekitzelt, wie hat es unter der Haut gekribbelt! Weihrauch und Speik haben im Vergleich dazu ausgesprochen mickrig gerochen. Der Tjaž hat die Augen zur Menge gesenkt, hat ihr wohlwollend zugelächelt und ihr feierlich zugenickt, das war noch das wenigste, was er ihr schuldig war, darauf hat er ohne Verzug die Anliegen begutachtet, hat sie schön ausgesondert nach ihrer Gewichtigkeit, sie großzügig geprüft und erledigt. Sie haben alle genommen, was ihnen zugestanden hat, die Menge mußte die Veränderung spüren, hat sie sich doch in einer solchen Zahl und in einem solchen Schwung dem neuen, frischen Wind ausgesetzt, der sie gekühlt und belebt hat. Tjaž hat den Mund aufgetan, aber er mußte gar nicht extra die Stimme erheben, die frohe Botschaft hat ihm auf der Zunge gelegen. Weil die Menge von weltlicher und sündiger Denkungsart war und im Leben weder Tugend noch Tüchtigkeit als Banner mitgeführt hat, erriet sie die Worte, die im Munde bereitlagen, sie hat ihm diese von der Zungenspitze abgelesen, so daß er bloß den Mund auftat und nebenbei fröhlich mit den Armen fuchtelte. Duldet nicht die Sklaverei, die

Zurücksetzung und die Erniedrigung, so haben Tjaž Arme weit ausholend gefuchtelt, für jeden Verzicht verlangt eine Erklärung, überzeugt euch, ob er notwendig ist. Leistet Widerstand, wann immer euch das möglich ist, verleugnet euch nicht mehr und entsagt nicht den Gütern, die euer Nachbar genießt, fordert und verlangt, denn nichts wird euch in den Schoß geworfen werden, alles werdet ihr euch durch das Rackern eurer schwieligen Hände aneignen und durch die Arbeit eures Verstandes erhalten müssen. Wenn euch jemand auf die rechte Wange schlägt, stoßt ihn doppelt so stark in die Rippen, um ihm seine Schuld heimzuzahlen. Rührt weder Sauerkraut noch Rhabarber mehr an, womit sie euch doch nur deswegen vollstopfen, weil sonst das Freiheitsdenken, die Eigenständigkeit, das Verlangen, die Leidenschaft, das Fleisch sich in euch melden würden, mit dem Kraut blockieren sie euch die Triebe, das saure Zeug soll eure Würzelchen bis zur Unbrauchbarkeit zersetzen, mit der Milch wollen sie euer Blut verkäsen, so daß es in euren verkalkten Adern geronnen sein wird, ohne für eure Nachkommenschaft zu sorgen. Verhindert die gemeinsamen nachmittäglichen Spaziergänge, die euch die Sonn- und Feiertage, eure freie Zeit, verbittern, alle Berge und Hügel habt ihr ja schon abgegrast, durch die Schlüssellöcher sämtlicher Kirchen in der Umgebung geglotzt. Mit Messen und nachmittäglichen Andachten seid ihr überfüttert und mit Märschen geplagt worden, daß ihr in die Betten gefallen seid und euch jeder normale Gedanke entschwunden ist, wie es der Gedanke an ein genießbares Mädchen gewesen wäre, an eine Zufallsbegegnung. Wahrscheinlich war das die einzige Ansprache, die Tjaž je im Leben gehalten hat, es schien ihm, daß durch die Bänke lange und bedächtig genickt wurde, seine Worte haben betroffen gemacht. Es hat ihn gereizt, sie auf die Leiter einzuladen und ihnen an Ort und Stelle die Ohnmacht der gefangenen Vögel da zu zeigen, einigen von ihnen waren Eisenstangen in den Rücken gepflanzt, so daß sie an den Säulen hafteten, sie wußten sich nicht zu helfen und sich das Schicksal zu erleichtern, andere wieder standen aus eigener Kraft auf den vergoldeten Sockeln, einen von ihnen hätte Tjaž mit seinem ungestümen Gehabe ja fast in die Tiefe gestürzt, hätte er nicht einen derart gut entwickelten Gleichgewichtssinn besessen, wäre solches sicher passiert. Mit ihm zusammen hätten sie gestaunt, wenn sie erstmals die Heiligen von oben gesehen hätten, sie wären dem Geflatter der leichtgefiederten und verzärtelten Engelchen ausgewichen, mit den Augen hätten sie die Heiligenscheine aus Kupferdraht umkreist, die gesprenkelt waren mit Fliegendreck. Dem Präfekten des Nachbarstudiersaals hatte der Tjaž, als jener da unten die Messe las, einst eine Rückenkratzung verabreicht. Er erinnerte sich aller Einzelheiten, der Betreffende hatte den Bänken gerade den Schlußsegen verpaßt, das Volk hatte sich mit den Fingern auf der Stirn, unter der Kinnlade und darüber betätigt, der Priester hatte sich zufrieden vom Publikum abgewendet, und dabei hatte er seinen breiten Rücken dem Kirchenvolk ausgesetzt. Die Weiber hatten ihre kritischen und in Textilfragen erfahrenen Blicke drangehängt und ihn mit den verkümmerten und verhutzelten Rücken ihrer Ehemänner verglichen, die Männer konnten sich inzwischen schon halb über den Preis der trächtigen Kuh

Majola einigen, die im Frühjahr ihren ersten Bankert werfen würde, weil sie den Almstieren nicht konsequent genug ausgewichen war. Als der Kirchenchor nach kurzem Geplänkel mit der Orgel die dritte Strophe des Lieds »Oj kvišku, delavska mladina« versucht hat, da hat der Tjaž von der Empore aus in den fraglichen Nacken gezielt, hat seine Nägel in das Meßgewand gepflanzt, daran gezerrt, und der Stoff hat mit einem empörten Gekreische das Lied von der »Arbeiterjugend« übertönt, das Feilschen um die trächtige Majola wurde abgebrochen, und die Weiber haben im stillen beschlossen, es wieder mit dem Rücken ihrer Ehemänner zu versuchen. Tjaž hat von neuem ausgeholt, das Leinenoberhemd kam zum Vorschein, dann das Unterhemd aus Baumwolle, dabei hat Tjaž es bewenden lassen, hat sich ein wenig über die Empore gebeugt, um einen Überblick zu bekommen, ob auch alles entsprechend entblößt sei oder ob er weitermachen und noch die Hosen von jenen rundgemästeten Endstücken kratzen solle, aber er hat es sich überlegt. Wenn er heute mit reiferen Augen und von oben auf diese Begebenheit blickt, so muß er zugeben, daß er damals richtig entschieden hat. Schon diese Entkleidung hatte ihm unermeßliche Schreierei, Rennerei und Streiterei eingetragen, der Direktor erlaubte dabei unfreiwillig einen tiefen Einblick bis hinein auf seine letzten Backenzähne, und Tjaž mußte sich ein wenig vorbeugen, bis er sich überzeugte, daß alle plombiert waren. Den Christus haben sie bis auf die Knochen entkleidet, und er hat geschwiegen, nicht ein einziges Wörtchen ist aus seinem Mund gekommen – hier aber solch ein Gekreisch wegen ein paar aufgeschlitzter liturgischer Fetzen. Diese Tat hatte jedoch noch einen zweiten beunruhigenden Aspekt offenbart, mitten im Kratzvorgang hatte er nämlich bemerkt, daß sein Körper wuchs, wuchs mit jener Begeisterung, mit der er auch seine Arbeit verrichtete. Es hat in den Knochen gekracht, sich in den Gelenken geregt, die Sehnen haben sich gespannt, die Muskeln haben sich gewölbt, der Schweiß trat ihm aus der Haut, und diese hat nachgegeben. Es war kein Zweifel, Tjaž hat zu wachsen angefangen, sich zu entwickeln, seinen Leib aufzutun, am ganzen Körper hat er ein Ziehen und Zerren gespürt, die Schmerzen waren ermüdend, an jenem Tag war er unfähig zu einer anderen Tätigkeit, die Lernerfolge sind zurückgegangen, die Eßlust hat sich verstärkt. Wenn ihn ein sanfter Hauch wie mit einer kühlen Zunge beleckt hat, so war das der untrügliche Beweis, daß sein Körper wieder gewachsen ist: die neuen Teile haben sich noch nicht an den Luftraum gewöhnt gehabt und mußten sich erst akklimatisieren. Diese unerwartete Entdeckung war von entscheidender Bdeutung für seinen gesamten späteren Weg, denn endlich war Aussicht, daß die Natur ihre Verzögerung korrigieren und der Bub sich zu einem normalen Menschen entwickeln würde, es war also noch genug Zeit zum Wachsen. Was den Buben mit sich selber uneins gemacht hat, war die Seltsamkeit, daß er nur so lange gewachsen ist, wie die Kratzerei gedauert hat, je tiefer er gekratzt hat, desto schneller ist er gewachsen, sein Wachstum war also gänzlich abhängig von der Häufigkeit und Gründlichkeit des Kratzens. Er geriet in Gefahr, sich zuviel Wachstum auf einmal zu gönnen und derart den kindlich zurückgebliebenen Rumpf zu einem richtigen Longinus zu entwickeln, womit der übrige Tjaž vielleicht nicht mehr Schritt halten könnte und mit Gehänsel eingedeckt würde. Wollte er das verhindern, so mußte er sein Gekratze auf die notwendigsten Fälle beschränken. Und doch hat er in jenen Jahren sehr ausgiebig gekratzt, unzählige Male hat er mit seinen Widerhaken das Altarganze abgetappt, nur klein-klein, versteht sich, nie geriet er außer sich oder wurde wild. Es gab keine Heilige, die nicht wenigstens einen Tupfer auf die Arme oder auf die Schenkel bekommen hätte, wie es auch keinen Heiligen gab, der nicht ein Souvenir an ihn abgekriegt hat. Dem Antonius von Padua hat er das Ferkel verkratzt, dem Matthias das Beil, der Apollonia die Zange, der Lucia das Brett, der Katharina das Rad, dem Isidor den Klöppel, der Juliane den Erlenzweig, der Magdalena den Ochsenziemer, dem Hieronimus Megiser das Slowenisch-Deutsch-Wörterbuch. Am liebsten hat er die Zeit mit den weiblichen Heiligen vertan, von denen es in der Internatskirche einen Überschuß gab, nach dem Wert der Jungfräulichkeit waren sie von der vorderen hin zur hinteren Wand aufgereiht, jene, die für ihre Jungfräulichkeit gestorben waren, nahmen die ersten, die Ehrenplätze ein, die übrigen aber wurden von den Liturgen, wie es mich dünkt, ganz unverdient in den Kirchenwinkel verbannt. Aber auch dort wurden sie von den kratzenden Klauen des Tjaž aufgestöbert und um einige Heiligenutensilien gebracht. Die ersten Kratzer hatte jener Mitschüler abgekriegt, der um seine Schuhe gekommen war, aber dann kratzte der Tjaž noch tüchtig weiter, auf Versammlungen, Kursen, Zusammenkünften, Lagern, Messen, Treffen, bei Wahlen, Wallfahrten, Tagungen, er kratzte in schlichten Zimmern und in großen, hellen Sälen, in überfüllten Geschäften und an karg bestückten Haltestellen, auf Höfen und Huben, in Hütten, Keuschen und Palästen, auf der Straße, in Werkstätten, in Ämtern und Büros, auf öffentlichen und privaten Plätzen, zeitweise kratzte er mehr, zeitweise weniger, wie er eben Lust hatte und wie es ihm fürs Körperwachstum nötig schien. Zu Beginn hat es ihm an Geschmack gefehlt, und er hat oft über das Maß und das Nötige gekratzt, mehrmals hat er ins Blaue hinein gekratzt. Mit der Zeit hat er das Maß gefunden, nur noch selten schien es ihm beim Zusammenrechnen des Tagespensums, daß er die Norm überschritten hätte. Die Tageszeit spielte keine Rolle, er hat Tag und Nacht gekratzt, am liebsten an den Abenden, er hat gekratzt im Sommer und im Winter. Viel Kratzerei hat er im Vorübergehen vollbracht und erinnert sich ihrer heute nicht mehr, sie ist vergessen, viel aber hat sich ihm eingeprägt. Lebendig ist das Gekratze in der Druckerei geblieben: Man hatte ihn um einige Drucksachen fürs Internat geschickt, und dem Tjaž hat es zuerst nicht einmal gedämmert, daß diese Walzen, stinkend von Schmieröl, seine Kratzernägel anregen könnten, überdies hat er die für die Woche vorgesehene Menge an Gekratze schon hinter sich gehabt. Der ganze Maschinenraum hat gezittert, als sich die mächtigen schwedischen Maschinen drehten, die Elektromotoren haben gleichmäßig, kaum unterscheidbar, gedröhnt, die Saugöffnung hat den unersättlichen Walzen die weißen Bögen ins Zahnwerk geschoben, die pneumatischen Anlagen haben eingegriffen, wo das nötig war, die Zeiger an den Uhren haben ausgeschlagen und ihre Enden in verschiedene Farbfelder getaucht. Die Maschinen haben sich gehoben und gedehnt, sie haben genommen und gegeben, geschoben und gezogen, gestampft und geschnaubt, sich angespannt und sich abgerackert, jetzt im Chor, dann vereinzelt, haben schließlich die stählernen Glieder gestreckt und sozusagen den Geist ausgehaucht, nicht weil sie zu Tode erschöpft waren, sondern weil die Angestellten Feierabend hatten. Als Tjaž eingetreten ist, hat man gerade ein Farbplakat fertiggestellt. Der Direktor, den Tjaž im Büro nicht angetroffen hatte, und die Drucker haben es umringt und konnten sich an der changierenden Farbenpracht nicht satt sehen. Angesichts der Drucksensation hat niemand die Ankunft des Tjaž bemerkt, der Ankömmling hat das Gefühl gehabt, bei der Geburt eines bisher unerreichten technischen Wunders anwesend zu sein, das den Weg aus dieser glücklichen Druckerei hinaus in die weite Welt nehme und diese über Nacht erobern würde. Er hat sich in die Nähe des bedruckten Blattes gedrängt, aber mitten im Getümmel ist er steckengeblieben, ohne dem Ziel näher zu kommen, es ging weder vor noch zurück, und da ist ihm das Kratzen in den Sinn gekommen, aber er hat wegen seiner bedrängten Lage vorläufig noch davon Abstand genommen. Mit seinem früheren, unentwickelten Körper hätte er in einem solchen Fall nicht einen Schritt weitergekonnt, die Mauer hätte ihn gleich einem Ball abprallen lassen, seinen Nägeln hatte er es zu verdanken, daß er in der letzten Zeit etwas gewachsen war und wenigstens mit den Augen seine nächste Umgebung abschätzen konnte, dennoch haben ihn einige Druckereilehrlinge immer noch um einen halben Kopf oder mehr überragt. Mag er sich noch so bemüht haben, dem Plakat war er nicht gewachsen, er konnte sich nicht so nah herandrängeln, daß er etwas hätte unterscheiden können, er war angewiesen auf das, was geredet wurde. Davon aber gab es mehr, als ihm nötig schien zu der Feststellung, was denn das Plakat vorstelle, alles blieb also möglich, ein Einladungsflugblatt zu einer Pinzgauer-Messe oder eine Ankündigung der Weißen Wochen und des sommerlichen Schuh-Schlußverkaufs, wer weiß, einige Leute haben das Plakat sogar für die Benachrichtigung von einer großen Ratsversammlung des Volksverbandes gehalten, der gar fanatischen Partei für Alles, das heißt für das

Auf und Ab des politischen und kulturellen Lebens. Der Druckereilektor, der in seiner freien Zeit im Verein christlich orientierter Alpinisten amtierte, hat von einem solchen oder wenigstens ähnlichen Plakat geträumt, betreffs einer Ankündigung einer Vereinsvollversammlung, in Kürze vorgesehen, und bei dem Gedanken, zu dieser Gelegenheit vielleicht an eine höhere Stelle gewählt zu werden, erfaßte ihn Fieber. Ebenso hätte der Text auf dem Plakat zu einer Aufklärungshuberei aufrufen können, sei es zu einem Laienspielchen oder einer kleinen musikalischen Veranstaltung, wie er gleichermaßen ein neues Insektenvertilgungsmittel hätte kundmachen können. Sogar neuartige Spinatsamen, Bekämpfung von Brennesseln, kosmetische Verheißungen und Kunstdünger waren nicht ausgeschlossen, Gott weiß, was die Druckerei in Wahrheit gedruckt hat, daß die Anwesenden so durcheinander waren und nicht eins werden konnten. Als der Meinungswirrwarr am größten schien, sind noch die Nonnen aus der Redaktion herbeigeflattert und haben ihre Flügel in die farbige Angelegenheit getunkt. Bei den Nonnen hat es ihm immer in den Fingern gejuckt, und Tjaž mußte diese mit ganzer Kraft bezähmen, daß sie ihm nicht wild wurden, kaum ist in seinem Alltag eine Nonne aufgetaucht, schon hat sich ein Pochen gemeldet, und auch diesmal hat er eindeutige Stiche hinter den Nägeln verspürt. Daß er so rasch willfährig war und grünes Licht gab, dafür haben die Nonnen-Redakteurinnen und -Korrektorinnen selber gesorgt, das muß unters Volk, haben sie beschlossen, mit derartigen Farben werden wir es am ehesten ansprechen. Bis heute ist es nicht heraus, ob das fragliche Plakat im weiteren Verlauf tatsächlich unter die Leute gekommen ist oder nicht, jedenfalls haben es die Internatlinge all die Ferien hindurch gesucht und konnten es an keinem Haus aufspüren, auch der eigentliche Inhalt jenes Plakats ist bis heute ein Geheimnis geblieben. Es stimmt und ist erwiesen, daß Tjaž seinen Auftrag nicht erledigt hat, wohl aber seine eigene Aufgabe. Er hat sich die neueste schwedische Maschine ausgesucht, welche von den schwedischen Ingenieuren in drei ganzen Wochen aufgestellt worden war, hat ihr die Hebel, Griffe, Stufen, Tische, Walzen herausgenommen, hat ihr die Schrauben herausgekratzt, die großen und die kleinen, die Muttern, Bolzen, Rädchen, Räder, die Seiten- und Deckenteile, es war das große Stahlunwetter, die Maschine hat zu röcheln und zu husten angefangen, gräßlich ist der Krach losgegangen, und vom Motor hat sich die Schutzhaube losgerissen, wie ein Geschoß ist der Riemen auf einen Stapel Papier losgeschnellt, dann haben sich ziemlich große Trümmer von Eisen, Blech, Stahl, Holz und Plastik selbständig gemacht. Noch bevor die Drucker weggesprungen sind und noch bevor die Redaktions-Nonnen ihren Habit in Sicherheit bringen konnten, hat sich über das bunte Flugblatt eine Mischung aus Farbe und Schmieröl ergossen. Das Gekratze war in der Regel so zufällig wie dieses eine Mal. Alle möglichen Dinge zogen sich Tjaž' Unwillen zu und spornten seine Nägel an, er hat viel getüftelt, und das Gekratze ist schließlich nach einem klar festgelegten Zeitplan verlaufen. Zu seinen regelmäßigen Beschäftigungen gehörte das Zerkleinern von Halskettchen. Die verschiedenen gläubischen und abergläubischen Anhängsel waren Geschenke von Müttern, Patinnen und Liebchen. Die Internatlinge haben sie sich treulich um die Hälse gehängt, aber der Tjaž hat das nicht ausstehen können und kannte keine Rücksicht, die weltlichen Symbole wie Hufeisen, vierblättriger Klee, Rauchfangkehrer, Pilze waren ihm genauso zuwider wie die Heiligen, nur Christus durfte seinetwegen unter ein paar Hemden baumeln. Wenn sich die Internatschaft am Abend wusch und dann am meisten Haut zum Vorschein kam, ist Tjaž durch die Waschräume geflitzt und hat sich all die Erinnerungsstücke an den verschiedenen Hälsen wohl gemerkt. Kaum ergab sich am nächsten Tag die Gelegenheit, feilte er dann die Kettchen von den Hälsen und ließ die Anhängsel durch das Hemd, am Gürtel vorbei und durch die Hosen abstürzen. Manchmal haben die Mitschüler das nicht einmal bemerkt, sie stellten nur fest, daß das Kettchen ab war, gewöhnlich aber haben sie am selben Tag einige Reststückchen hinter dem Gürtel gefunden, einige Kettchenglieder, die sich auf ihrem Weg in die Wäschefalten verfangen hatten. Tjaž hat die Leiter nicht mehr benützt, sondern ist im Altaraufbau freihändig um einige Lagen höher gestiegen. Als ihm vorkam, der Altar werde ihn nicht mehr tragen, hat er innegehalten und ist mit dem Kopf in die Kumuli eingetaucht, in die erste Wolkenschicht, die sich rundum häufte und so ein Gewitter vorbereitete. Tjaž hat ein bißchen die Beine gespreizt, was bedeutete, daß er sich auf eine eher heikle Tätigkeit einstellte. Knapp über dem Kopf hat er die Säge angesetzt und sie in die Wolke geschoben, die schon zum eisigen Zirrusbereich gehört hat, das Blatt ist abgesprungen, bevor es ins Holz gefunden hatte, die Späne sind im Rhythmus dem Tjaž ins Gesicht gesprüht, hafteten am Hemd, sind in die Tiefe gestaubt. Sie sind an den Nimbuswolken vorbeigesprüht, durch die Reifen der Heiligen hindurch, die sich diese einst bei den griechischen Kollegen heidnischen Ursprungs ausgeliehen und bis heute nicht zurückgegeben hatten. Inzwischen hat die Säge ins Holz gegriffen, sich darin eingegraben und ihren Schrot unter dem Blatt hervorgespien. Binnen kurzem hat auch unten, beim Boden, eine Säge getönt, also auf dem Gebiet, das mir zugeteilt war. Während der Tjaž mit den oberen Heiligen beschäftigt war, habe ich an den unteren gesägt. Mit hoffnungsertötendem Schall haben sich unsere Eisen hineingefressen, der Gesang des Holzfällerwerkzeugs hat den Raum erfüllt. Mit einem solchen Eifer haben wir unsere Sägen durch die hölzernen Körper gerammt, daß in uns jeder Skrupel verschwand, der uns von unsrer Holzfällerarbeit hätte abbringen können, wir haben die Körper verstümmelt, die mit der Säge erreichbar waren, ohne daß wir irgendeinen verschont hätten, so manches einzelne Glied haben wir entzweigesägt, die hölzernen Endstücke der Heiligen sind nur so herabgeschwirrt, sind auf dem Steinboden oder auf den Teppichen aufgetroffen, sind auseinandergeflogen, quer durch die Kirche hin zu den Bänken gesprungen oder gegen die Mauer geknallt, oben im Altar haben die verstümmelten Körperreste an behauene und zugeschnittene Klötze erinnert, welche in alle Richtungen ragten. Als wie auf Befehl fünf, sechs Scheinwerfer zugleich aufstrahlten, und zwar dort, wo sich die Türen befanden, war unser Werk zum Großteil vollbracht, einige göttliche Heilige und Heiliginnen haben noch gewartet und uns ihr Holz angeboten, aber wir haben sie nicht mehr erhören können, die

Scheinwerfer haben uns erwischt. Der Tjaž hat die Säge herausgezogen, ohne zu Ende gesägt zu haben, was er gerade gesägt hat, und auch ich bin auf den ersten Leiterstufen erstarrt, es entstand wieder eine fischartige Stille, in welcher das Geatme der beiden Holzfäller zu hören war oder beider gestockter Atem. Die Polizeischeinwerfer, die an den Ausgängen postiert waren, haben tonlos geleuchtet, die Stille wurde starr, die Farben totensteif, eigentümliche Fratzen sind aus den Bänken geschnellt, wenn die Strahlen sich gekreuzt haben, die Macht der Batterien hat nur das Dunkel durchdrungen, nicht aber die Stille. Als der Schein auf unsere Gesichter fiel, so daß uns von der giftigen Helligkeit die Augen brannten, war uns danach, aufzuspringen und die Scheinwerfer zu zertrümmern. Doch kein Fuß hat sich bewegt. Der Stille der Fische hat die Stille der Holzfäller geantwortet. Die Sägen sind nicht mehr erschallt, das Holz konnte ruhig sein. Auch die gepreßte Stimme, die von irgendwoher die nächtliche Runde aufgefordert hat, sich nicht zu bewegen, war nichts gegen die Starrheit der Luft, die Münder wichen bis hinein zum Schlund zwanghaft auseinander, die Wörter sind in ihnen gewirbelt, aber nach außen ist keines gedrungen. Wenigstens die Raben unter der Empore hätten doch aufkreischen können, aber sie waren an Tjaž' Anweisungen gebunden. In den mächtigen Strahlenbündeln, die sich stoßweise zwischen den Endstücken der zersägten Heiligen, kreuz und quer auf dem Boden verstreut, bewegten und auch die Stümpfe und Klötze unter der Decke erfaßten, war nichts mehr zu unterscheiden.

5 | DAS KAPITEL VOM LETZTEN KRATZEN

In der Vorstellung war der Abgang aus dem Schülerheim etwas viel Einfacheres als dann in der Wirklichkeit. Dieser Rapport über Tjaž hätte kürzer sein und sich auf die schlimmsten Begebenheiten beschränken können, hätte sich nicht herausgestellt, daß die scheinbar nebensächlichen Dinge die wesentlichen und argen waren. Deswegen können sie nicht übergangen werden, und gerade sie werden den Bericht in die Länge ziehen und befrachten. Schaut, es wäre möglich gewesen zu sagen, daß die Periode, die der Tjaž unter dem Internatsdach verbracht hat, »zu Ende ging«, und die Angelegenheit wäre erledigt, der Bericht wäre bündig, sachlich und interessant. In Wahrheit aber ist die Periode, die Tjaž unter dem Internatsdach verbrachte, nicht zu Ende gegangen, es war keine Rede davon. Was heißt zum Beispiel: »dem Ende zurasen«? Es ist nicht ausgeschlossen, daß der Auftraggeber dieses Rapports derartige Ausdrücke streichen oder ihretwegen sogar den ganzen Bericht zurückweisen würde, es könnte leicht sein, daß er sich einen anderen, einen verläßlicheren Berichterstatter sucht, mir aber den Abschied gibt. Ich sehe ein, daß ein Rapport verläßlich, wahrhaftig und gut ausgeführt zu sein hat. Wenn ich um das tägliche Brot komme, werde ich mir eine andere Profession suchen müssen, es ist ja nicht nötig, daß es eine Profession ist, es kann auch ein Dienst oder sonst eine Arbeit sein. Ich denke daran, Lastwagen zu chauffieren, Automaten zu verkaufen, Mitglieder für irgendeinen Verein zu werben. Da könnte ich eher den Mängeln und Fehlern entkommen, welchen ich jetzt hilflos ausgesetzt bin. »Die Periode ging zu Ende«, das heißt wirklich nichts, und es geschähe mir für den Fall, daß ich bei einer solchen Ausdrucksweise bliebe, nur recht, wenn mich der Chef entließe. Ich muß auf die Wünsche und Vorstellungen meines Vorgesetzten Rücksicht nehmen, so schwierig ist das bei ihm ja eigentlich nicht, ich sehe ja selber ein, daß derartig simple Ausdrücke wirkungslos sind, den Tatsachen nicht entsprechen und kein rechtes Bild geben. Ein »Ende« haben Haselstock, Flasche, Bleistift, Telefonmast, während es schon fragwürdig wäre, dasselbe von einem Bach, einer Blume oder einem Korridor zu behaupten. Der Bleistift »geht dem Ende zu«, das schon, dazu kannst du ihn leicht bringen, bei einem Korridor ist dergleichen schwer möglich, er beugt sich dir nicht, alles ist nicht so einfach, wie es dem Menschen lieb wäre. Die Schwierigkeiten beim Abgang vom Heim haben am Hintern angefangen, wenn das der Chef auch nicht glauben wird, aber so ist es halt, des Hinterns wegen wollte die Periode des Tjaž nicht zu Ende gehen, und sie hat sich auf ein Ende auch gar nicht eingerichtet, sie bewegte sich auf der Oberfläche wie das Fett auf der Suppe oder wie die Faschingskrapfen im Fett, unmöglich aus der Bahn zu bringen. Sie wurde aufgesaugt vom Holz der Bänke und Stühle, von den Bretterfasern, den Rissen in den Platten und Balken und hat alle Gegenstände glasiert, von denen die Nonnen aufgrund ihrer Ewigen Gelübde den Staub zu wischen pflegten, freilich war auch die Existenz des Staubs ein Ewiges Gelübde. Der Rapport nähert sich den Schlüsselfeststellungen: da alles, was die Haut ausgeschwitzt hat, vom Holz aufgesaugt wurde, war es unmöglich, etwas wegzuwischen oder mit sich zu nehmen, wenn es auch persönliches Eigentum war. Zwischen diesen beiden Tatsachen, nämlich der Ausschwitzfreudigkeit der Haut und der Raffgier des Holzes, gab es eine Verbindung wie zwischen Ursache und Wirkung. Das eine bedingte das andre. Weil die Haut Schweiß ausgeschieden hat, hat den das Holz wiederum aufgenommen, und umgekehrt hat die Haut Schweiß ausgeschieden, weil das Holz ihn in sich aufgenommen hat. Der Mensch ist allerdings nicht nur Arsch, nicht allein Fettgewebe, sondern auch Skelett, Haut und Blut. Es ist euch entgangen, daß all das, was der Mensch außerdem noch ist, mit einem »harten t« endet, es ist euch nicht entgangen? –, wie aufmerksam und bei der Sache ihr seid. Der Mensch wäre einheitlicher, wenn auch die anderen Teile seines Körpers mit einem »harten t« aufhörten, aber sie wollen nicht, sie haben ihre Bedenken, es ist recht, daß sie ihre Bedenken haben und daß sie nicht alle mit einem »t« aufhören wollen, das wäre eine große Dummheit und eine buchstäbliche Gewaltsamkeit, und dagegen sind wir, gegen was sind wir eigentlich, wir sind gegen die buchstäbliche Gewaltsamkeit, wir werden sehen, vielleicht stimmen wir ab, weg mit der Gewaltsamkeit, weg mit ihr, wenn nicht anders, so mit Gewalt. Beim Skelett ist es anders, die Knochen hinterlassen keine Spuren an den Kirchen-, Studier- und Hörsaalbänken, wohl aber hinterlassen die letzteren Spuren am menschlichen Körper, auch das ist Gewalt, ich meine, daß es Gewalt ist, stimmen wir darüber ab: brandmarken sie ihn, weil sie ihm Kerben in die Ellbogen und in die Knie schneiden, oder umgekehrt, schneiden sie ihm die Kerben in das Ellbogengerüst und das Kniekonstrukt, weil es ihre Aufgabe ist, ihn zu brandmarken, hier muß ich den Chef von neuem auf zwei Wörter aufmerksam machen, die zwei Körperteile bezeichnen und, siehe oben, mit einem »harten t« aufhören, das sind »Ellbogengerüst« und »Kniekonstrukt«, er ist mir für solch geringfügige Aufmerksamkeiten und scheinbar marginale Hinweise dankbar. Während die Kerben ohne Handelswert sind, weil sie überall vorkommen und ausdruckslos sind, geht es nicht an, den Wert eines Loches zu unterschätzen. Es gibt Leute, die schämen sich des Lochs im Hintern und halten dasselbe für ein Übel, wahrscheinlich weil sie nichts davon verstehen, weil sie darüber nicht informiert sind und weil sie darüber nicht auf dem laufenden sind. Dieses Organ dient nicht nur der Messung der Temperatur, es ist nicht nur der Ausgang für all das, was sich der Mensch einverleibt hat, sondern es ist auch einer der seltenen, nur in einer Richtung funktionierenden Durchgänge und als solcher ein unumstößlicher Beweis dafür, daß das Holz etwas Hartes *und* Weiches ist und daß es ausgetrocknet ist wie ein Schwamm, wie anders könnte es alle die Ausdünstungen der Haut aufsaugen. Was bleibt übrig, als die Internatsbretter beiseite zu schieben, so wie sie sind, durchtränkt und angenagt, vom Sitzen aufgerieben, und ein letztes Mal über sie hinwegzufurzen. Ein solcher Furz mildert ein bißchen den Geruch nach Weihrauch, Weihwasser, Messingkerzenhaltern und muffigen

Wollsachen, ein solcher Furz neutralisiert ein wenig die Luft, entpestet und lüftet sie, macht sie erst atembar. Mit Leichtigkeit wird Tjaž sich von den kalten Mauern lösen, von den Betonböden und bilderbestückten Decken. Nein, nichts wird er von diesem Ort mitnehmen können außer die entpestete Luft, die Kerben und die Löcher, einige Gerüche und Düfte, die die Kleidung aufgesaugt hat und die sich im Naseninnern festgesetzt haben. Ein gründliches Schneuzen wird ihnen ein Ende bereiten. Die Cica hatte ein Zusatzloch zwischen den Beinen, das vielleicht mehr einem Schlitz oder Spalt ähnlich war, warum auch nicht, letzten Endes aber war's ein Loch. Der Tjaž hat in jenen Jahren schon zwischen Loch und Kerbe unterschieden, er wußte auch, wozu das eine und wozu das andre nutze ist. Wenn Cica die Tische abgeräumt oder die Speisen aus dem Aufzug geladen hat, wenn sie die Korridore gekehrt hat oder so tat, als wollte sie etwas Vergessenes holen gehen, dann haben die Internatlinge begriffen, wozu sie dort etwas mehr haben, wo Cica etwas weniger hatte. Sie hatte eine gute Hand für das Küchengeschirr, sie hatte Wimmerln im Gesicht und am Körper, sie war weder hinten noch vorn eine Schönheit, aber das hat nichts gemacht, im Gegenteil, so hat sie den Einstellungsbedingungen fürs Internat auf ideale Weise entsprochen. Nur das Loch ließ sich nicht vertuschen, man mußte es nolens volens mitsamt dem andern in Kauf nehmen, denn im übrigen war sie in Ordnung. Man hätte auch einen Mann einstellen und solcherart das Loch vermeiden können, aber das hätte die Angelegenheit offensichtlich verteuert und eine Reihe anderer Unannehmlichkeiten mit sich gebracht, ein Zicklein von Cicas Art kam eben auf der ganzen Linie billiger. Hätte man Cica nicht eingestellt, so wäre die Loch-Vorstellung der Internatlinge sicher eine andre gewesen, weil das Internat Cica aber eingestellt hat, haben sich die Internatlinge das Loch so vorgestellt, wie sie es sich vorgestellt haben. Sie hatte so viel zu tun mit dem Geschirr, dem Aufzug und den zum Schein vergessenen Sachen, daß sie die Internatlinge am Anfang nicht begriff. Guten Abend, gehen Sie schlafen, ja, gute Nacht. Sie haben angefangen, sie aufzuklären und zu belehren, haben dem

Unterricht noch Hinweise und Hilfestellungen beigefügt. Guten Abend, gehen Sie schlafen, ja, gute Nacht. Jetzt hat die Cica verstanden, hat sie mit einigen neuen Erfahrungen versorgt und entscheidend auf die Loch-Vorstellungen eingewirkt. Tjaž hatte keinen Grund, sich lang und breit zu verabschieden. Er war nicht an dem Ort angewachsen, also wird er sich von nichts losreißen müssen. Er wird hinter sich aufräumen, das schon, aber mehr nicht, wenn einer gründlich aufräumt, ist das Abschied genug, Kübel, Bürsten und Besen sind ein Kennzeichen des Abschieds. Notwendigerweise zwingt ihn eine solche Tätigkeit, der Umgang mit derartigen Gegenständen, zu Gebärden und Haltungen, die in den Bereich des Abschieds gehören. Die Hände polieren die Mauern, den Boden und die Einrichtung, ertasten mittels des Staublappens jedes einzelne Fältchen und Rißchen, früher haben sie davon nichts gemerkt, jetzt aber sind die Wände voll kleiner Falten, der Boden ist voll von kleinen Rissen. Unwillkürlich tasten sie in den kleinen Mauerkerben nach Polstern von Wärme, Nähe und Geborgenheit, früher hatten sie kein Bedürfnis danach. Nützen denn die kleinen Kissen aus Wärme, Nähe und Geborgenheit zur Stunde des Abschieds?, ich weiß es nicht, wahrscheinlich nicht, wahrscheinlich ist es zu spät für einen Nutzen, ich werde den Chef nach seiner Meinung fragen, er hat mich schließlich mit diesem Rapport belastet und hat davon bestimmte Vorstellungen, er soll entscheiden, was wichtig ist und was nicht. Ich habe den Chef nach seiner Meinung gefragt, er ist dagegen, was heißt das, er ist »dagegen«? Es scheint ihm nicht wichtig, es ist sein Recht zu bestimmen, was wichtig ist und was nicht, dafür ist er der Chef. Nein, ich habe ihn nicht gefragt, woher denn, ich habe ihn nicht um irgendwelchen Rat gebeten, noch weniger um eine Entscheidung. Wozu hätte ich ihn um Rat fragen und von ihm eine Entscheidung erzwingen sollen, was für ein witzloses Unternehmen, was hätte ich von seinen Antworten erwarten können, nichts. Er hat mir die Aufgabe anvertraut, ihm einen Bericht über den Tjaž zu beschaffen, wie, ist meine Angelegenheit. Wie, ist deine Angelegenheit, hat er zu mir gesagt, wahrhaftig. Das werde ich tun, ich werde einen Bericht über

Tjaž erstellen, von den verschiedenen Formen des Tjaž, von der »Zahl« und den »Zeiten« des Tjaž, von seinen »Arten und Weisen«, seinen »Deklinationen«, Ausnahmen und allem, was Tjaž ist. Damit ist die Angelegenheit geregelt und die Zuständigkeit geklärt. Er kann mich freilich antreiben und mir Fristen und Bedingungen setzen, das wird den Bericht verteuern, was aber wiederum seine Angelegenheit ist, umsonst werde ich nicht arbeiten. Tragfähige Daten zu sammeln, und zwar unter erschwerten Umständen und in doppelter Eile, das soll mir erst einer vormachen. Er sieht das ein. Nichts habe ich ihn gefragt. Wenn ich fertig bin, werde ich ihm den Bericht schicken oder bringen, ich weiß noch nicht, was von beidem, er wird sich darauf stützen, er wird auf dem laufenden sein und einen Überblick über die ganze Angelegenheit bekommen, von meinen Daten wird er abhängig sein, nicht ich werde von den seinen abhängig sein. Dessen ist er sich voll bewußt, deshalb läßt er es nicht zu, daß ich ihn über etwas ausfrage, *er* ist der Frager, er fragt mich, wie ich denn dies und jenes sehe, was mir wichtig erscheint und was nicht, nach welchen Maßstäben ich bewerte und aussuche, ob sich alle Dinge haben regeln lassen, in einen Rahmen bringen, umrahmen, einrahmen. Ich habe ihm gesagt, daß ich mir noch nicht ganz im klaren bin, sofort hat er mich durchschaut und sich mit meiner Antwort abgefunden, sofort hat er verstanden, daß mir alles völlig klar ist. Mit ihm ist ein leichtes Auskommen, er geht mir zur Hand, ohne mir auf die Finger zu schauen, er läßt mich arbeiten, er stört und unterbricht mich nicht. Das Internat hat immer auf die Finger geschaut und ist *dabei* zur Hand gegangen, das ist der große Unterschied. Guten Morgen, Cica, wie haben Sie geschlafen, hätte sie doch wenigstens darauf gesagt, süß, blendend, himmlisch habe ich geschlafen, jedes Mädchen schläft süß, blendend, himmlisch, solange es ein Mädchen ist, demnach hat es der Cica samt den Zöglingen bald die Sprache verschlagen, des angenehmen Schlafes war ein Ende. Obwohl sie nicht einmal die einfachsten Begriffe des Maurerberufs verstanden haben, als da sind Verputz, Senkblei, Kalk und Ziegel, wurden ihnen im Internatsbau doch die Sprachen verwirrt. Er wird diesem also nicht die Schwellen ablecken, er wird nicht aus Trauer kreuzbuckeln und die Fußabstreifer beniesen. Als er mit Kübel, Bürste, Besen und Kehrschaufel das Zimmer durchquert, klingen die Schritte hohl, geradezu im Leeren hallen sie wider, sie sind ohne Substanz, er stimmt nicht mit ihnen überein, es sind verzerrte Laute, es wird Zeit, von da wegzukommen. Das Gesicht steht vom Kopf ab, der Hals steht aus dem Kragen, der Rücken krümmt sich, und die Fersen schwellen in den Raum, die Hände zittern, wenn er im Knien den Boden scheuert, all das sind genügend starke, wenn auch leere Zeichen des Abschieds, all das sind Erscheinungen, die nicht mehr vom menschlichen Willen abhängen, verständlich und verzeihlich so kurz vor dem Abgang aus dem Heim. Was der Tjaž während der letzten Stunden im Internat unternommen hat, glich eher einem Ausschirren als einem Sichverabschieden. Auch vom Pferd behaupten wir ja nicht, daß es Abschied nimmt, wenn es aus den Zugstangen springt, an den Bauchgurten zerrt, die Zügel verfranst, die Einspannseile, Deichselbolzen und Riemen durchschüttelt, das

Kummet abwirft, die Deichsel durch zwei oder fünf teilt, solch einfache Rechnungen wie eine Teilung durch zwei oder fünf erledigen die Pferde im Vorübergehen. Tjaž ist aus dem Geschirr gestiegen, wie die Pferde aus dem Geschirr steigen, wenn sie mit ihrem Herrn abrechnen. Er hat schnell gehandelt, ohne Drumherum, Duckmäuserei, Heimlichtun. Frei und leicht betritt er die Schwelle, kaum berührt er sie mit den Schuhen, der Koffer ist erträglich, tut seinen Dienst und zieht nicht zu Boden. All sein Hab und Gut ließ sich unter einen Deckel stopfen. Gott sei Dank, daß der Koffer das zugelassen hat, es handelt sich doch um keinen Wanderer oder Pilger, sondern um einen Zögling, der in diesen Augenblicken aus dem Heim fliegt, ein abtretender Hauptmann ist er, ein Flüchtling, Schießpulver, eine Bombe, alles in einem und alles zugleich, er ist nicht von Dauer, sondern er ereignet sich einmal für allemal, es ist ihm zugestoßen, besser gesagt, er selber ist sich selber zugestoßen. Ein Koffer ist weitaus genug, was soll man mit mehr Gepäck anfangen, wozu sich mit dergleichen auf den Straßen und Gassen abmartern. In dem abgetragenen Gewand, das an ihm schlottert, in diesen aufgebogenen Schuhen, die die Beziehung zu ihrem Herrn völlig verloren haben, geht er die Stiegen hinunter, weder Internatsauszeichnungen noch bischöfliche Medaillen zieren seine Joppe. Draußen werden ihn die Herbstfarben empfangen, oder aber es werden ihn die Eisdrachen packen, vielleicht wird draußen Frühjahr oder Sommer sein oder aber weder das noch jenes, nichts wird sein, sein Ausschluß aus dem Internat paßt zu keiner Jahreszeit, zu keinem Monat, zu keinem Feiertag oder Werktag, der Kalender ist in die Binsen gegangen, er hat versagt, er hat sich einwärtsgekrümmt, der Tjaž wird in eine zeitliche Leere treten, in die Zeitlosigkeit, die Zeit hat ihn übergehabt, bis obenhin hat sie ihn, sie hat genug von ihm. Der Hinauswurf vor dem Ende des Schuljahres hat keinen Bezug zu der »Zeit« gehabt, sondern zu der »Art und Weise«, in welcher Art und Weise hat das Internat seine Zöglinge hinausgeworfen?, Antwort: vor dem Ende des Schuljahrs. Der Chef behauptet, daß der Zeitpunkt, zu dem Tjaž aus dem Internat entfernt wurde, keine Bedeutung habe, wichtig sei vielmehr die Tatsache, daß er entfernt worden ist, solches behauptet er, mir paßt das trotzdem nicht. Ich weiß, daß der Chef damit sich selber beschwichtigt, er will mich nicht vor den Kopf stoßen, weil ihm viel an diesem Bericht liegt, mag dieser auch mangelhaft ausfallen. Es ist mir unangenehm, daß ich mit dem Bericht nicht weiterkomme, die Frage der Zeit bewegt mich, ich weiß, daß dieser Punkt unlösbar ist, weil ich mich ihm von nirgends nähern kann, die ganze Arbeit stockt, unüberschaubar wird sie sich hinziehen. All diese Unannehmlichkeiten wären leicht ausgeblieben, hätte das Internat Tjaž' Hinweis verstanden und berücksichtigt, Tjaž wäre kein Fall geworden, der Bericht wäre solcherart viel kürzer, dafür umso lebhafter, kerniger und kompakter, anders als nun, da er sich in den Mutmaßungen verlieren wird. Man muß dem Tjaž zugestehen, daß er das Haus rechtzeitig auf sich aufmerksam gemacht hat, diesem gleichsam von sich abgeraten und es vor sich gewarnt hat, aber man wollte ihm nicht glauben, unerschütterlich haben sie ihm vertraut und ihn zu den Ihren gezählt, noch inständiger als zuvor, sie haben nicht von ihm abgelassen, sie haben sich in bezug auf ihn etwas eingebildet, statt daß sie ihn in den Spucknapf gehustet oder im hohen Bogen zum Mist gespuckt hätten. Mehrmals hat er ihnen einen Wink gegeben, aber sie haben weder seine erste noch seine späteren Mahnungen verstanden. Sie haben das nicht gewollt, erst jetzt verstehen sie, dabei war seine erste Ankündigung am klarsten verständlich, er hat sie eines Morgens verlautbart, als das Ritual in der Internatskirche wieder einmal kaum vom Fleck kam. Die Buße war gerade geschafft, da und dort hat noch einer bereut, obwohl er nichts zu bereuen hatte, und bereut, daß er nichts zu bereuen hatte. Da und dort sagte sich noch jemand von den Schlechtigkeiten los, die er nicht begangen hatte und die er trotzdem begangen haben mußte, denn anders hätte er sich davon gar nicht lossagen können. Die Nasen standen von den Gesichtern ab, der Weihrauch zog sich unter der Kuppel hin und verzerrte sich zu verschiedenen zoologischen Formen. Wenn es nach einem größeren Brocken Weihrauch oder einem ausgiebigen Kerzenstück zu duften anfing, dann haben sich die Nasen der Internatlinge ums Kennen gerümpft, dann glichen sie den Mäulern junger Stiere, die auf der Spur rundlicher Färsen sind. Ich denke hier nicht an Cica und an Kolleginnen ihrer Sorte, keineswegs, die Cica hatte inzwischen Weide und Stiere gewechselt und war auf eine andere Alm übersiedelt. Durch den Spalt in den Vorhängen fielen feine Sonnenkörner, an den Vorhängen vorbei ergoß sich, ich weiß nicht mehr genau, die Sommer- oder die Wintersonne. Nein, »die Vorhänge« sind unpassend, in diesem Fall sind sie nicht am Platz, was für eine Anmaßung, in einer Kirche Vorhänge anzubringen, Kirchenfenster zu verhängen, unmöglich, man wird sie sofort streichen müssen, man wird sagen müssen: durch die länglichen, vergitterten und wohl auch farbigen Fenster fielen die Sonnenkörner, ob sommerliche oder winterliche, das ist alles eins, sie rieselten die Mauern herab und sorgten für eine ziemlich rauschende Metapher. Hinsichtlich der farbigen Fenster füge ich mit Unwillen hinzu, daß es sich um eine sehr billige Farbe gehandelt hat, eine wahrscheinlich durch und durch substanzlose Farbe, weil ich mich nicht mehr an sie erinnere. Es war ein

Rauschen, daß den jungen Stieren die Nasen aus den Gesichtern gesprungen sind, hierhin und dorthin, man nahm Kontakt mit dem Beisitzer auf und mit Hilfe der Beisitzer wiederum Kontakte mit den anderen Beisitzern, dabei ist die gelbe Helligkeit von Plafond und Wänden auf sie herabgekommen, oder, noch mehr Metapher: sie ist auf sie eingedrungen. Die Begleitumstände haben darauf hingewiesen, daß die geistliche Ansprache bevorstand, was ist »eine geistliche Ansprache«?, ich weiß es nicht, wie soll ich das wissen, ich habe keine Ahnung, ich habe meine eigenen unklaren Vorstellungen, ich kann nur vermuten, was das sein könnte, aber ich bin nicht sicher. Wahrscheinlich ist es etwas hoch Poetisches, der Name rechtfertigt so eine Annahme, das muß genügen, nihil obstat, schon können wir weiter. Die Knochen haben geknackt, und im Gebälk hat es geknarrt, als sich die menschenähnlichen Gestelle durch das Kirchenschiff hin aufrichteten. Dann ist die ganze Kirche aufrecht und still dagestanden. Aber bevor die Stimme vorn im Begriff war, durchdringend zu werden, bevor das erste lyrische Wörtchen zur Geltung kam, ist es passiert.

Es war, als würde die ganze Kirche plötzlich von einem starken Stoß erschüttert, den die Erwachsenen für eine Naturkatastrophe hielten, etwa eine Überschwemmung oder Feuersbrunst, die Jüngeren aber mit einem bösen zahnärztlichen Tiefenbohrer verbanden. Das aufgerichtete Jungvolk hat sich jäh umgedreht, und die Gesichter sind erstarrt ob des schlafenden und schnarchenden Tjaž. Sein Kopf war in die Hände gestützt, auf daß er nicht ins Gebetbuch des rechten oder linken Nachbarn rolle. Tjaž hat einen gerechten Schlaf geschlafen, der von Gesundheit und Jugend zeugte, nie ist er wirklich krank gewesen, die Knute des Vaters hatte ihn abgehärtet. Den Internatlingen blieb keine Zeit, sich ein rechtes Bild davon zu machen, wie denn dergleichen passieren konnte, und erst als der Zahnarztbohrer aus der Zahntiefe gezogen und die Katastrophe überstanden war, sind sie auf bescheidene, zaghafte Erklärungen gekommen, nein, sie waren keiner schlechten, hämischen Schlüsse fähig, sie waren zu keinerlei Bösartigkeit imstande, aber gewöhnliche Kerle waren sie doch. Schon im ersten Moment, da der Zahnarztbohrer von dem

Würzelchen unten ließ, haben sie begriffen, daß Tjaž ihnen dienlich sein würde, sofern sie nur verstünden, ihn richtig zu drehen und auszunützen, nicht jener Tjaž, der einer der Ihren war, sondern der Tjaž, der verkatert zur Morgenmesse erschien. Nach außen hin würde man seine Nachtschwärmerei und die derart aufdringliche Zurschaustellung der Gesundheit selbstverständlich verurteilen müssen, und das würden sie auch im Handumdrehen hinter sich bringen. Sie haben mit ihm Bücher, Korridore, Licht und Luft geteilt, an den Sonntagen sind sie mit ihm spazieren gewesen, sie haben gemeinsam im Speisesaal gegessen, im Schlafsaal geschlafen, sind im Vortragssaal neben ihm gestanden, die Hausgehilfinnen haben ihm für wenig Geld Wäsche und Bettzeug gewaschen, die Wohltäterinnen haben ihm umsonst die Knöpfe angenäht, die schönsten Meinungen haben sie von ihm gehegt, ohne dafür eine Anerkennung zu verlangen. All das wußte er ihnen nicht zu danken, er wußte nicht die goldene Mitte zu finden, er fand sich nicht damit ab, innerhalb der eigenen Grenzen zu bleiben. Bis dahin hat man ihn ertragen, ist ihm mit

Güte und Brüderlichkeit gekommen, hat ihn mit Verständnis überhäuft. Er aber hat angefangen, das Internat zu gefährden, und erreicht, daß das Internat anfing, ihn zu gefährden, in diesem ungleichen Kampf mußte er unterliegen, das hätte er sich leicht an den Fingern ausrechnen können, sie werden ihn beseitigen, sein Name wird so jäh verlöschen, wie er vor Jahren aufgeleuchtet ist. Sie werden des Wirbelwindchens im Rinnstein Herr werden. Zuerst wird das Internat einschreiten müssen, das in seiner Amtlichkeit betroffen und angegriffen ist, dann die einzelnen Internatlinge, jeder auf seine Art, ein paar entsprechende Straßenausdrücke müßten genügen, sich eindeutig zu distanzieren. Nach innen hat die Gleichgültigkeit des Tjaž große Vorteile versprochen, man hat eine Menge von Früchten davon erwartet, die Gelegenheit war einzigartig, verführerisch. Aber was rede ich von Gleichgültigkeit, das war keine Gleichgültigkeit mehr, das war ein offensichtlicher, bewußter Aufruhr, böswilliges Schmarotzertum, noch mehr: Provokation. Je mehr sie sich bei der Bewertung seines Fehlverhaltens aufgeschaukelt haben, desto größer sind sie selber geworden und haben in den eigenen Augen an Geltung gewonnen, der verdorbene eine hat dem rohen, blutsaugerischen andern gutgetan. Es war kein Zweifel, daß bei einem solch fetten Happen der Hauptteil ihnen zufallen würde, sie würden auf der Leiter zwei, drei Sprossen höherkommen, und das ist für einen durchschnittlichen Internatling ein beneidenswertes Ergebnis. In der Natur einer solchen Begebenheit lag es, den Tjaž mit einem selber zu vergleichen, sie haben sich ihn von allen Seiten angeschaut und ihn unter verschiedenen Gesichtspunkten durchgehechelt. Das Ergebnis derartiger Vergleiche wird dem Tjaž nicht gerade schmeicheln, geradezu niederschmetternd wird es für ihn sein, für sie aber gewinnbringend. Jeder erkünstelte Zorn ist ihnen ausgegangen, sie haben ihm keine Strafen und Unannehmlichkeiten mehr gewünscht, sie brauchten ihn so, wie er war, denn nur so konnte er ihnen nützen, sie brauchten ihn als einen Schlafenden und Kühlen, auf daß er sie mit seinem kalten Atem von Fuß bis Kopf durchdringe, wie der Schüttelfrost den Kranken durchdringt, sie haben den Ungläubigen nötig gehabt, der den Heiligen die Köpfe absägte und den Christussen Vorschriften machte, sie haben den Proleten gebraucht, der in ihrer Kirche holzhackte, diese mit seinen Krallen und seinem Holzfällerwerkzeug ankratzte, sie zum Niederreißen bestimmte, die Statuen aber zum Fällen, sie brauchten einen Handwerker, der seine Nägel in Schuhe, Druckmaschinen, liturgisches Gewand, Schultern, Rücken und Nacken schlug, sie brauchten den Unkeuschling, der redlich seinen einundzwanzigsten Finger trainierte, statt seine Sinnlichkeit mit dem Ochsenziemer zu bezähmen. Es ist nicht schwer, sich auszumalen, wieviel Fett den Internatlingen zugewachsen ist angesichts des schlafenden Tjaž. Als es zur erwarteten Ansprache gekommen war, hat es ihm ob der asthmatischen und rheumatischen Aussage den Geist verschlagen. Derlei Gerede konnte ihm nun nichts mehr vom Lebendigen wegnehmen, er war frei, im Einklang mit sich selber und fühlte keine Belastung mehr, er war leicht, so leicht, daß er jederzeit hätte losfliegen können wie ein kleiner, praller Ballon. Endlich stand er vor der Tür. Ob es Morgen oder Abend war, ein bewölkter oder ein klarer Himmel, ein düsterer oder heiterer Tag, ob das Blattwerk der Kastanien mit einigen Schatten die Straße musterte, das weiß ich nicht. Ob Tjaž den Koffer und die Plastiktragetasche abgestellt hat, die Tragetasche, worin die toten Raben auf eine möglichst bequeme Lage aus waren, sein Gepäck bei der Tür einer Konditorei abgestellt und sich mit beiden Händen vorbereitet hat, ein Vanille- und Himbeereis in Empfang zu nehmen? Die Konditorin erinnert sich seiner, sie behauptet, ein schmales Bürschchen sei in die Konditorei geschlurft gekommen, mit einem solchen und solchen Gepäck, habe dieses bei der Tür abgestellt und ein Eis verlangt. Es kann nicht schaden, der Konditorin zu glauben. Ich irre mich nicht, ich weiß ganz genau, daß er damals ein Vanille-Himbeer-Eis bekommen hat, daß er es mit beiden Händen gehalten hat und daß das seine erste Beschäftigung in der Freiheit gewesen ist, von weiteren Geschäften wissen wir nichts. Nach diesem Besuch in der Konditorei glückte es ihm für eine Zeit, teilweise seine Spuren hinter sich zu verwischen. Ich denke, er ging auf der Straße weiter, die am Internat vorbeiführt. Jede Straße führt irgendwo hin, wenn nicht zum Mittelpunkt, so zum Rand, so ist sie gebaut, daß sie an irgendein Ziel bringt, jede Straße entfernt und nähert an, oder beides zugleich, das heißt, entfernt Leute von Leuten und Gegenstände von Gegenständen, führt aber an andre Straßen heran und kehrt so zu sich zurück. Dem Tjaž war es einerlei, wohin sie ihn bringen würde, wem sie ihn entfremden und wem näherbringen würde, die Hauptsache war, daß sie ihn von da wegbrächte, so weit als möglich weg von diesem Ort. Deswegen war es nicht wichtig, welche Straße er wählte und auf welcher Seite der Straße er gegangen ist. Wichtig ist gewesen, daß er gegangen ist, daß er den Füßen ihre Freude gelassen hat, daß er sie zu dem neuen Rhythmus ermuntert hat oder zu einer anderen Richtung, daß er ihre Spannweite verändert hat. Guten Tag, wie geht es, so Gott will, geht man. Er hat sich hierhin und dorthin gewendet, wechselte den Koffer von der Rechten in die Linke, gleichzeitig aber die Nylontasche mit den toten Raben aus der Linken in die Rechte, so daß Koffer und Tasche sich vor dem Nabel begegneten. Er hat sich nach den Glockentürmen der Kirchen orientiert, hat das dann gelassen und beschlossen, sich im folgenden an die Hochhaussilos zu halten. Es war in dieser Stadt nicht möglich, sich nach dem Wind zu orientieren, in ihr standen keine Gebäude, die für den Norden bezeichnend sind, aber auch keine, die für den Süden, den Westen und den Osten stehen, alle Bauwerke waren sich nach Form und Lage ähnlich, alle haben gleich gerochen und gleich gehallt, auch die Plätze, Kreuzungen, Gassen, Parks waren einer wie der andere, von den Winden hielt er wenig, sie waren ihm beinahe gleichgültig, er konnte sich nicht für sie erwärmen, Norden und Süden waren ihm geradeso einerlei wie Osten und Westen. Wahrscheinlich waren dafür die Winde selbst verantwortlich, indem sie die ganze Zeit behende seinen Nägeln ausgewichen waren, so daß er ihnen mit seinem Gekratze nicht ans Lebendige konnte. Der Tjaž hat die Winde nicht gemocht, er hat sich für keinen einzigen erwärmt, und wenn er sich mit einem hätte beschäftigen müssen, hätte er nicht gewußt, was mit ihm anfangen, er hat ihnen nicht vertraut, sie schienen ihm nicht ausdrucksvoll genug, leicht ist es doch passiert, daß jemand, der vorhatte, Richtung Norden zu reisen, in Wirklichkeit Richtung Osten gereist ist. Statt daß sie ihn angesprochen haben, haben sie ihn beunruhigt. Angenommen, eine Person steht am Ort X. Jemand, der ihr aus nördlicher Richtung entgegenkommt, der muß sie südlich von sich erblicken, einer, der ihr hinten gefolgt wäre, hätte sie nördlich gesehen, wer sich dem Ort X von Osten genähert hätte, wäre wahrlich zur Erkenntnis gekommen, daß er westlich von ihm liegt, wer sich aber in den Westen stellen würde, für den ist X gleich 0. Die Stahlbrummer, die im Norden mit Bomben bestückt wurden und diese im Süden ausgeklinkt haben, hinterließen hier in der Nord-Süd-Richtung weder Krätzen noch Narben, wie man aus ihrem Flug hätte schließen können, haben aber die Stadt in der Länge und Breite, kreuz und quer punktiert, ein wenig da, ein wenig dort, jetzt arg, jetzt weniger arg. Ähnlich verhielt es sich mit der Sonne, gewöhnlich kam sie hervor hinter einem Gipfel oder aus der Ödnis und versank im Buchenwald oder hinterm See, wenn sie nicht von einem anderen Ort besonders angezogen wurde. Hierorts war es nicht möglich, die Sonnenbahnen zu bemessen oder sie mit einem bestimmten Platz zu verbinden, die Sonne erschien und verschwand an den Rauchfängen vorbei, bewegte sich, kurz gesagt, an zahlreichen Gebäuden vorbei, irgendwo zwischen den zahlreichen Häusern, zuzeiten auch über, unter, vor und hinter ihnen, was das Urteil zuläßt, daß wir es mit einer wildbewegten und vielbahnigen Sonne zu tun haben. Diese Umstände haben die Sonnenab- und -zugänge sehr erleichtert, denn die Sonne war derart nicht auf den weiten Horizont angewiesen, sie brauchte nur hinter den hohen Mauern kellerwärts zu kugeln und in die Kartoffel- oder Kohlenhaufen zu tauchen, am Morgen aber sich an den Bierfässern oder Kraut- und Rübentonnen emporzuhangeln. Er streunte zwischen Straßen und Gassen hin und her, so denke ich mir das, rastete ein bißchen hier und da, ging jetzt schneller, jetzt langsamer, ging einmal geradeaus, dann auf Umwegen, machte sich hierher auf, eilte dann aber dorthin. Er ist ein bißchen auf einer Bank gesessen und hat an einer Pappel gelehnt, so denke ich mir das, er hat die Pappel mit einer Kastanie verwechselt, die Kreuzung mit einer Ampel, den Straßengraben mit einem Schaufenster. Was hätte er sonst tun können, was kann man am ersten Tag in der Freiheit anderes tun, der Mensch ist da noch nicht fähig zu einer vernünftigen Arbeit, er ist für andere Dinge nicht empfänglich. Er hat Fenster in die Mauern und Wände gebrochen, so stelle ich mir das vor, er hat Straßen und Plätze ausgeschwitzt, er hat einen Haufen aus Zäunen und Barrieren hingesetzt, den Wegweisern die Spitzen ausgekratzt, den Schlag der Uhren abgewürgt, die Gehsteige aufgespießt, den Magen überredet, eine Krume vom Brot abgebrochen, Gekreische und Lärm verschluckt, hat den Fußgängern das Mark aus den Augen gesaugt, umarmte Körper auseinandergepfiffen, habe ich das schon aufgezählt, nein, ich habe es noch nicht aufgezählt, also, er hat die umarmten Körper auseinandergepfiffen, hat Straßen und Plätze erbrochen, Zäune und Barrieren ausgeschwitzt, den Spitzen der Wegweiser einen Haufen vorgesetzt, den Schlag der Uhren ausgekratzt, die Gehsteige abgewürgt, den Magen aufgespießt, die Brotkrumen überredet, sich etwas vom Gekreische und Lärm abgebrochen, den Fußgängern die Augen weggeschluckt, den umarmten Körpern das Mark ausgesaugt und stieß auf den »Buben-mit-dem-Pfeil-und-Bogen«. Einen Buben mit Pfeil und Bogen hatte er sich bis dahin nicht vorstellen können, wenn ein solcher ihm auch all die Jahre im Sinn gewesen war. Niemand im Internat hatte ihm je verheißen: morgen gehen wir uns einen Buben mit Pfeil und Bogen anschauen. Der Vater hätte ihn in die Welt von Pfeil und Bogen einführen können, aber er hatte im Überfluß Arbeit im Wald, später auf der Straße, von morgens bis abends hat er geholzt, seine Hände waren gewohnt an Hacken, Zeppin und Entrinder, das weiche Sohnespfötchen war nichts für die harten väterlichen Pranken, auch nichts für Pfeil und Bogen, dem Tjaž selber kam es aus ich weiß nicht welchen Gründen nie in den Sinn, sich persönlich einen zu verfertigen, deswegen sind in seiner Jungend Pfeil und Bogen nicht aufgetaucht. Jetzt stieß er unerwartet auf den ersten, er begegnete einem Buben, der mit Pfeil und Bogen durch die Stadt ging. Als er ihn erblickte, da ging er gerade nicht mit Pfeil und Bogen durch die Stadt, da trieb er sich an einem Spielplatz knapp an einer Mauer herum, dort wo die Eidechsen den Kindern einen unerbittlichen Kampf lieferten, aber davor mußte der »Bub-mit-dem-Pfeil-und-Bogen« durch die Stadt gegangen sein, das mußte seltsam ausgesehen haben. Viele Kinder waren auf dem Spielplatz, desgleichen viele Bäume, etwas weniger Bänke, in der Mitte war ein Fischteich, es waren keine Fische drin, also war in der Mitte kein Fischteich. Viel Sand lag rundum, die Mütter haben darin ihre Kleinen dressiert. Viele Spielgeräte standen da, und die Mütter haben an den Spielgeräten ihre Kleinen dressiert, womit hätten sie sie denn sonst dressieren können, es gab keine Väter in der Nähe, ihre Abwesenheit war den Kindern anzumerken. Die Mütter saßen auf den Bänken und waren die ganze Zeit auf dem Sprung, ihre Kleinen von den anderen Kleinen zu trennen oder, wenn nötig, ihre Kleinen von den Spielgeräten zu klauben. Sooft sie ihre Kleinen von den übrigen Kleinen schieden oder von den Spielgeräten klaubten, fuchtelten sie mit den Händen, das machten sie mit einem solchen Eifer, daß sie ganz außer Atem kamen. Auf den »Buben-mit-dem-Pfeil-und-Bogen« haben sie nicht eingeschrien, und der Tjaž hat das mit dem Pfeil und dem Bogen in Zusammenhang gebracht, kein anderer hat einen gehabt außer dem Buben, keine herrscht ihn an, denn er hat Pfeil und Bogen, etwas Herrschaftliches und Gefährliches war an dieser Waffe. Auch der Bub seinerseits ist nie zu den Bänken hingelaufen, dorthin, wo die Mütter saßen und auf ihre Kleinen schauten, denn Pfeil und Bogen haben ihn daran gehindert, die andern sind wenigstens so viel dahingelaufen, daß sie den Müttern mit dem Sand das Gewand verunreinigten. Als Tjaž sicher war, hier ohne weiteres sitzen und ein, zwei Stündchen verbringen zu können, stellte er das Gepäck am Fuß der Mauer ab und streckte sich neben einem Spielzeugbagger ins Gras. Es war ein großer Bagger aus rotem Plastik, er hatte mächtige Räder und einen langen Arm mit einem Greifer am Ende. Kaum ist der Tjaž gesessen, da hat der »Bub-mit-dem-Pfeil-und-Bogen« losgekreischt, hell hat sich seine Stimme aus den anderen Stimmen gehoben, im ersten Moment war es nicht klar, wem sein Gekreisch galt, es hätte den Müttern gelten können, weil sie ihn nicht beachten wollten, ebenso hätte er sich auch an den Sand, den Fischteich, die Bäume oder an den roten Bagger wenden können. Noch mitten im Gekreisch hat er den Bogen gespannt und den Tjaž am Bein getroffen, ihm einen kurzen Schmerz beschert, der bis auf die Knochen ging, was genügte, daß Tjaž sich eilig verzog und mit seinem Platz von der Mauer hin zum Spielplatzrand entwich. Erst auf der Straße hat er das Hosenbein hinaufgekrempelt, wie um den Schmerz unterhalb des Knies loszuwerden, bevor sich dieser in die anderen Gliedmaßen ausbreiten könnte, aber es war zu spät, das munter fließende Blut hat den Schmerz schon auseinandergeschwemmt. Unversehens fand er sich vor hohen Planken, die wohl schon mehreren Mächten als Verlautbarungswände gedient hatten, alle Sorten von Plakaten hingen da, verschieden in Form, Farbe, Inhalt und Alter, eine andere Aufgabe hatten sie nicht, ihr Geschäft war nichts anderes, als sich in Form, Farbe, Inhalt und Alter zu unterscheiden, sie unterschieden sich ganz und gar, bis ins letzte, andere Unterschiede zwischen ihnen gab es nicht. Tjaž beschloß, sich in der restlichen Zeit, die ihm von dem ersten Tag in der Freiheit blieb, den Plakaten zu widmen. Es juckte ihn in den Nägeln, und er begann sich nach jenen schweren schwedischen Druckmaschinen zu sehnen, wie lang ist das schon her, seit er mit ihnen zusammengeraten ist! Seitdem hat man neue angeschafft, hat mit ihnen ein neues Schock von Plakaten hergestellt und damit Wände, Verlautbarungsflächen und Planken bestückt. Verlautbart auf heimischen Planken, vielen Dank, es wird ihnen nicht leid tun, es wird zur Verbreitung beitragen. Tjaž betrachtete die Verlautbarungen, Reklamen, Einladungen, Nachrichten, denen kein Wetter etwas anhaben konnte, er hat alles betrachtet und sich in jedes Stück besonders versenkt, es war viel, was auf diesen Planken verlautbart wurde. Unvermutet erschien vor der Verlautbarungstafel ein großer Hund, ob er vor Tjaž dagewesen war oder Tjaž vor ihm, ist unklar, vielleicht ist er geradewegs aus dem Boden gekrochen oder trat einfach hinter den Planken hervor, ich weiß nicht, unhörbar und jählings ist er erschienen und war an seinem Platz. Der Tjaž erblickte ihn erst, als er schon knapp neben ihm stand. Es tat not, rasch zu handeln, sich irgendwie auf eine Begegnung einzurichten, sich als ein Freund zu zeigen. Tjaž erinnerte sich aller Hunderassen, an die sich ein Internatling in einer solch knappen Zeit überhaupt erinnern kann, und reihte den Hund eher aus Vorsicht denn aus Gewißheit unter die Wolfshunde ein. Das war etwas, wenn auch nicht viel in diesem unerwarteten und gefährlichen Augenblick, er richtete sich nach irgendeinem Instinkt: zu harmlos wird es schon nicht sein, und eine überhohe Einschätzung schadet nichts. Den Wolfshund haben die schwachen Kenntnisse des Tjaž von den Hunderassen und seine Avancen wenig gekümmert, zu den Verlautbarungstafeln trieben ihn andere Bedürfnisse. Sein Blick erfaßte zuerst Tjaž als ganzen, er beschnupperte dessen Hosenbein, stockte bei der Schwellung, die ihm der böse Pfeil beigebracht hatte, wandte sich schließlich zum Hodensack, rieb eine Zeitlang seine kalte Schnauze an demselben, stieß auf die Karotte und zeigte mit sich ringelndem

Schweif, daß er sie guthieß. Der Tjaž wagte dabei nicht, sich zu bewegen, kaum je im Leben war er so still gestanden, ohne Widerstand duldete er die hündische Nähe, er wagte es nicht, sie nicht zu ertragen, während indessen der Hund mit seiner kalten Nase ihm gegen den Sack stieß und ihn in Unordnung brachte, atmete er auf, als der Hund dann anfing, die Bretter zu beschnuppern, er beschnupperte sämtliche Planken, wählte unter den Plakaten aus und entschied sich für ein Plakat, das seinen Bedürfnissen am ehesten entsprach, die Auswahl unter den Verlautbarungen war groß, und er hätte auch ein anderes Papier aussuchen können, aber nein, er hat den Jugendtag ausgesucht, er hat sich nicht lang bei der Suche aufgehalten, er war sofort dran, er hat diesen Tag aus allen übrigen Tagen herausgeklaubt, er hat seine Wahl ausführlich begutachtet, das Bein gehoben und den Strahl kommen lassen, und ein solcher Wolfshund läßt einen Strahl, der etwas heißt, andere Strahlen müssen sich vor ihm verstecken, es lärmte gegen die Planken und sprang von den Brettern, kräftig hämmerte der Strahl gegen die dicken Buchstaben und schoß übers Papier, während der Hund auf den drei Beinen stand und dem Tjaž die Zunge herausstreckte. Die Sprache der herausgestreckten Zunge und des trommelnden Strahls hat der Tjaž verstanden. Unvermutet hat der Hund die Stellung geändert, das heißt, er hat die Beinhaltung gewechselt und ließ den letzten Teil des Strahls noch von der anderen Seite kommen, zielte auf die Spielgemeinschaft, die ihr Szenchen ankündigte, beduschte die Tänzer, beduschte die Ensembles und die Kleinchöre, die ihre Auftritte noch vor sich hatten, zuletzt aber besprengte er mit einem seidigen, feinen Sprühregen die Redner. Tjaž begann, sich von dem Hund ein stichhaltiges Urteil zu bilden, welches nicht schlecht ausfiel, mit einer guten Note hat er die Auswahl des Hundes bewertet, er mochte ihn, es fehlte nicht viel, und er hätte ihn zu sich gerufen, ihn aufgenommen, folge mir nach, der Hund hätte ihm sofort gehorcht, die zwei Heimatlosen hätten den Weg gemeinsam fortgesetzt. Der Trieb hat ihn geleitet, er solle das nicht tun, und an Triebe hat Tjaž geglaubt. Von da an kann man Tjaž' Weg wieder fast lückenlos verfolgen. Sofort nach dem Plakat, wo der Hund seine Bedürfnisse erfüllte, muß ihm der Gedanke an das Hochhauscafé gekommen sein, und zugleich muß er sich seiner Nägel erinnert haben. Das Internat hat ihn aus seinem Dunstkreis gelassen, daran gab es keinen Zweifel, es hat ihn erwachsen gemacht und ihn verstoßen, von jetzt an wird er sich allein versorgen müssen, von jetzt an wird immer alles willkommen sein, was hilft, mit der Freiheit fertigzuwerden. Die Herumtreiberei hat ihn ermüdet, den ganzen Tag war er ziellos durch die Stadt gestreunt. Einige Zeit saß er auf einer Bank, von der er nicht mehr wußte, als daß es eine Bank war, die wohltat, die sich der müden Gliedmaßen erbarmte, welche doch genug Geherei hinter sich hatten, nichts sonst hat ihn interessiert. Am nahen Glockenturm hat er nach der Uhrzeit geschaut, da gab es sehr viel davon, und es wurde ihm auch sein Maß davon abgegeben, es war um zehn herum. Um Mitternacht wird das Hochhauscafé geschlossen, für die kommenden zwei Stunden ist er also versorgt. Er trat in den Aufzug und hatte ein, zwei Minuten mit ihm zu schaffen, das war nicht viel, aber Tjaž war ihm dankbar und trat oben mit warmen Empfindungen aus ihm heraus. Es waren nicht viele Leute im Café, der Abend war günstig, was heißt »günstig«, der Abend war für ihn geschaffen. Von der Terrasse aus sah man über die ganze Stadt und weiter über sie hinaus, von den Bergen bis herab in die Talsohlen zog sich ein Geflimmer, die Augen haben ihren Weg durch das helle Zittern gesucht, es war zu sehen Ninis Zimmer, es waren zu sehen die Lichter des Internats. Die Stadt verblich in einem letzten siechen Schein, einige Lichter am Stadtrand gingen schon wieder aus, oder aber die Dämmerung verbarg sie, die sich zu Finsternis verdichtete, von den Bergen und aus den Wäldern zischte der Wind, sein Gezische schraubte sich ins Gehör und wirbelte die Wäsche luftwärts, die in den Hofstätten und auf den Balkonen aufgehängt war. Um diese Stunde verringerte sich der Abstand zwischen Bäumen und Menschen, bis alles eines war, der Unterschied verschwand, der Mensch ist Baum geworden, und der Baum ist Mensch geworden und hat unter uns gewohnt. Zu dieser Zeit waren die Straßen leer und die Gehsteige ohne Menschen, das Leben schlug um, drehte ab in eine andere Richtung. Dem Tjaž war das recht, es wäre verantwortungslos gewesen, die Köpfe der Leute dort unten mit fallenden Schädeln zu gefährden. Das war der günstigste Augenblick. Tjaž hat sich über die Veranda gebeugt, tastete sich zu Ninis Fenster hin, trommelte mit den Fingern der Rechten leicht gegen die Scheibe, er trommelte wirklich sehr zart und rücksichtsvoll, so wie ein Gewitter sich mit einem Rascheln und Ticken ankündigt, bevor es mit dem Regen zur Erde niederrauscht. Jedermann weiß, daß man einem Gewitter willfahren muß. Tjaž hat wirklich sacht an Ninis Fenster geklopft, er hat ihr Zeichen gegeben, die ihr verständlich genug sein mußten, Zeichen, sich in Sicherheit zu bringen, leicht hätte ein Splitter der Scheibe wegfliegen und durch die Vorhänge hindurch den Weg in ihr Auge finden können. Lange Zeit ist vergangen, während er sie einweihte, ihr Vorsicht einschärfte, ihr das größtmögliche Verständnis beizubringen versuchte, er lehrte sie die Grundbegriffe des Kratzens, nahm sie mit zu besonders anschaulichen Kratzereien, nun hätte sich zeigen können, was davon geblieben war. Sie hätte nicht vergessen dürfen, daß auch sie ihm unablässig ausgeliefert war, sie hätte sich nicht übernehmen und ihre Vermessenheit zu irgendwelchen Dummheiten steigern dürfen. Inzwischen mußte sie sich in Sicherheit gebracht haben, besser kann er sie auf die Gefahr nicht aufmerksam machen, länger kann er nicht warten, die Nägel haben am Fenster schon Maß genommen, er hat angefangen, deutlicher an die Scheibe zu trommeln. Jetzt hat er sehr kräftig getrommelt, das Fenster begann Sprünge zu bekommen, tief ritzten die Nägel ins Glas, zweimal fuhren sie abwärts, zweimal quer drüber, splitterten das Glas mitsamt dem Kitt aus dem Rahmen und zermalmten schließlich das Glas beider Fensterteilchen. Es flog auf den Gehsteig und auf die Straße, klirrte und krachte auf den harten Asphalt, jeder Splitter der Scheibe erklang einzeln, er gab einen Widerhall das ganze Hochhaus hinauf. Bei diesem Vorgehen ließ er von seiner üblichen Art ab und zog es vor, den Glaser nachzuahmen, das heißt, er hielt sich bei der Entglasung genau an jene Prozedur, an die ein Glaser sich beim Verglasen hält. Bevor der Tjaž die Nägel dazu bewog, die Vorhänge zu durchbohren und in ihr Zimmer einzubrechen, hat er noch jene letzten Glassplitter aus dem Fensterrahmen geschnippt, die beim ersten Stoß im Kitt haftengeblieben waren oder aus anderen Gründen widerstanden hatten, genauer gesagt, er hat die letzten widersetzlichen Scheibenteile zertrommelt, ehe er die Fensterquadrate zunichte schabte. Unbehindert sprangen die Nägel jetzt ins Zimmer, die Vorhänge gingen auseinander und gaben den Blick ins Zimmer frei. Nini lag unter der Decke und hatte aufgehört, in der Illustrierten zu blättern, sie konnte noch nicht wissen, was da mit ihren Fenstern passierte, als der Tjaž so nebenbei den Raum durchflog und sich überzeugte, daß sie allein im Zimmer war, das erschien ihm ganz notwendig, leicht hätte doch jemand andrer an ihr seinen Stummel ausprobieren können. Dieses Vergnügen hätten demjenigen welchen Tjaž' Nägel ausgetrieben, kein Zweifel, aber es war nicht notwendig. Als er sich überzeugt hatte, daß außer ihr niemand im Zimmer war, klopfte er mit den Fingern an die Glühbirne, die auf dem Nachttischchen brannte, danach auf die an der Decke oben, die hinter einem großen Lampenschirm hing, beide ergaben sich sofort mit einem hellen Klimbim seinen Nägeln, das Zimmer fiel in völlige Dunkelheit, durch die leeren, nackten Fenster stahl sich ein dicker Wind. Tjaž' Nägel kehrten zurück auf die Veranda des Hochhauscafés. Bis zu diesem ihrem Rückzug auf die Veranda waren kaum einige Minuten vergangen, das ganze Geschäft hatte weniger Zeit gebraucht, als dergleichen in den Romanen zu dauern pflegt. Die Nacht hatte sich kaum um einen Grad weiterbewegt.

6 | DAS KAPITEL VOM SPIEL MIT DEN STÜHLEN

Die schwarze Spinne, die an der Decke erschien, war eigentlich nicht schwarz, genauer gesagt, sie war schwarz nur an der Unterseite, das heißt am Bauch und zwischen den Beinen, aber diese ihre Seiten blieben unsichtbar, weil sie der Decke zugedreht war. Was der Tjaž an der Decke bemerkt hat, war also keine Spinne, obwohl es so etwas leicht hätte sein können, sondern der Rücken der Spinne, der in Wirklichkeit nicht schwarz war, vielmehr grün, nur daß sich diese Farbe derart schwach abhob, daß von ihr keine Rede sein konnte, und so erschien der grüne Rücken der Spinne letzten Endes in derselben schwarzen Farbe wie auch ihr Bauch. Habe ich klar genug unterschieden zwischen der Farbe des Spinnenbauchs und der Farbe des Spinnenrückens? Hoffentlich habe ich auch gesagt, daß der Spinnenrücken die schwarze Farbe abgestoßen hat, nein, das muß ich noch sagen. Es ist nicht wichtig, mit Größe und Form der Spinne etwas herzumachen, davon werde ich nicht sprechen, so sehr es mich auch reizt, schade. Im übrigen aber haben den Tjaž weder die Farben von Spinnenbauch noch -rücken beunruhigt, eher die Tatsache, daß er diesem Tier keine größeren Fähigkeiten zuschreiben konnte als das Spannen von Netzen, das Jagen nach Fliegen und das Saugen von Blut, er war da in einem Wissensrückstand, seine Beziehungen zu Spinnen hatte er nicht so fortentwickelt, wie das nötig gewesen wäre, bis dahin waren sie ihm weder lästig noch angenehm gewesen, daher hat er keine Beziehung zu ihnen angesponnen, das begann ihn jetzt zu beunruhigen und ihm ein Schuldgefühl zu bereiten. Diese Spinne hatte ihre Absichten, sie bandelt etwas an, kein Zweifel, ganz offensichtlich geht sie auf ihn los, man hätte sie in den Zwinger sperren sollen. Nie zuvor wäre es ihm in den Sinn gekommen, sich für die Insekten an der Decke zu interessieren, überall, an allen Decken, Wänden und in allen Winkeln gab es sie doch, sogar im Internat und in Ninis Zimmer, jetzt aber fühlte er sich bedroht, der Instinkt hielt ihn an, sich allseits zu schützen und sich vor allem, was ihm auf irgendeine Weise hätte auf den Leib rücken können, zu hüten, also auch vor der Kaffeehausspinne, und das konnte nicht so schlimm sein, war er doch überzeugt, daß nur eine einzige Spinne im Café war, sozusagen ein vereinzeltes Beispiel, eine Ausnahme. Es stimmt, daß die schwarze Spinne anfing, ihn zu bedrücken, gefährlich hätte der erste Tag in der Freiheit enden können, es hätte nur die Ventilation in Gang gesetzt werden müssen, der Faden hätte angefangen sich abzuwickeln und die Spinne oben von der Decke in den Raum hinausgetragen, immer näher zu Tjaž' Nacken hätte sie sich gelassen und sich dort dem Zentrum zugewendet, Tjaž hätte diesem Angriff ausweichen können, so daß sie sich woandershin, zum Nachbartisch oder in die nächste Ecke, zurückgezogen hätte, aber eine solche Flucht erschien ihm nicht im Einklang mit seinem Charakter, zu kleinherzig wäre sie für ihn gewesen. Warum? Aber das ist doch einsichtig, wenn ich nur daran erinnere, daß er es war, der den Mitschüler entschuhte, zwei, drei

Männerrücken entblößte, die Heiligen kerbte, den Altaraufbau zerlegte, die Druckmaschine zerkleinerte, soeben erst den Scheiben in Ninis Zimmer heimleuchtete, ihr Fenster entzweikratzte, diesem die Scheiben entriß, das Glas der Glühbirnen zerklopfte, den Kitt aus den Fensterrahmen entfernte, Nini um die Illustrierte und die Nacht brachte, sie zu Tätigkeiten zwang, die sie ansonsten um kein Geld verrichtet hätte, jetzt aber verrichten *mußte*: sie suchte den Lichtschalter, die Hausschuhe unter dem Bett, die Türschnalle, den Schlüssel, die Schwelle und den Flur, alles selbstverständlich in einer Finsternis dritten Grades, suchte im Flur den Sicherungskasten, suchte in ihm die Sicherungen, machte sie verantwortlich für die Finsternis, klagte sie immer heftiger und bitterlicher an, wenn auch zu Unrecht, schließlich faßte sie Mut, griff nach ihnen mit ihren langen Fingern, drehte die erste Sicherung heraus und befestigte sie wieder, drehte die zweite Sicherung heraus und befestigte sie wieder, und so fort, was aber nichts nützte, kein Licht leuchtete auf, die Sicherungen waren in Ordnung und konnten ihr das nicht klarmachen, sie haben die

Finsternis nicht verschuldet, aber etwas mußte die Finsternis verschuldet haben, kurz davor war es noch hell gewesen im Zimmer, sonst hätte sie nicht in der Illustrierten blättern können, und im Finstern hätte auch der Tjaž nicht ihr Fenster finden können, unversehens war das Glas erklirrt, die Lichter erloschen, entschwunden ins Leere, so daß nichts anderes übrigblieb, als nach den Sicherungen zu langen und ihnen von der Finsternis zu künden, was aber vergeblich war, eine vollkommen überflüssige und falsche Reaktion. Wegen alldem war es nicht statthaft, der Spinne auszuweichen, die einen Faden hinter sich her in den Raum zog und sich zudem auch erst eine Spanne lang von der Decke gelassen hatte. Tjaž ist auf seinem Platz verharrt, wie es sich für ihn geziemt hat, er vertiefte sich in die Annäherung der Spinne und bereitete sich auf das Zusammentreffen vor. Er schaute zu, wie die Spinne die Decke hinter sich her in den Raum zog, die Decke drückte auf den Faden, der Faden auf die Spinne, die Spinne auf die Luftsäule zwischen sich und dem Tjaž, die Luft auf Tjaž Körper, dieser auf den Stuhl, der Stuhl auf den Boden, der Boden auf die Decke des darunterliegenden Stockwerks, die Decke des darunterliegenden Stockwerks auf den Boden desselben Stockwerks, der Boden dieses Stockwerks auf die Decke des darunterliegenden Stockwerks, der Boden dieses Stockwerks auf den Boden desselben Stockwerks, der Boden dieses Stockwerks auf die Decke des darunterliegenden Stockwerks, und so weiter, hinunter, immer tiefer, Stockwerk nach Stockwerk in den Abgrund, hinab ins Erdgeschoß, die Decken drückten auf die Böden und die Böden auf die Decken unter sich, durch alle Stockwerke hinunter bis ins Erdgeschoß, das Erdgeschoß drückte auf die Kellerräume, diese aber endlich aufs Erdreich, auf dem das Hochhaus errichtet war. Auf den ersten Blick war die Spinne, hängend von der Decke des Turmcafés, nur zufällig auf Tjaž' Tisch aus, ein bedeutungsloser, kleiner Schatten oder höchstens ein Fleck, der den Osterputz überdauert hatte, also nichts Aufregendes und Gefährliches, sondern alles in allem eine Kleinigkeit, die nicht die geringste Aufmerksamkeit verdiente. Weil aber dieses Tierchen die Decke hinter sich her in den Raum zog und derart einen Druck auf das ganze

Hochhaus ausübte, durch alle Decken und Böden bis hinunter ins Wurzelwerk, was sage ich »Wurzelwerk«, bis hinunter in die Fundamente – so muß ich sagen –, war es doch eine böse Angelegenheit. Es war aber noch nicht alles. Während die Stockwerke von oben hinunter drückten, also in der Senkrechten, in die Tiefe, haben die Keller nach außen gedrückt, auseinander, in der Waagrechten, in die Breite, die Keller des Hochhauses drückten auf die Keller der benachbarten Gebäude, die benachbarten Keller auf die Straßen und Plätze, auf diese selbstverständlich mehr von unten als von der Seite, danach aber wieder auf neue Keller, und das nicht nur in eine, sondern in alle Richtungen, so daß etwa fünf, sechs Keller und etwa vier, fünf Straßen auch auf Tjaž' Internat gedrückt haben. Es ging auf Mitternacht, nur einige Minuten, und der Tjaž wird seinen ersten Tag in der Freiheit beschlossen und einen neuen begonnen haben, er wird seinen zweiten Tag in der Freiheit im »Jahre 1 nach Tjaž« beginnen. Eimer, Bürsten, Putztücher, Kübel, Waschpulver, der Weg durch die Stadt, der Strahl des Hundes, die zersplitterten Scheiben von Ninis Fenster und alle anderen Mühseligkeiten dieses Tages waren notwendig gewesen, damit er fähig wurde, gründlich zu vergessen, sich vom Internat loszureißen, sich aus den engsten Bindungen herauszuwirren, seine Innenwände zu durchlüften, den Seelendruck auszugleichen, der bei einer Veränderung der Atmosphäre entsteht, er eignete sich viele Dinge an, die sich schicksalhaft zwischen ihn und das Internat schieben mußten, sie beide voneinander trennen mußten, den einen vom andern entfremden mußten, aber da macht dir so eine Spinne an der Decke des Cafés alles Vorangegangene zunichte, läßt es veralten und entwertet es, korrigiert es auf ihre Art, verdreht und verändert es, stellt von neuem Verbindungen her, die du nicht magst, verjagt das Frische und bringt das Alte zurück. Zeckenhaft hält es dich fest, dieses Internat da, du kannst es nicht wegkriegen, nicht du berührst es, es berührt dich, es läßt dich nicht aus, es spricht deine Seele nicht frei, es krebst um dich herum und macht sich an dich heran oder aber schwingt seinen Gummiknüppel über dir, während du vergehst und doch nicht vergehen kannst, weil der Knüppel nicht kräftig genug fällt, du quetschst dein wurmstichiges Leben nicht aus dem Körper heraus, im Häßlichen und im Schönen hält es dich fest, du stößt es von dir und wimmelst es derart ab, daß es dir allein durch das Abwimmeln auf der anderen Seite neu entsteht. Wieder krümmt sich deine Wirbelsäule, von neuem richten sich dir die Füße geradeaus, die Hände werden dir gebunden wie einst, von neuem wird dein Gewand durchfeuchtet von den Mauern, dem Holz, dem Papier, den Vorschriften, den Vorstehern, den Aufsehern und allem anderen, das Eigentum und Ehre des Volkes ist. Die alten und abgewetzten Dinge der Vergangenheit beginnen dich anzusaugen, du tappst danach, ohne sie im einzelnen unterscheiden zu können, du spannst dich zugleich in sie alle ein, aber dabei stellst du doch einige Unterschiede fest, denn zuvor hattest du Handlung nach Handlung einzeln erlebt, jede bewußt und gesondert, jetzt erlebst du sie zusammengebacken, eins geworden, alle zugleich vereint in einer einzigen, einmaligen Handlung. Selbstverständlich kommt es Dir dabei so vor, als ob einmal das, dann jenes vorherrscht, sagen wir, heute der Speisesaal, der mit dem immer gleichen Elan die Suppen verdunsten läßt. Obwohl die Suppen nicht die Hauptsache sind, riecht der ganze Speisesaal nach ihnen, nach dem Hauptgericht riecht es nie, der Geruch danach hält sich nicht, schlägt nicht durch, die Suppen verdrängen es, übertönen es, beherrschen das Feld, besetzen die Schlüsselstellen, deshalb so eine Betonung der Suppen, daher eine solche Vernachlässigung der Hauptspeisen. Oder nehmen wir ein anderes Bild, den Morgen im Internat, der Morgen dreht sich um die Unterhosen, die mit schamhafter Vorsicht, manchmal gleich unter der Decke, mit den Pyjamas Platz tauschen, weiter dreht sich der Morgen regelmäßig um die Seife, die Zahnpasta, das Beten, die Sitten und Bräuche, am Abend aber richtet sich das Internatsleben nach den Aborten aus, wo die Buben unter Gedränge, Gestoße und Gejage ihren Ausscheidungsverrichtungen nachgehen. Auch die Kellnerin witterte gewissermaßen deine Internatsvergangenheit, was zu schließen war aus der herausfordernden, fast grotesken Art, in der sie die Gläser hinstellte und die Flaschen wegtrug, daraus, wie sie über den Tisch langte, wie sie beim Gehen die Hüften schwang, den Busen schaukelte. Und wie er aus seiner Vergangenheit zu ihr hinüberglitt, daraus schloß er, daß er das Internat bald hinter sich gelassen haben würde. In diesem Augenblick war er aufgrund des Spinnennetzwerkes selbstverständlich noch der alte Internatsknecht mit allen Vorzügen und Tugendhaftigkeiten, und das, obwohl er sich den ganzen Tag abgemüht hatte, seine Bindungen abzubrechen. Der Kellnerin hat dieser Geruch, den er verbreitete, wie es schien, gefallen und reizte sie, wenn es auch unmöglich war, zu beurteilen, was davon sie angezogen hat. Er bildete sich ein, hoch zu Roß zu sein, erstmals hatte er die Nägel als ein freier Kratzer ausprobiert, und sie haben ihm gehorcht. Ninis leergeräumtes Fenster hat das klar bezeugt. Seine Kratzqualitäten waren nicht gebunden an seine angelernten Fertigkeiten, noch weniger an irgendwelche gesellschaftlichen Verhältnisse, an einen bestimmten Ort oder eine bestimmte Atmosphäre, nichts davon, er würde frei schaffen können, entscheidend ist seine innere, persönliche Beziehung zu dem Ding, das entzweizukratzen er sich vorgenommen hat. Die Begegnung mit dem Wolfshund vor den Verlautbarungstafeln war freilich unangenehm gewesen, tatsächlich aber eine freie Erprobung jener Standfestigkeit, die er während der Internatszeit entwickelt hatte, als er zum Beispiel die versammelte Kirche auf seine Art des Schlafens aufmerksam machte. Die Besuche bei Nini waren dazu angetan gewesen, ihm den Kratzsinn zu schärfen, der ihm dann ermöglichte, die Erfolge und Ergebnisse seiner Kratzereien schon im voraus zu sehen, zuzeiten sogar zu bestimmen. Vom Turmcafé aus wagte er erstmals das Kratzen aus größerer Entfernung und vervollkommnete dabei seine Technik, vor allem aber steigerte er die Kratzgewalt, wenn ich bedenke, daß er seinen ersten, bescheidenen Kratzer auf eine Entfernung von einem schwachen halben Meter ausführte, selbstverständlich war er damals ein armseliger, untrainierter Anfänger gewesen, jetzt aber funktionierten seine Nägel fehlerlos, auf eine Entfernung von mehreren Kilometern. Alle jetzt aufgezählten Kratzereien (und andere) hatten ihm geholfen, sich auch in der Schnelligkeit zu üben und schließlich sogar zwischen mehreren Schaltmöglichkeiten aussuchen zu können, sie halfen ihm, die Nägel immer effektvoller auszurichten, deren Gekratze zu steigern, ihnen die letzten Stöße abzuverlangen und ihnen hernach die verdiente Rast und Wartung zu gewähren, sie für die vollbrachte Arbeit zu loben. Das kostbarste Ergebnis aber war es, daß er die Lage vor und nach der Aktion richtig einzuschätzen wußte, das heißt im voraus zu beurteilen wußte, ob er sich zum Überfallen, Anspringen oder Anstürmen entschließen sollte oder ob das übliche Verfahren, ein einfacher und leichter Tupfer, genügen könnte, sozusagen ein Streich im Vorübergehen. Nach der Aktion aber verstand er es jetzt, die notwendige Anzahl von Übungen anzuberaumen, welche die Fehler und Mängel ausbesserten, die Zacken abrundeten, die Technik vervollkommneten, kurz, seine Fertigkeiten wieder auf die erwünschte Schärfe brachten. Angesichts dieser hochfliegenden Werke war auch Tjaž' hochfliegende Meinung von sich selber berechtigt, die ihn freilich nicht in Hoffart und Phantasterei hätte führen dürfen, wozu sie ihn tatsächlich doch geführt hat. Gerade an diesem

Berührungspunkt zwischen nüchternen Tatsachen und Verranntheit erschien die Spinne, das Tierchen, das auf den ersten Blick keineswegs auf Tjaž' Stimmung hätte einwirken dürfen, das aber in Wahrheit mehr als bloß eingewirkt, vielmehr gestört und geschadet hat. Typische Internatszüge nimmt die Geschichte an: Tjaž hat gesündigt, wenn auch nur wenig, er hat sich wirklich nur eine kleine Sünde erlaubt, aber er hat sich damit eine Strafe zugezogen, er hätte sich das Sündchen nicht erlauben dürfen. Er mußte sich eine Strafe zuziehen, weil in dieser und in jener Welt kein Stäubchen verlorengeht, noch weniger ein Sündchen, ich merke, daß ich statt von Tjaž von Gott zu reden anfange und von seiner Gewohnheit, auf Sünden zu antworten mit Strafen. Ist es denn nötig, von ihm zu sprechen? Ich denke wohl, das gebührt ihm, er braucht es, er erfreut sich nämlich keines Ansehens, schade, er ist unbekannt, das heißt, er ist nur in dem Maße bekannt, als von ihm gesprochen wird, und das ist nicht viel, die Leute werden schnell müde, im übrigen aber wird viel von ihm geredet und wenig gesagt, was verständlich ist, denn sein sozialer Hintergrund gibt nicht viel her, er ist eine Angelegenheit der unteren Gesellschaftsschichten, obendrein hat er den unglückseligen Namen »bog«, der von einer bescheidenen, zweifelhaften Vergangenheit zeugt, denn er ist entsprungen dem Worte »ubog«, das ist: arm, und gehört zu der Familie »uboštvo«, das ist: Armut, Not, Mangel, er ist ein Glied dieser Familie, welches Glied?, wartet, daß ich mich erinnere, ich weiß nicht mehr, habe ich das jemals gewußt, ich entsinne mich, daß es mich noch nie gedrängt hat, etwas davon zu wissen. Jetzt rede ich dank Gott immer noch von der Spinne, weil es dasselbe ist, wie von Tjaž zu reden, während ich zum Glück aufgehört habe, vom »bog« und seinem »uboštvo« zu reden. Warum ich gerade an dieser Stelle aufgehört habe, von ihm zu reden, davon noch später, wenn dazu Zeit und Gelegenheit sein wird, mag sein im Herbst oder, noch besser, im Winter, der vorjährige war hart, sieht so aus, daß der heurige milder sein wird, aber lassen wir das, es treibt mich, die Spinne nie mehr zu verschweigen, es ist nötig, lang und breit von ihr zu reden, drunter, drüber und übers Kreuz, durch alle Jahreszeiten hindurch, zu lange haben wir über sie geschwiegen, wir haben sie zurückgesetzt, möglicherweise hat sie irgendein Unduldsamer sogar gehaßt, im übrigen aber ist es einerlei, wovon ich zuvor gesprochen habe, weil ich davon noch später werde reden müssen, obwohl ich davon schon jetzt rede. Alle diese Elemente meiner Geschichte von Tjaž, wie ich sie aufgezählt habe, sind untrennbar miteinander verbunden, es ist meine Geschichte nur, soweit ich sie hier entwickle, und nicht, weil ich sie selbst erlebt hätte oder sie noch immer erlebe, wessen mich einige Ideologen unweigerlich beschuldigen werden, um derart leichter mit mir abzurechnen, im übrigen aber kommt mir der Gedanke nicht das erste Mal, daß jemand die vorliegende Geschichte mit meinen eigenen Lebensdaten gleichsetzen könnte, meine berufliche Beschäftigung im Nachrichtenbüro macht solch eine Gleichsetzung selbstverständlich leicht möglich, mehr noch, sie drängt sie geradezu auf, und da werden auch die feierlichen Zusicherungen meines Chefs, meines Arbeitgebers, auf taube Ohren stoßen, der mich bis ins Innerste kennt wie kaum jemand, sonst könnte ich nicht für ihn arbeiten, für ihn, der die Geschichte über Tjaž angeregt hat, das heißt die ganze Angelegenheit in Gang setzte und in Auftrag gab und mich mit diesem Bericht belastete. Warum gerade mich und nicht irgendeinen anderen Mitarbeiter?, sehen Sie, weil eben mein Leben mit dem des Tjaž keinerlei Ähnlichkeit hatte noch hat, deswegen hat er mir diese Arbeit aufgeladen, mir und keinem sonst, nur ich werde unbetroffen von Tjaž berichten können, wie das der Chef einschätzt, aber man wird das nicht glauben, daher werden die Versicherungen des Chefs auf taube Ohren stoßen, aber das zählt nicht viel, ich füge noch hinzu, daß sich meine Agentur nur mit unbekannten, besonderen und peripheren Fällen abgibt, die jedoch, wider Erwarten, von einem Tag zum andern sich anhäufen, so daß die Agentur schon eine ganze Reihe neuer Mitarbeiter einstellen mußte, was die vorliegende Geschichte selbstverständlich nicht beeinflußt, weil ich mich mit dem Fall Tjaž vorher eingelassen hatte und die übrigen Mitarbeiter mit anderen Aufgaben befaßt sind und ich noch immer allein, mit eigenen Kräften, das Material sammeln muß, so daß der Bericht garantiert sachlich und dokumentarisch wird. Ich habe meinen Beruf gern und nehme ihn ganz ernst, und das nicht nur wegen des täglichen Brots; ich kann sagen, daß mich mein Beruf erfreut, wenn Sie gestatten. Ich habe den Fall Tjaž mit allen Rechten und Privilegien übernommen, und so kehre ich nach einer Mußepause wieder zum Ausgangspunkt, dem Hochhauscafé, zurück. Der Druck hatte bald die Keller des Heims erreicht, der Druck, der von der Kaffeehausspinne ausging, die Keller fingen sofort an, ihn zu erwidern, weil solch ein Druck nicht ohne Antwort bleiben kann und darf, hier gibt es Vorschriften und Paragraphen, immer neu muß man daran erinnern, hier gibt es die Ehre und die Pflicht, vor der Öffentlichkeit deine Hände in Unschuld zu waschen, deine Maßnahmen waren immer richtig, sollen alle sehen, daß du die Vorschriften aufs Pünktchen genau erfüllst, du kannst nicht zulassen, daß dir jeder Kretin Mist ins Antlitz schmeißt, nicht einmal in Gedanken kannst du dulden, daß dir solche Exkremente anhaften, daher kann solch ein Druck nicht ohne Erwiderung bleiben, du mußt das Gelichter ausrotten, bevor es sich ausbreitet, daher drückten die Keller des Internats sehr stark unterirdisch auf die Keller des Hochhauses zurück, die Keller des Hochhauses drückten noch gewaltiger aufs Erdgeschoß, das Erdgeschoß mit ungeahnter Gewalt auf die erste Etage, die erste auf die zweite, die zweite auf die dritte, und so weiter, aufwärts, immer höher, hinauf zum Boden des Cafés, der Boden drückte auf den Stuhl, auf dem der Tjaž saß, der Stuhl auf Tjaž Hintern, die Hoden und die Unterseite der Schenkel, er wirkte auf den Hintern genauso stark ein wie auf Hoden und Schenkel. Dort staute sich der Druck, drückte nicht mehr weiter, sagen wir auf die Lunge, den Magen, die Leber, den Blinddarm, die Gedärme, die Nieren, das Herz, wo er hätte antupfen und ohne weiteres auch drücken können. Überhaupt nichts war ihm daran gelegen, nach außen, vor oder zurück, hinauf oder hinunter oder irgendwohin zu drücken, er drückte nur an Ort und Stelle, sozusagen in sich selbst und sich selbst, woraus Tjaž auf eine sehr alltägliche Form des Drucks schließen konnte, es handelte sich nämlich um eine gewöhnliche Kugel, ein winziges, teigiges Kügelchen, das nur insofern ungewöhnlich war, als jemandem vielleicht Teig ungewöhnlich ist. Dem Tjaž hat der Bauch wehgetan, sooft das Kügelchen drückte, leicht hätte ihm auch etwas anderes wehtun können, aber das war nicht der Fall, seien wir bescheiden und demütig, begnügen wir uns mit dem Bauchweh, der Bauch tut am ehesten weh, Bauchschmerzen sind am einfachsten und im Prinzip klar, soll dem Tjaž also der Bauch wehtun, wenn ihm schon etwas wehtun muß, wie es beschlossen ist. Tjaž faßte sich an den Bauch, in dem es stach, einmal mit der Rechten, dann mit der Linken, er achtete auf die Reihenfolge, damit die Rechte des Bauches geradesooft teilhaftig werde wie die Linke, daher hat er die Hände in gleichmäßigen Abständen gewechselt. Als zum Beispiel die Kellnerin am Nachbartisch abrechnete, bei zwei Langhaarigen, da streichelte gerade die Rechte und mußte den Bauch der Linken überlassen, noch ehe die Kellnerin mit dem Abrechnen zu Ende war. Sie stand in der Nähe seines Tisches – jetzt rede ich von der Kellnerin –, hörte den Angaben der Langhaarigen zu und stupfte mit dem Bleistift aufs Papier, daß die Brüste erzitterten, zentrifugal vom Körper wegstanden und sich den Augen darboten. Tjaž konnte sein Glotzen nicht mehr verbergen, er hatte zu tun mit dem Teig im Bauch und der Umschichtung der Hände, die freilich nicht mehr das Kügelchen bezähmten, sondern die linke Hand wirkte jetzt von der Tasche aus, wo sie die Karotte, die in der Zwischenzeit gewachsen war und sich in der Unterhose verhaspelte, betreuen und in die entsprechende Lage bringen mußte, nämlich in das linke Hosenbein, wo sie bei solchen Gelegenheiten, nämlich zur Wachstumszeit, ihren Winkel hatte, dorthin hat sie schließlich auch ihr Nährkügelchen verdrängt. Da schoß dem Tjaž der wahnwitzige Gedanke in den Kopf, etwas, zum Beispiel ein Glas, einen Aschenbecher oder eine Vase, auf die Kellnerinnenbrüste zu stellen. Es gibt Tage, da ereignet sich sehr wenig oder fast nichts, es gibt aber auch welche, wie zum Beispiel den heutigen, die sind voll kleiner und großer Überraschungen, immer neue Szenen klappen vor die menschlichen Augen, es gibt ihrer kein Ende, man kann den Tag gar nicht beschließen, aber der Bericht über den Tjaž verlangt auch überhaupt keinen Abschluß, ein Abschluß ist überhaupt nicht vorgesehen, ich brauche den Tag nicht mit irgendeinem bestimmten Wort irgendeines Inhalts zu beschließen oder mit irgendeinem besonderen Satzzeichen, sagen wir mit einem Beistrich, einem Fragezeichen, Rufzeichen oder Strichpunkt, oder mit irgendeiner bestimmten Maßnahme, sei es zur Polizei- oder zur Sperrstunde, was denkt ihr, keineswegs, ohne anzugeben und ohne wichtigzutun, so etwas habe ich wirklich nicht nötig, den Tag kann ich beenden, wo ich will, ich kann ihn um mehrere Stunden verkürzen oder aber nach Belieben in die Länge ziehen, das ist mir überlassen, der Chef des Nachrichtendienstes ist sich bewußt, daß er mir die besten Direktiven gibt, indem er mir gar keine gibt. Ich muß mich hier an keine Normen halten, ich kann eine Begebenheit auslassen, sie abhandeln, sie in Kapitel und Absätze gliedern, beginnend mit den römischen Ziffern, übergehend zu den arabischen, und noch alle andern irgendwie geläufigen Weltschreibsysteme beiziehen, ich kann sie mit Anmerkungen versehen, so es mir beliebt, das ist meine Angelegenheit, mischen Sie sich nicht in meine Angelegenheit, bitte, ihr habt kein

Recht, dazwischenzufunken, ich kann eine Begebenheit beiseitelassen, wenn es mir so gutdünkt, und gebe einer andern den Vorrang, ich kann eine Begebenheit als wesentlich darstellen, obwohl sie vielleicht nicht wesentlich ist, oder ich kann eine andere Begebenheit kurzerhand übersehen, obwohl sie wesentlich ist, all diese Möglichkeiten sind mir überlassen, im übrigen aber werde ich der Sache zuliebe dafür sorgen, keine Begebenheit zu übersehen oder abzutun. Wenn ich mich längere Zeit bei dem Wolfshund aufgehalten habe und zuließ, daß sein Strahl gegen das Plakat der Verlautbarungstafel trommelte und seine Schnauze Tjaž' Hoden in Unordnung brachte, so glaubt mir, daß ich dafür Gründe hatte, oder wenn ich bei Tjaž' Wünschen verweilte, auf die Kellnerinnenbrüste ein Glas, einen Aschenbecher oder eine Vase zu stellen, und wenn ich andrerseits Tjaž' letzte Begegnung mit seinen Vorgesetzten vor seinem Abgang aus dem Heim außer acht gelassen habe, dann hat auch dies seine Gründe, ich habe darüber nachgedacht, was diese Gründe hätten sein können, ich denke, es liegt daran, daß die Begebenheiten der ersten

Art Tjažbildend waren, die der zweiten aber nicht. Möglicherweise gibt es noch irgendwelche anderen Gründe, aber im Moment erinnere ich mich ihrer nicht und werde mich ihrer auch später nicht erinnern, keineswegs werden sie mir in den Sinn kommen, das ist beschlossene Sache. Tjaž Karotte breitete sich aus längs des linken Hosenbeins, die zwei Langhaarigen waren weggegangen, im Aufzug verschwunden, das Kaffeehaus hatte sich geleert, über den Tischen erloschen die Lichter, die Kellnerin schloß die Kaffee- und Teesorten weg, das Bier und den Wermut, den Weinbrand und den Champagner, die Limonaden und Aperitifs, fing an Gläser, Flaschen, Tassen und Besteck wegzusperren, machte sie sich griffbereit, brachte sie in Sicherheit, fing an Schank und Tische zu wischen, begann den Strom abzuschalten, und die Helligkeit schwand. Bald erlosch der letzte Lichtstrahl, eine dichte Finsternis kündigte sich an, guten Abend, wie geht's. Die Atmosphäre hat sich beruhigt, das Kügelchen hat aufgehört, in Tjaž' Bauch zu rotieren, es setzte sich fest im Unterleib, fand seinen Platz, besänftigte sich. Er fühlte, daß er irgendwo und irgendwie würde übernachten müssen, sich eine Lagerstatt beschaffen, vielleicht würde er gleich hinter dem Tisch oder auf den Stühlen übernachten, er müßte die Stühle in zwei Reihen aufstellen, sagen wir in jeder Reihe fünf Stühle, um auf eine Grundfläche aus zehn Stühlen zu kommen, eine solche Fläche genügt reichlich zum Liegen, zehn Stühle könnten genügen, er könnte alle zehn Stühle in einer Reihe aufstellen oder aber einen über den andern in die Höhe, sie also gegen die Decke stapeln, auch das wäre eine mögliche Anordnung, darüber müßte er sich klarwerden und sich beratschlagen mit der Kellnerin, sie weiß, was einem Menschen guttut, geradeso könnte er alle zehn Stühle kreuz und quer im Café anordnen, den ersten da, den zweiten dort, den dritten anderswo, diesen ein bißchen näher, jenen weiter weg, und so fort, dann müßte er das Übernachten eben danach ausrichten, was bedeutet, daß er von Stuhl zu Stuhl umsteigen und auf jedem eine bestimmte Zeit verbringen müßte, eine Zeit, die zu berechnen wäre, damit auf jeden einzelnen Stuhl gleichviel Zeit käme: von zwölf bis eins säße er auf dem ersten Stuhl, von eins bis zwei auf dem zweiten, von zwei bis drei auf dem dritten, und so weiter bis zum letzten, der von neun bis zehn am Vormittag an der Reihe wäre, was aber aus zeitlichen Gründen, wegen der Frühschicht im Café, undurchführbar sein würde. Er mußte zu kleineren Zeiteinheiten übergehen, er könnte einem einzelnen Stuhl demnach nur eine halbe Stunde Schlaf zumessen, dem ersten also die Zeit von zwölf bis halb eins, dem zweiten die Zeit von halb eins bis eins, dem dritten von eins bis halb zwei, dem vierten von halb zwei bis zwei, und so weiter, bis er den Schlaf um fünf Uhr früh auf dem zehnten Stuhl unterbrechen würde, das ginge also, dabei müßte man selbstverständlich auch die Zeit mitberechnen, die er für den Weg bräuchte, das heißt für das Umsteigen von Stuhl zu Stuhl, so daß die Nacht etwas nach fünf enden könnte, wenn er die Stühle nicht noch nach irgendwelchen Sonderregeln aussuchte, sondern der Reihe nach von einem zum andern siedelte. Dieses Verfahren, nach einer halbstündigen Zeiteinheit, hätte ganz Tjaž' Vorstellungen von einer ersten Nacht in der Freiheit entsprochen, wenn er nicht zudem auf die Stuhlreihenordnung hätte Rücksicht nehmen müssen, denn das Umsteigen hätte dergestalt stattfinden müssen, daß auf jeden Stuhl eine gleiche Anzahl von Sitzungen entfallen wäre, jeder Stuhl wäre nur einmal als erster und jeder nur einmal als letzter an die Reihe gekommen, geradeso jeder einzelne nur als zweiter, dritter, vierter, fünfter, sechster, siebter, achter, neunter. Das hätte man auf zweierlei Arten durchführen können: einmal so, daß er mit dem Sitzen immer am selben Ende des Cafés angefangen hätte, in diesem Fall hätte er jeden Stuhl einzeln umstellen und die Stühle so aufreihen müssen, daß immer ein neuer Stuhl nachgerückt wäre, bis er die letzte Möglichkeit erschöpft hätte und es zur Wiederholung gekommen wäre. Die andere Art aber war so, daß er die ganze Nacht jeden Stuhl an seinem Platz belassen und sich immer neu auf einen anderen Stuhl gesetzt hätte, dergestalt, daß er auf jedem Stuhl vielleicht hätte zehnmal sitzen müssen, aber jedesmal in einer anderen Reihenfolge, auf daß auch jeder Stuhl an die Reihe käme, nehmen wir als Beispiel, einmal als fünfter, dann als sechster, dann als siebter, und so weiter bis zehn und zurück zum Ausgang, zusammen also zehnmal, was selbstverständlich auch für alle übrigen neun Stühle gälte, alle zehn Wechsel zusammen aber hätten hundert verschiedene Sitzungen ausgemacht, bevor alle Möglichkeiten erschöpft gewesen wären, und erst mit der hundertundersten Sitzung hätte sich die erste Möglichkeit wiederholen müssen, eine Einzelsitzung aber hätte höchstens drei bis vier Minuten dauern dürfen, egal, ob nach der ersten oder der zweiten Art. Wird das genügen? Ist das Programm klar genug? Sind wir dem Tjaž bei seiner Übernachtung oben im Turm zur Hand gegangen? Haben wir ausführlich genug vom Mitschüler des Tjaž und vom Schicksal seiner Schuhe gesprochen? Haben wir uns genug aufgehalten bei den zersägten Heiligen? Ist deren Enthauptung schnell genug vor sich gegangen? Haben wir ausreichend Sätze für Ninis Zimmer aufgewendet, welches in der Finsternis versank? Sind wir genug bei der schwarzen Spinne verweilt, die nicht schwarz war, das heißt, schwarz war sie nur teilweise, sonst aber grün? Haben wir auch den Spitzer für die Bleistifte erwähnt, mit denen ich den Tjaž beschreibe? Haben wir uns, wenn auch vielleicht nur am Rande, mit irgendeiner neuen Kratzerei beschäftigt, von der Kaffeehausveranda wäre es nicht schwer gewesen, auf die Lichter zu zielen, die in den Straßen dämmerten, die Glühbirnen zwischen den Nägeln zu zermalmen und die Leuchtröhren oder gar die ganze Stadt zu zersplittern? Es hätte sich gelohnt, das Glas aus den Auslagen zu entfernen, aus den Türen, Fenstern und Wänden, doch wozu in die Weite streben, wenn sich ganz nah eine Gelegenheit bietet? Verlockend war die Möglichkeit, die Nägel ins Glaszeug des Cafés zu schlagen und noch knapp vor der Nachtruhe die Flaschen, Gläser, Tassen, Porzellankannen, Rahmen, Regale zu zermalmen, nach einer solchen Arbeit hätte er entschieden süßer geschlafen, aber wir haben uns nicht mehr um eine neue Kratzerei gekümmert. Statt von Tjaž' Nägeln erzähle ich lieber davon, wie Tjaž mit der Kellnerin gebalzt hat, wie er sich gemüht und angestrengt hat, ihr das Letzte zu geben, ist ihm das geglückt?, wahrscheinlich schon. Er übernachtete im Kaffeehaus, oben im Wolkenkratzer, nicht auf den Stühlen, sondern auf dem Boden, auf dem nackten Fußboden, die Kellnerin hat nach ihren Kräften dazu beigetragen, sie half, wie es sich gab, sie verhalf zum Nötigen. Zu dieser Zeit, es waren die ersten Tage im »Jahre 1 nach Tjaž«, fing die Spinne an, ihren Faden abzuspulen und sich zur Erde herabzulassen. Während des Herabschwebens hat sie innegehalten, sie mußte nämlich ihre Zangen ausbreiten und sie einrichten, für den Biß einüben, weil sie das nicht während des Herabschwebens erledigen konnte, und zwar deswegen nicht, weil das Herabschweben ihre ganze Aufmerksamkeit beansprucht hat. Nachdem sie ihre Zangen geöffnet und den Biß vorbereitet hatte, spulte sie an Ort und Stelle das letzte Endchen ab, versicherte sich des Ziels unter sich, landete an der vorgesehenen Stelle, erschnupperte den Schweiß und biß zu.

7 | DAS KAPITEL VOM »GEH HINTER MIR HER«

Das gibt mir jetzt Gelegenheit, den Tjaž mit eigenen Augen wiederzusehen, nach langer Zeit werde ich wieder seine Stimme hören, die Ausdünstung seiner Haut riechen, Zeuge seiner Gebärden und seines Stillstehens werden, schade, daß wir uns so lange nicht begegnet sind, es hat mir leid getan, wir rannten aneinander vorbei, ohne gegenseitig Atem und Ausdünstung zu spüren, ich habe keine Witterung aufgenommen, längst schon hätte ich mich vor die Internatstür stellen, dort auf Tjaž warten und auf ihn stoßen können, aber das war nicht der Fall, wir waren auseinandergelaufen, ohne je Ursprung, Fahrwasser oder Mündung gemeinsam gehabt zu haben. Internatstür oder Hochhaustür, gibt's da irgendeinen Unterschied?, es sieht so aus, als gäbe es keinen, es ist gut möglich, daß ich jetzt vor dem Internat stehe, während ich in Wirklichkeit vor dem Hochhaus stehe, oder umgekehrt, auch das ist möglich, man muß dem nachgehen und fragen, entschuldigen Sie, Herr, ist Ihnen diese Tür bekannt, vor der ich hier stehe, vielen Dank für die Auskunft, es handelt sich weder um die eine noch um die andere, sondern um irgendeine dritte Tür, es ist unklar, um welche, wahrscheinlich um die der Kaserne oder der städtischen Müllabfuhr. Vor welche Tür der Stadt auch immer ich mich gestellt hätte, der Tjaž wäre durch sie gekommen, selbstverständlich wäre es unumgänglich, daß durch sie der Tjaž und nicht jemand andrer käme, schaut, auch der Tjaž stellt Bedingungen und macht Sorgen, das ist nicht zu leugnen, vielleicht war gerade deswegen meine Beziehung zu ihm sehr oberflächlich, besser gesagt ruppig, wir sind entfremdet auseinandergegangen, er in diese, ich in die andere Richtung, wir mußten neu aufeinander zugehen, was will ich, Tjaž ist ein Opfer meines Berufs, das Nachrichtenbüro hat ihn mir zugewiesen, ich habe ihn mir nicht selber ausgesucht, und wenn ich's gekonnt hätte, hätte ich es nicht getan, deshalb bin ich nicht verantwortlich, ich verfolge ihn dienstlich, aus beruflicher Notwendigkeit, amtlich jage ich ihm nach, schließlich müssen wir leben und uns kleiden, und es ist mir nicht einerlei, wie ich lebe und mich kleide. Jetzt zum Beispiel warte ich mit dem Mikrophon in der Hand auf Tjaž' Rückkehr aus der Hochhauskaverne, der höchstgelegenen Kaverne der ganzen Stadt, das hat jetzt Vorrang, dann erst kommen Essen und Kleidung, das Aufnahmegerät ist aufnahmebereit, die Zeit ist günstig, es ist ein richtig städtischer Morgen, wenn euch das weiterhilft, der Verkehr wird wach, die Automobile kurven aus den Garagen, später werden sie sich vor den Gebäuden drängen, weil es an Parkplätzen fehlt, ich höre die Fahrer, die schimpfen und sich eingebürgerte und bewährte Flüche gönnen werden, »Himmelsakrament!« zum Beispiel, das ist der beste Fluch, der billigste, kurz und ausgiebig, der angemessenste von allen, die unsereinem zur Verfügung stehen. Jetzt gibt es rund um das Hochhaus noch etwas Platz, denn es ist noch früh am Morgen, zwei-, dreimal bin ich um das Hochhaus herumgegangen, im Café oben hat zuvor noch das Licht geleuchtet und ist jetzt erloschen, wenn mich nicht alles täuscht. Tjaž muß gerade den Aufzug betreten haben, auf den Knopf gedrückt haben und nach unten gefahren sein, bis dahin bin ich auf die bloße Vorstellung angewiesen, breitbeinig steht er im Lift und fährt von Stockwerk zu Stockwerk hinunter, durch Böden und Decken, während es bei jedem Stockwerk im Kontaktmechanismus klickt, der Weg ist lang, denn das Café befindet sich oben im höchsten Turm der ganzen Stadt, statt eines Kreuzes hat man da das Kaffeehaus errichtet, nicht lang, und der Aufzug wird da sein, weich wird er im Erdgeschoß aufsetzen, in den Keller wird er so früh nicht fahren, den Keller wird er auslassen, und es ist fraglich, ob das Hochhaus überhaupt mit Kellern ausgestattet ist, ich kann mir da keine Erdäpfel, keine Kohle und keinen Müll denken, seit ich mich mit dem Tjaž beschäftige, habe ich allen Glauben an Müll samt Kohle und Erdäpfeln verloren, Gott steh mir bei. Jeden Moment wird die Tür aufgehen, und ich werde ihn vor mir sehen, das erste Mal nach langer Zeit, wie ich schon ausgeführt habe, ich werde den

Apparat anstellen, das Mikrophon hinhalten, ich werde ihm nicht viel erklären müssen, es wird genügen, wenn ich ihm eine kurze Einführung gebe, ich werde ihm sagen, daß wir sein richtiges, wirkliches Bild erstellen und das alte, verfälschte zerstören werden, wir werden sogar Kleinigkeiten hinzufügen, ihn sozusagen verzieren und verschönern, wir wollen ihn nostrifizieren und so weiter, rehabilitieren wollen wir ihn, das müßte genügen, ich bin überzeugt, daß er bis ins kleinste mit mir übereinstimmen wird. Sollte es angebracht sein, dann werde ich ihm selbstverständlich alles übrige auseinanderlegen, werde die Wichtigkeit des Blicks auf ihn bekräftigen, werde die Einmaligkeit seiner Person hervorheben und die Zeitnot erwähnen, in welche mich das Nachrichtenamt gedrängt hat, wo ich bedienstet bin, das Wort »Nachrichtenamt« wird ihn angenehm berühren, es wird ihn an den Sohlen und unterm Kinn kitzeln, er wird sich von der eigenen Ehre überrieselt fühlen, das ist wichtig, man muß die richtige Saite treffen, er wird sich entspannen und sich aufs Band bannen lassen, der Tjaž auf einem Tonband, alles vor ihm, alles nach ihm und alles, was Tjaž ist, Tjaž sein wird und Tjaž war, alles das auf dem Band, was denkt ihr?, soll der Chef dran denken, er wird mich vor Freude umarmen, daß ich ihm den Tjaž frei Haus liefern werde, wie ich ihm zum Beispiel die Waschmaschine frei Haus geliefert habe, sie an den Strom anschloß, das Wasser zuleitete, die erreichbare Unterhosensammlung hineinstopfte, dafür sorgte, daß die Waschmaschine mitsamt den Unterhosen ihre Arbeitsperiode beginne – die Unterhosen haben Vorrang – und alle Arbeiten verrichtete, die ihr euch denken könnt und die eine neue Waschmaschine leisten kann, so und noch stromlinienförmiger werde ich ihm den Tjaž frei Haus liefern, ich werde ihn ihm billig besorgen, ich werde ihn ihm sozusagen umsonst herbeischaffen, daran soll er denken. Der Rahmen der Aufnahme entspricht ganz meinen Vorstellungen, ich habe viel hin und her überlegt, wie ich den Tjaž am besten meinem Amt zuführen könnte, und seither belastet mich die Idee, daß ich ihn wenigstens so gut zuführen sollte, wie ich die Waschmaschinen geliefert habe, der Rahmen ist geradezu dazu angetan, mir den Erfolg zu sichern, die Straße, die Automobile, der Benzingestank, die Fußgänger, ich bereite noch die Fragen vor, und es ist mir recht, daß Tjaž sich mehr Zeit läßt, als ich gedacht habe. Seiner ersten Nacht in der Freiheit wird die erste Frage gelten, eine ein wenig heikle Frage, aber das schadet nichts, und ich werde sehen, welcher Art die Antwort sein wird, vielleicht werden auf der Grundlage des Ausgesagten alle weiteren Fragen fußen, ich werde mit dehnbaren Begriffen auffahren müssen, Hauptsache, der Tjaž geht aus sich heraus, schöpft aus seinem inneren Vorrat, lauscht seinen innerlichen Herrlichkeiten, erwähnt die Wendepunkte und die Meilensteine, überbrückt die Gedächtnislücken und füllt die Melkeimer mit soviel Daten wie möglich. Aber warum sich auf die Nacht beschränken, wozu solch eine Bescheidenheit, stelle die Frage, wie es sich gehört, welche Jahreszeit, welches Jahrhundert, welche geschichtliche Periode hat der Tjaž in der Hochhauskaverne verbracht? Ich bin mir bewußt, daß die Antwort schwer sein wird, ich weiß nicht, ob er der Frage gewachsen sein wird, jedenfalls ist es die »Zeit nach Cankar und Župančič«, Cankar hat zu der Zeit schon sieben Dramen geschrieben, nicht daß ich sie ihm mißgönnen würde, wer behauptet das, sieben Dramen sind sieben Dramen, Župančič hat sich schon von seiner ersten Gedichtsammlung ausgeruht, Kette und Murn haben ihr Siechtum in der Ljubljanska Cukrarna, der aufgelassenen Laibacher Zuckerfabrik, beendet, in Karantanien ist im Sprachvolk schon die Sucht nach gegnerischen, dabei ununterscheidbar bleibenden Gruppierungen entstanden, obwohl doch allen die einheitliche Vernichtung drohte, aber das hat nichts getan, man hat die Haarspalterei unaufhörlich fortgesetzt, der Kleingeist breitete sich immer weiter aus, das Gefeilsche um jene Geltung und Macht, die dann die Vernichtung überleben und nach der Ausrottung erst richtig aufblühen würde, die Zeit der Haarspalter also, die mit Phrasen und Traditionsgerede den Volksleib auffasern und ihn mästen, um ihn leichter zu zerfasern, hüte meine Lämmer, irgendwie in diese Zeit gehört Tjaž' Wanderung ins Hochhauscafé, gehört auch mein Gelauere am Fuß des Cafés, daß er zurückkäme und ich ihn aufs Band brächte, im übrigen aber waren Tjaž' Beziehungen zu Weidegründen und Viehzeug bis dahin ungetrübt, natürlich und klar, weide meine Lämmer, von anderem Viehzeug ganz zu schweigen. Schon viel früher hatte er alle Hirten-Voraussetzungen erfüllt, er hatte die Lämmer öfter auf die Weide getrieben, öfter als ihm das behagt hat, er hatte die Schafe im Frühjahr vor der Schule geweidet, im Herbst nach der Schule, im Sommer statt der Schule, sie haben an den Rändern der Gemeindestraße geweidet, am Bach, diesseits und jenseits des Bachs, in ihm und bei ihm, vor ihm und hinter ihm, sie haben den Bach und die Straße und den Rain abgeweidet, zwischen dem Gemeindefarnkraut, an der Grenze zwischen privatem und öffentlichem Ampfer hat er die Lämmer bis zur Bewußtlosigkeit geweidet. Damals war der Tjaž noch winzig, die Winzigkeit war ihm angeboren, sie geht sozusagen auf sein eigenes Konto, er hat die Milch verweigert, er ist schön langsam aus Höschen und Hemdchen gekrabbelt, er blieb lang in den Windeln und war im Weg, er ist nur ruckweise gewachsen, erst einmal ist er zum anspruchslosen Schafhüter herangewachsen und hat in das Blöken miteingestimmt. Er konnte die Geburt des Vaters nicht verhindern, der Vater ist auf die Schnelle geboren worden, angetrieben von seinen Eltern, Tjaž' Großeltern, kurz und bündig sproß er in der Bergwelt und hat schnell Abschied genommen vom einsamen Bauernhof, der nicht mehr alle ernähren konnte. Um Tjaž' Vater zu werden, schlug er den besten Weg ein, er ist in den Dienst getreten, er wurde Knecht bei einem größeren Bauern, er übernahm die Versorgung einer Keusche, brav hat er die Keusche betreut, er hat auch die Magd betreut, obwohl deren Betreuung nicht so fein und genau wie die der Keusche zu sein brauchte, so daß die väterliche Betreuung der Magd sich nach den Gelegenheiten gerichtet hat, die Betreuung der Keusche aber nach den Arbeitnehmerpflichten, die Beschäftigung mit der Magd hat freilich weit schicksalhaftere Furchen gezogen als die Beschäftigung mit der Keusche, sie haben nämlich dazu geführt, daß der Tjaž neben dem Vater auch einer Mutter teilhaftig wurde, er wurde teilhaftig in demselben Moment, als die Magd in den Keuschen, Kammern, Hütten,

Schobern, im Heu, Stroh oder Moos des Tjaž teilhaftig wurde, an einer der aufgezählten Stätten und an einem der benannten Angelpunkte hat der Vater dem Tjaž in der Finsternis des mütterlichen Leibes das Leben angezündet, er ist Fleisch geworden und hat unter uns gewohnt, er ist auf die Welt gekommen, die damals freilich nicht größer war als durchnäßte und beschissene Windeln, und das war nichts Großes in der großen Welt. Knecht und Magd haben angefangen, miteinander zu sein, ohne zu heiraten, sie haben sich Zeit gelassen und auf deren heilende Kraft gehofft, aber die Zeit ist ihnen nicht besonders zur Hand gegangen, sie waren nicht besonders voneinander angetan, deswegen haben sie sich nur hin und wieder miteinander abgegeben, so wie es sich eben ergab, also klein-klein. So haben die Leute, die immer alles wissen, gesagt, und weil es keine anderen Quellen gibt, beziehe ich mich auf ihr Gerede, der Vater hat darüber hartnäckig geschwiegen und ist dafür auch heute noch nicht zugänglich, sicherlich hat er nicht soweit gedacht, aber da ihm der Tjažek schon einmal zustieß, ist den beiden nichts übriggeblieben, als sich schließlich doch zu nehmen und von da an einander zu haben. Damit leuchtete in Tjaž' Leben das erste grüne Licht auf, jetzt gab es keine Hindernisse mehr, der Tjaž konnte seinen Weg antreten. Kurz nach seiner Ankunft sind die zwei von der Keusche weggezogen, um auf gepachtetem Grund eine eigene Wirtschaft aufzumachen (und der Vater hat mit der Holzfällerei angefangen), jeder hat sich auf seine Art von dem verabschiedet, was sein Winkel gewesen war, der Vater von den Wiesen, Äckern und Ackerwenden, vom Vieh, den Weidegründen, den Flechtkörben, den Ziehkarren und Gespannen, vom Werkzeug, den Ernten und den Almgerüchen, die von den Winden in die Nachbargräben auseinandergetragen wurden, die Mutter von der Jungfräulichkeit, Frische, Jugend. Den Tjažek haben die zwei in Lumpen gewickelt, und er lag während der Übersiedlung im »cakar«, dem Zweiradkarren, vom orangenen Baumwerk und den Wolkenfransen hatte er damals noch nichts, das Fahrzeug hat ihn geschüttelt und gerüttelt, die eisenbereiften Räder drehten sich ungleichmäßig, holperten dahin, ruckten und gerieten jetzt in die Schräge, richteten sich jetzt wieder auf, rutschten über Schollen und Stoppeln, jetzt blieb das rechte, jetzt das linke Rad zurück, anfangs ging es auf einem schmalen Viehpfad abwärts, an beiden Seiten schrammte der Bretterzaun, dahinter näherten sich die Weidegründe und schienen ihre grünen Schlingen nach dem Viehpfad auszuwerfen, zuletzt bog das Fuhrwerk ab in den Wald. Der Tajž hat mehrmals versucht, die Hand zwischen die Speichen zu stecken, das ist ihm erst auf halbem Weg gelungen, als ihn der Karren zur Seite kippte, er hat diese Gelegenheit genützt und die Hand ins Rad gesteckt, die Speichen haben arg nach den Fingern gefaßt und ihnen an den Knöcheln die Haut abgezogen, so daß das Blut herausgekommen ist, der Tjaž hat lostrompetet, seine blutigen Schrammen zur Schau gestellt, immer gewaltigere Register gezogen, der Vater riß das Pferd so wild am Zügel, daß sich der Gaul auf die Hinterbeine bäumte, in diesem Moment sprang die Mutter herbei, der Tjažek widersetzte sich mit heftigem Getrete und Gekratze, er trat und kratzte Hausrat, Kleider und Wäsche, die Pferdekotze, die Wagenbretter, die Zügel, kurz, alles, was erreichbar war, erstmals kündigte sich unzweideutig Tjaž' Kratztrieb an, freilich war das Kratzen damals noch ein Mittel, keine Sache für sich, aber es hatte einen solchen Schwung, daß niemand mehr Tjažens Eigenheiten hätte übersehen dürfen, welche sich doch einige Jahre danach immer mehr Geltung zu verschaffen und sich immer breitere Anhängerschichten bis hin zu den ersten unverhohlenen Aufträgen anzueignen wußten. Damals hat der kleine Kratzer zum erstenmal seine Fähigkeiten ausprobiert, ohne daß die Eltern auf diese aufmerksam wurden, vielleicht hat dazumal der Zweiradkarren den Tjažekschen Nägeln die Kratzgabe zugespielt und in seinem Geist diese geniale Idee entfacht, Gott weiß es, überlassen wir das ihm, jedenfalls war sich Tjaž dieser seiner Fähigkeiten sehr bald bewußt. Im übrigen aber war der Haushaltsplunder, in den Tjažek einige Stunden ununterbrochen eingeklemmt war, am besten dazu geeignet, ihn grundlegend über sein Schicksal nachdenken zu lassen, ich stelle mir vor, daß jeder Rempler des Karrens ihn zu einem neuen Schluß brachte. Bevor das Gespann den Graben hinter sich ließ und sich dem nächsten zuwandte, wurde eine Pause anberaumt, der Vater hat das Pferd angehalten, band die Zügel an den Zaun und hing dem Pferd den Futtersack, Luzerne mit Strohuntermischung, hin, das Pferd fing zu fressen an, ein Rinnsal floß da vorbei, das Wasser bahnte sich seinen Lauf und schlängelte sich unter dem Weg durch, aus dem Gestein kamen Wolken von gemahlenem Sand, der Waschsand lagerte sich seitlich vom Lauf ab, Vater und Mutter setzten sich an den Wegrand, so war ihnen Tjažek in Reichweite, sie zogen Brot und Schafkäse hervor, ein Stückchen Käse und eine Scheibe Brot boten sie auch dem Tjažek an, zu dem Zweck, jeden neuerlichen Exzeß seiner Nägel zu verhindern, dem Tjažek aber war es weder nach diesem noch nach jenem, er warf, denke ich, zuerst den Käse von sich, dann aber noch das Brot, ohne daß er sich bezüglich der Reihenfolge ein Kopfzerbrechen bereitet hätte. Er warf beides mit solcher Wucht von sich, daß es bis in den anderen Graben hätte fliegen müssen, in Wirklichkeit aber fiel es nur vom Weg ins Gras, gerade so viel, daß beide Dinge nicht zurück in den Wagen plumpsten. Noch an diesem Abend begannen Vater und Mutter die gemeinsame Wirtschaft in der Pachthütte, um die herum es auch ein paar Wiesenflecken gab, der Vater fing mit der Holzfällerei an, die Mutter mit der Haushalterei, der Tjažek aber hat sich auf die ersten kleinen Abenteuer eingelassen, Ungeschicklichkeiten und Tölpeleien. Die Pfarrerbesuche haben immer mehr zugenommen, bis die Eltern doch kirchlich geheiratet haben, danach hat sich der Pfarrer zurückgezogen, die Eltern waren die großen Sieger, denn sie hatten ihrem Leben einen strapazfähigen Boden unterlegt, ihren Schritten Halt verschafft, der Bund der Ehe hat ihnen die Teilnahme an den kirchlichen Sitten und Gebräuchen ermöglicht, sie wurden teilhaftig der Wohltaten und Süßigkeiten, am Ende aber würden sie beide in den Himmel kommen, Tjaž Anwesenheit war legalisiert, alles Glück ihm verheißen, die Ehe war gesegnet, das Haus sicher vor allem Bösen, gesichert war das kirchliche Begräbnis. Aber mit der geordneten Ehe sind sie nicht weit gekommen, sie hatten damit zu spät angefangen, der Hitlerkrieg hat sie eingeholt, sofort hat sich herausgestellt, daß dieser ohne den Vater nicht gut ausgehen würde, deshalb hat der Vater das Werkzeug weggelegt und die Waffen ergriffen, er gönnte sich den Krieg bis zum Überfluß, bis zur Geistaufgabe schlug er sich mit ihm den Bauch voll, aber hitler war auch hinter der Mutter her, zum Glück war in den KZs noch etwas Platz, daher hat er sie einem KZ zugeteilt, dort hat sie noch einen freien Platz ergattert, einen von den letzten, der Tjaž war damals noch zu nichts nutze, die Begabung seiner Nägel war noch verborgen, deswegen blieb er beim Haus als eine Art Andenken, jemand muß beim Haus bleiben, du kannst es nicht so ohne alles lassen. Unter den ersten Aufgaben, die ihn im verwaisten Anwesen erwarteten, war die Versorgung der sterbenden Großmutter. Es kam nie heraus, woran sie gestorben ist. Tjaž wußte damals noch wenig vom Sterben, er erinnert sich nur des Ausschlags am großmütterlichen Unterkörper, den er mit weißem Puder versorgte, er streute das Puder auf die offene, schrumplige Haut, ich denke, dreimal, wenn nicht öfter täglich, schön der Reihe nach, morgens, mittags und abends, also zu den Hauptzeiten, zur Zeitstoßzeit, zuweilen aber auch, wenn die Großmutter zu schreien anfing und dann so lang schrie, bis der Tjaž das weiße Puder auf ihre offenen Stellen schüttete, nur das weiße Pulver konnte sie besänftigen, dabei steckte die Großmutter immer einen Finger in das Loch zwischen den Beinen, was aber den Tjaž nicht abgehalten hat, das Puder aus der Pappschachtel überall dorthin zu streuen, wo die Haut sich geöffnet hatte, er wartete, daß der Eiter das Puder aufsaugte, und dann streute er eine neue Puderschicht drüber, aber mit der Zeit entstanden auf der Haut immer mehr und immer ausgebreiteter offene Stellen, bald hat das Puder nichts mehr ausgerichtet, und das Bestreben blieb ohne Wirkung, der Eiter sickerte an den Hautfalten entlang in die Leintücher und in den Strohsack, dortselbst ist die Großmutter irgendwie auch gestorben, sie hat den Eiter zum Gerinnen gebracht, ein letztes Mal raffte sie sich auf und verschaffte ihren offenen Stellen Beruhigung, sie rief Wohltaten und Süßigkeiten sowie die Sitten und Bräuche auf diese herab, sie ist gestorben, wie man zu ihrer Zeit halt starb, die Möglichkeiten waren begrenzt, eine große Auswahl gab es nicht. Den Zeitpunkt des großmütterlichen Todes hat später ein unbekannter Wanderer festgestellt, auf der Grundlage von Tjaž' Erzählung, wonach es in der Küche gewaltig gedonnert habe, worauf ihm sofort in den Kopf geschossen sei, all ihr Porzellan- und Blechinhalt sei da mit furchtbarem Lärm zu Boden gekracht: in Wirklichkeit hat sich freilich nichts dergleichen ereignet, so hat der fremde Wandersmann entschieden, und davon hat sich auch der Tjaž überzeugt, der Donner hatte die Großmutter bei deren Abgang aus dieser Welt begleitet, und er war das sichere Zeichen, daß der Tjažek ein für allemal mit dem Bepudern der großmütterlichen offenen Stellen aufhören konnte. Kurz danach wurde die Großmutter eingegraben, es waren nicht viele Leute dabei, es gab fast kein Geplärre um die Tote, der Tjažek fühlte einen Druck auf der Brust, das Begräbnis war kurz und bündig, einige schnelle Bekreuzigungen und Gebetlein, und schon haben die Schaufeln gesprochen und den Erdhaufen versiegelt, es hat ihnen so geeilt, daß sie durcheinanderkamen, die Leute haben sich rasch verkrochen. Es kam eine lange, böse Zeit, gestopft mit Hunger, Kälte und Toten. Tjaž hat irgendwie sich und den Pachtbesitz durch alle Schrecken der damaligen Zeit gebracht, der Vater kehrte zurück, krumm und ausgezehrt, der Krieg hat ihm aus den Augen gestarrt, mit der Mutter hatten sie sich ein kirchliches Begräbnis gesichert gehabt, aber die Mutter hat das nicht mehr benötigt, denn sie verbrannte im KZ-Feuer, jetzt gab es wieder etwas mehr Platz in den Kzs, mit der väterlichen Rückkehr und nach der Aschewerdung der Mutter begann für den Tjažek die Ausbildungszeit, erstmals trug ihm der Vater auf seinen spitzen Schultern, mit seinen einst bärenhaften Händen, das Gepäck zur Station. Im Stationsvorraum lag etwas braunes Laub, obwohl es um die gesamte Haltestelle keinen einzigen Baum gab, weder Nadel- noch Laubbaum noch Strauch, Bäume waren untersagt, woher also das Laub kam, ist mir nicht bekannt, ein Zug folgte schwindelerregend dem anderen, ein Anrucken dem nächsten, ein Gekeuch dem Gekeuche, ein Anhalten wieder einem Anhalten, ein Stopp wieder einem Stopp, man lungerte auf den Stationen herum, atmete rußigen Rauch ein, stierte durch die Fenster auf die ramponierte Landschaft, bis der Vater und Tjaž sich auf dem Bahnsteig der Stadt fanden. Der Vater lud sich Tjaž' Koffer auf die Schultern und die beiden ackerten sich einen Pfad durchs Gedränge, einige rempelten den beladenen Vater, aber das machte auf den keinen Eindruck, weder einen guten noch einen schlechten, andere haben ihn extra angestoßen, so daß es ihn zur Seite trug und das Gepäck zu schwanken anfing, der Vater kam fast aus dem Gleichgewicht, aber er hat sich um nichts geschert, geh hinter mir her, lautete sein Befehl, und die beiden sind weitergegangen, sie gingen schweigend durch die Stadt, der Vater voran, der Sohn ihm nach, sie durchquerten einen ziemlich großen Teil der Stadt, sie klapperten eine Reihe von Gehsteigen ab, stürmten an Ruinen und Bombentrichtern vorbei, das grobe Bauerngewand schlackerte an den väterlichen Gliedern, der Tjaž hielt sich an den väterlichen Fersen, er war dem Vater auf den Fersen, die Leute haben sich nach ihnen umgedreht, erstens, weil sie so knapp hintereinander gingen, zweitens wegen des Koffers auf der Schulter, während ihn alle anderen doch in den Händen hielten, drittens wegen des eigenwilligen bäuerlichen Gehinkes, das vom Schlackern des Bauerngewandes begleitet war, hatte doch dem Vater ein Baumstamm den Fuß ruiniert, er war repariert worden und gut fürs Land, aber für die Stadt taugte er nicht mehr, also Grund genug, daß die Leute stehenblieben und sich nach ihnen umschauten, der Tjaž ging ohne etwas, er klebte dem Vater an den Fersen, mit seinem schmächtigen Körper verbarg er das väterliche Hinken jenen, die sich nach ihnen umdrehten, gegen jene, die ihnen entgegenkamen, war der Tjaž machtlos, gewöhnlich waren jene von vorn und jene von hinten völlig dieselben, denn wenn sie das väterliche Hinken von vorn gesehen hatten, wollten sie es auch noch von hinten anschauen, da aber hat es der Tjaž mit seinem kleinen Körper verdeckt, so daß sie das väterliche Hinken nur teilweise sahen, Tjaž biß die Zähne zusammen und fühlte gleichwohl eine Art Genugtuung, besser als nichts, mehr war da nicht herauszuschinden. So gingen die zwei dahin, wendeten sich nach rechts und nach links, gingen »mir nach«, betrachteten die glatten Wände, von denen die Sonne gefiltert wurde, verhielten vor einem hohen lärchenen Tor, erkannten das Internat, es erglänzte die Aufschrift, zwei Augenpaare hefteten sich darauf, es las der Vater und es las der Sohn, es dämmerte dem Vater und dem Sohne und dem Heiligen Geiste, wie es war im Anfang so auch jetzt und allezeit, so auch diesmal, bei jedem Lesen drehten sie die Köpfe von links nach rechts. Der Vater hat seine Aufgabe erfüllt, von jetzt an würde der Tjaž sie allein erfüllen müssen, daher setzt er den Koffer ab und hinkt hinweg in die Straße, und als er die Straße entlanghinkte, erschienen seine Gliedmaßen wie in Unordnung, der Kopf hing ihm nach vorn, Arme und Beine bewegten sich unbeholfen durcheinander, der Körper schrumpelte zu immer kleineren Haufen. Bis auch das letzte Häufchen verschwunden war und auf der Straße nichts mehr war, hat der Tjaž immer noch nach dem Punkt geschaut, welcher der Vater gewesen war und der in der Ferne erloschen war, in der Kehle spürte er ein heftiges Ziehen, ein Geschmack nach Salz vergrößerte gleichsam seine Mundhöhle, er schob das Lärchentor vor sich auf, das langsam nachgab, er witterte die kalte Luft des Vorraums und läutete, er wurde zum Internatling, bekam seine Nummer, behielt seine Nummer all die Jahre, das Heim ging ihm ins Blut über, er hatte das Heim im Blut, er fing an mit dem Gekratze, versammelte um sich die ersten Schüler, kratzte sich eine ganze Reihe von Aufgaben vom Leib, entschuhte, schälte, riß, hackte, schnitt, sägte, spulte ab, zerkleinerte, bohrte, entglaste, wurde an die Luft gesetzt, versuchte es mit der Freiheit, fürs erste übernachtete er im Hochhauscafé, schlief in einer Notlage mit der Kellnerin, tritt womöglich gerade jetzt in den Aufzug, drückt auf den Knopf und läßt sich hinunterbringen, breitbeinig steht er im Aufzug und fährt abwärts, von Stockwerk zu Stockwerk, an Böden und Decken vorbei, während es an jedem Stockwerk im Kontaktmechanismus knirscht, der Weg ist lang, denn das Café befindet sich oben auf dem höchsten Hochhaus der ganzen Stadt, statt eines Kreuzes hat man ein Kaffeehaus dahin gepflanzt, nicht lange, und der Aufzug wird angekommen sein, eine weiche Landung im Erdgeschoß, in dieser Hinsicht ist alles klar, bis hierher sind die Schlüsse richtig, die Absätze am rechten Platz, die Kapitel abgerundet, die Bleistifte gespitzt, die Geschichte im Fluß, das Nachrichtenamt wird seinen Bericht über Tjaž zur rechten Zeit bekommen, es wird sich damit vertraut machen, es wird einen Standpunkt einnehmen müssen, ja oder nein sagen müssen, eines von beiden oder aber beides, ja-nein oder nein-ja, es hält sich an seine Grundsätze und geht nicht leicht davon ab, wir werden sehen, mir ist es einerlei, das Aufnahmegerät ist eingeschaltet, das Mikrophon ist gerichtet, die Fragen liegen mir auf der Zunge.

8 | DAS KAPITEL VOM ENTKLEIDEN

Jenen Morgen, an dem wir gemeinsam im Café gewartet haben, daß man den Tjaž herbeibringe, werde ich, wie ich hoffe, so schnell wie möglich vergessen. Ich war auf dem Weg zur Schule, und gerade trat ich aus dem Haus, als ein Bote auf mich zustürzte und mir mit atemloser Stimme die Neuigkeit zutrug, Tjaž habe sich umgebracht, von der Kaffeehausveranda oben am Hochhaus habe er sich in die Tiefe geworfen, er sei auf dem Gehsteig aufgeschlagen und liegengeblieben. Einige Augenblicke lang schien es mir, als würde ich innerlich mit Bleiguß erfüllt und würde die Adern nie mehr aus der Umklammerung befreien können, es ist sogar möglich, daß mir das Herz für einige Augenblicke tatsächlich stehenblieb, das alles ereignete sich in einer Schnelligkeit, der ich, kurz gesagt, nicht gewachsen war. Die

Nachricht von Tjaž' Tod hat mich nicht erschüttert, sondern versteinert, sie ließ mich starr werden und unfähig zu einer Gebärde, und sie verschmolz Körper und Geist zu einer unbrauchbaren Masse. Hätte ich nur einen Augenblick gehabt, mich zu fangen, das Gleichgewicht wiederzugewinnen und das Gemenge von Körper und Geist ordentlich zu trennen, sagen wir, den Ankömmling rechtzeitig wahrzunehmen oder ihm wenigstens um ein Sekundenbruchstück zuvorzukommen, um jenes Zeitbruchstück, das nötig ist, damit sich aus dem Gedanken ein Schluß ergibt, so hätte ich mich beherrscht und kühl gefragt, was ich denn damit zu schaffen hätte, er solle die zuständigen Stellen benachrichtigen, und so weiter, wenn ich nur gekonnt hätte, dann hätte ich Tjaž ohne Bedenken verleugnet, wie es sich für eine Internatsschülerin gehört, ich hätte den Grundsätzen entsprochen, in denen man uns jahrelang erzogen hat, die Nonnen hätten auf mich stolz sein können und mich womöglich allen anderen Mädchen als Vorbild hingestellt. Es ist also nicht mein Verdienst, wenn ich von der vorgezogenen Furche abkam und meine eigene zog, das tat ich nicht aus Überzeugung, genauso war es auch keine Folge von Tugend und Tüchtigkeit, vielmehr tat ich es aus Verlegenheit, aus einem momentanen Notstand heraus, unvorbereitet und ungeordnet hatte mich die Nachricht ereilt, ich habe überhaupt keine Ahnung gehabt, ich hielt mich noch an der Türklinke fest oder hatte sie vielleicht gerade losgelassen, ich weiß nicht mehr, im Mund kamen mir noch die letzten Brotbrösel in die Quere, für die das Frühstück im Zimmer zu schnell gegangen war, denn ich bin gewöhnlich in Eile, und die letzten Stückchen verschlinge ich im Laufen, unterwegs auf der Treppe oder sogar schon auf der Straße, die Umstände richteten sich also gegen mich, im ungeeignetsten Augenblick kam der Bote angerannt und ist auf mich gestoßen mit seiner Neuigkeit, und zwar derart heftig, daß ich mich verwandelte und aus mir das Ich hervorkam, das ich in Wirklichkeit war, ursprünglich und lebendig und nicht mehr diejenige, zu der man mich erzogen hatte und die ich mir zuletzt schon selber einbildete zu sein, derart, daß ich litt, wenn ich nicht so sein konnte. Obwohl Tjaž' Ende für dergleichen nicht die rechte Gelegenheit war, habe ich dabei trotzdem zu leben angefangen, nach so viel unfruchtbarer Zeit war für mich das Erlebnis meiner selbst etwas Bewegendes und hat dem Körper und der Seele gutgetan, ich fühlte, daß ich gut sein konnte, ich habe begriffen, daß ich gut bin, wenn ich nur natürlich bin, daß ich schön bin, wenn ich nackt bin, frei von allem Erziehungsgeschnörkel und Gesellschaftskrempel, daß ich stark bin, wenn ich vor Schwäche schwanke, daß ich das Richtige tue, wenn ich handle, wie mir zumute ist. Deshalb bin ich wie ein verletztes Tier hinter dem Boten hergestürzt, der keine Reaktion abwartete, mich vor den Kopf stieß und dann allein ließ, er ließ mich im Stich, den ganzen Weg lief ich hinter ihm her, ohne daß ich ihn einholen konnte, und sehr gut erinnere ich mich des Bissens, der mir vom Frühstück noch im Mund steckte und den ich hätte schlucken müssen, aber ich konnte nicht, die Kiefer versagten mir den Dienst, die Zähne widersetzten sich, der Speichel wurde zäh und gerann zu kleinen Klumpen, zuerst zu ganz kleinen, dann zu größeren, richtige, wahrhaftige Klumpen begannen sich im Mund zu wälzen, ich quetschte sie mit der Zunge breit, kaute sie und schob sie am Gaumen hin und her, auf und ab, hin und her, auf und ab, ich versuchte, die Masse auszuspucken, aber die Zunge blieb stecken, tat nicht mit, wollte die Masse nicht ausstoßen, währenddessen wurden die Klumpen größer, füllten mir den ganzen Mund aus, ich konnte den Mund nicht zumachen, wie sehr ich mich auch bemühte. So kamen wir zwei vor das Hochhaus gelaufen und sahen, daß Männer die Höhe vom Gehsteig bis hinauf zur Spitze des Hochhauses maßen, von der Spitze des Hochhauses hinunter zum Gehsteig, von unten hinauf und von oben herunter liefen ihre Blicke, von rechts nach links und von links nach rechts, von der Seite mittwärts und von dort strahlenförmig nach allen Richtungen liefen ihre Blicke, es war zu sehen, daß sie sehr genau und gewissenhaft maßen. Zuletzt waren sie mit dem Messen fertig, haben notiert, sich eingeprägt, zogen Kreidestriche kreuz und quer und hierhin und dorthin, haben ein Netz weißer Striche über den Hof gebreitet, in vorsichtigen Sätzen sind wir darüber hinweg, traten in den Aufzug und haben, an der Wand lehnend, Atemwolken aufeinander losgelassen, sein Atem roch nach Knoblauch oder Paprika, der Gestank lüpfte die Kabine empor, so daß wir nicht reden konnten, die Flure und Stiegenhäuser sausten an uns zwei vorbei. Das Kaffeehaus war steckvoll mit erschreckten, aufgescheuchten und flüsternden Leuten, obwohl sie keinen Grund hatten, erschreckt und aufgescheucht zu tuscheln, denn Tjaž' Tod konnte sie nicht betreffen, er war ihnen schnurzegal. Trotzdem sind sie alle erschreckt und aufgescheucht gewesen, sie hatten etwas freie Zeit und verwendeten diese für etwas Nützliches, und der Tod ist immer nützlich, der Tod eines Fremden ist immer willkommen, sie gönnen ihm diesen, er kitzelt sie und regt angenehm ihre Selbsterhaltungshormone an. Als wir beide uns den Weg durchs Gedränge bahnten, gab es noch mehr Getuschel, Köpfe haben sich einander zugeneigt und Hälse reckten sich, wenn gerade noch ein bißchen Ahnung in ihren Gebärden gewesen war, so verwandelte sich die Ahnung schon in eine Vermutung, die Vermutung aber wurde zu einer aufregenden Erkenntnis, die mich der häßlichsten Kontakte mit Tjaž beschuldigte und mich mit seinem Ende in einen ursächlichen Zusammenhang brachte, obwohl man mich wahrscheinlich niemals in seiner Gesellschaft gesehen hatte. Wir warteten, jeder auf seine Art und jeder auf etwas anderes, ich auf die Männer, die den Tjaž heraufbringen würden, die Menge darauf, wie ich mich verhalten würde, wir haben unsere Gefühle versteckt, aber jeder wußte davon, und es wäre aufs gleiche hinausgekommen, wenn wir sie nicht versteckt hätten. Wenn in meinem Herzen noch Platz gewesen wäre für Haß, so hätte ich sie alle, durch die Reihe, gehaßt, ich hätte ihnen die Augen ausgekratzt und ihnen die Schweinsrüssel in den eigenen Kot gedrückt, aber meine Brust war wie vollgesogen von Schmerz und Bangigkeit, ich war entsetzt und außer mir, die Verwirrung hat mich entstellt und mir jede Entschiedenheit genommen, ich fühlte mich verraten, ausgeliefert und betrogen, ich konnte in dem allen keinen Sinn entdecken, ich habe mich tief in mich selber verkrochen und mich dort in den stillsten Winkel verdrückt. Wir warteten, und je länger wir warteten, um so mehr entwickelte sich das Warten zu einem Gelauer, das war der tatsächliche

Inhalt des Wartens, jeder von uns lauerte auf seine Beute. Von weitem erscholl ein Lärm im Stiegenhaus, also war man schon mit ihm auf dem Weg, man schleppte ihn herbei, ich hatte noch keinen Toten- oder Verwundetentransport gesehen, aber ich wußte, daß man ihn anders tragen würde, auf besondere Art, wenn er tot wäre, und wieder anders, auf eine andere besondere Art, wenn er lebte, etwas war in mir, das mir sagte, daß man einen Toten auf den Schultern tragen würde, so daß er gleichsam über den Häuptern der Träger schwämme, einen Lebenden aber nah am Boden, so viel, daß man ihn gerade noch über dem Boden hielte, hinten ein wenig höher als vorn, trotzdem knapp über dem Boden. Die folgenden logischen Schlüsse ließen mich dieses annehmen: Wenn er tot ist, wird die Trage schwer sein und mit aller Gewalt zu Boden drücken, so daß die Männer sie auf die Schultern laden müssen, wenn er aber noch lebt, wird die Handmuskelkraft genügen, denn die Trage wird ihnen beschwingt in den Händen schaukeln, sie werden aufrecht und stolz gehen, als hätten gerade sie ihn vor dem Übel bewahrt und ihm das Leben gerettet. Wenn sie ihn auf den Schultern tragen werden, ist er also tot, wenn nah am Boden, so lebt er. Diese zwei Möglichkeiten habe ich die ganze Zeit erwogen, während wir warteten, daß sie ihn brächten, und von unten ertönte schon ein Geraune, von weitem wurden Schritte vernehmbar, die sich langsam näherten, sich unterwegs zu einem Getöse, auch einem Geschleife steigerten und sich zuweilen in dem Mauerwerk verloren, es wurde mir bewußt, daß eine der zwei Möglichkeiten schon längst Wirklichkeit geworden war, Tod oder Leben, andere Möglichkeiten gibt es nicht, und daß mein Gegrübel nicht mehr sein konnte als ein Gerätsel über eine bereits unwiderrufliche und vollendete Tatsache, heute wundere ich mich, daß mir solche Erwägungen überhaupt gekommen sind, wenn ich an die Fallhöhe denke, den betonierten Gehsteig und an Tjaž' eher schmächtigen, nicht gerade abgehärteten Körper. Ein Schnaufen tönte näher, die Treppen haben die Träger zum Schnaufen gebracht, die Trage mußte ziemlich schwer sein, wenn ich es mir überlege, die Last behinderte das Gehen, es gab kein Schrittgeräusch, eher ein Geschlurfe, offensichtlich war das Gebäude nicht für das Tragen von Toten errichtet, deutlich war zu hören, wie die Träger gegen eine Mauer stießen, gegen Türrahmen bockten, den Verputz abschrammten, wie sie fluchten und einander anherrschten, die Trage in den Kehren in alle möglichen Lagen brachten, um die Kurven zu kriegen, dabei aber mußten sie aufpassen, daß ihnen der obenauf nicht von der Trage rutschte, Tjaž' Tod war nichts für dieses Gebäude und diese Leute, er hätte anderswo und zu einer anderen Zeit sterben müssen, sagen wir im Spätherbst oder dem Winter zu, wenn die Leute des Sommers und der Herbstfrüchte müde sind, aber er hat beim Auswählen niemals eine glückliche Hand gehabt, am wenigsten hat er sie gehabt beim letzten Mal, es fehlte ihm an Phantasie. Er legte sich schlafen, wurde wach und legte sich wieder nieder, zwischendurch aber gab es jene lächerlichen flüchtigen Clownerien, die dem Menschen auch für sein Ende unzählige Gelegenheiten zur Auswahl anbieten, und daß es darunter für den Tjaž nichts anderes gegeben hätte, das kann ich nicht glauben. Nehmen wir zum Beispiel, warum nicht, den Tod in der Badewanne, die Zeit: der Samstagnachmittag oder meinetwegen der Abend, der Ort: das Badezimmer zu Hause. Du hättest dich auf den Straßen, Gehsteigen und an den Arbeitsplätzen umgetrieben, du wärst beschäftigt gewesen von der Morgenröte bis zur Dämmerung, sagen wir halt einmal so, du bist müde und niedergeschlagen, die getane Arbeit hat dich nicht gerade erhoben, hat dich nicht weiterbewegt, gerade eben daß du dich noch gehalten hast und nicht weggeschrumpft bist, du hast einen schlechten Tag gehabt, immer wieder hast du die halbgetane Arbeit aus den Händen gelegt, heute war es vielleicht nur die Hälfte der üblichen Halbheit, jetzt tauchst du deinen Körper ins Wasser und spürst, wie dir das Wasser die Glieder besänftigt, überall am Körper fühlst du die sich vereinigenden Impulse, das Bad nimmt das Gewicht des vergangenen Tages von dir, du seifst dir die Haut ein, du bringst das Wasser zum Schäumen, du badest also im rechten Sinn des Wortes mit Volldampf, du wäschst dich konzentriert, zugleich aber sehr vorsichtig, du paßt auf, dir nicht auch die zarten Erinnerungen an eine andere Haut abzuwaschen, die dir von einer letzten unerlaubten Liebschaft geblieben sind, sorgfältig schaust du darauf, daß du ihren Duft nicht von der Haut schwemmst, der deinem Körper anhaftet, du badest dich lange, bis es dir scheint, daß du sauber bist, aber aus Gründen der Sauberkeit hast du dich nicht gebadet, sie ist dir nur ein Vorwand, baden zu können, deine Gedanken kommen ins Stocken, und es ist dir nicht nach irgendwelchen Schlüssen für morgen oder übermorgen, du fühlst dich ihnen nicht gewachsen, heute hast du genug getan, jetzt willst du nicht mehr, du verjagst alle bedrückenden Gedanken, morgen ist Sonntag, vor zehn wirst du nicht aufstehen, es ist der einzige Tag, da du ganz ausschlafen kannst, bevor du aus dem Bad steigst, wirst du dir eine kalte Dusche über den Rücken laufen lassen, eine Gewohnheit, die dir aus all den Internatsjahren geblieben ist, diese Vorstellung ist dir unangenehm, und du läßt sie sofort fallen, das Wasser tut dir gut, du versinkst bis zu den Fingerspitzen in Träumereien, bis zu den Ohren versinkst du im Wasser, das Wasser reicht dir bis an den Mund, siehst du, das wäre eine Gelegenheit gewesen, du bist eingeschlossen und kein Mensch in der Nähe, fast unbemerkt wäre dein Tod an den Leuten vorbeigegangen, nur die nächste Umgebung hätte davon gewußt, kaum daß du selbst ihn bemerkt hättest, einen schönen Tod hättest du gehabt, manch einer hätte dich darum beneidet, heute tut es dir vielleicht leid, daß du so viele Gelegenheiten außer acht ließest, aber es ist zu spät, du hast dich anders entscheiden müssen. Alles deutet darauf hin, daß die Träger mit ihrer Last oben erscheinen werden, zuerst haben wir ein Tuch erblickt, das etwas verdeckte, dann die Trage, dann erst die Köpfe und die Schultern, man trug ihn also auf den Schultern her, wie ich die ganze Zeit im stillen gehofft hatte, ich wäre der Lage nicht gewachsen gewesen, wenn es anders gekommen wäre, ich hätte ihm jedenfalls nicht zu begegnen gewußt, hätte seinen Blick nicht ertragen, auf sein Stammeln keine Antwort gewußt, wenn ich es auch verstanden hätte. So ist es am besten, ich habe es mir gewünscht, daß er tot sei, und jetzt war das tatsächlich so, er hat mir diese Stunde sehr erleichtert, erleichtert, habe ich gesagt, denn er war überhaupt während der ganzen Zeit unserer Bekanntschaft rücksichts- und verständnisvoll zu mir, es gab keinen, der gemeinschaftlicher fühlte als er. Es tut mir sehr leid um ihn, allein bin ich ohne Kraft, die Erinnerung an ihn wird rein und ungetrübt bleiben, ich bewundere die Folgerichtigkeit seines Denkens, obwohl sein letzter Schritt mir inkonsequent erscheint oder wenigstens nicht in Übereinstimmung mit seiner Überzeugung, aber er hatte sicher seine Gründe, und ich könnte dies alles wahrscheinlich nicht behaupten, wenn ich diese gekannt hätte, es ist nichts gegen ihn zu sagen, auch wenn ich gewollt hätte, ich hätte mir etwas ausdenken müssen, eigentlich habe ich hier nichts mehr zu suchen, ich habe doch gesehen, daß sie ihn auf den Schultern herbeibrachten und daß sie nach einem Abstellplatz Ausschau hielten, damit ist meine Mission erfüllt, ich könnte mich durch eine Lücke in den Leuten davonmachen, trotzdem bin ich noch einige Augenblicke geblieben, es war mir nicht besonders gut. Der Zug hatte sich inzwischen ins Kaffeehaus hereinbewegt, es war wie in der Kirche, die Männer haben die Last abgestellt, die Leute haben sich um die Trage gedrängt, und als man das Laken zurückschlug oder vielleicht auch nicht zurückschlug, sondern bloß zurückzuschlagen gedachte, da schloß ich die Augen. Ich mußte sie sehr hart und kräftig schließen, sozusagen mit einem Knall, oder soll ich sagen, daß ich sie derart zugeworfen habe, daß es mir wehtat, und daß der Druck der Augenlider in mir eine angenehme Einsamkeit auslöste, ich konnte nicht auseinanderhalten, woher dieser unglaubliche, einsame, unverdiente Frieden, woher diese angenehme, genüßliche Ruhe, woher diese Schwerelosigkeit eines Nachtpfauenauges. Am Anfang unterschied ich noch die Dächer vereinzelter Häuser, als sie aber begannen, sich um meinen Kopf herum zu drehen und den Himmelsausschnitt darüber immer mehr verengten, flossen sie zu einer langen geraden Mauer ineinander, die sich weit dahinzog und deren Ende nicht absehbar war, ich befand mich in einem Ringelspiel und wiederum nicht, denn es schien mir, ich sei zu einem Knäuel verwickelt und rolle jetzt rücklings, sozusagen rittlings, daß es mir Herz und Lunge gegen den vereisten Kehlenstrang drückt, daß es mir ganz und gar die Wirbelsäule verdreht und der Körper sich mir zu einem immer größeren Ballon aufwölbt, der jederzeit dem Wind hintennachfliegen wird, und wiederum war es doch nicht wie bei einem Ballon, denn ich sauste an den Mauern vorbei abwärts statt mit dem Wind aufwärts, unaufhörlich abwärts, Stockwerk nach Stockwerk rauschte an mir vorbei, unaufhaltsam wurde das Fallen, tief war das Hochhaus, unerhört viel tiefer, als es hoch war, ohne Grund waren die Straßen und ohne Boden der Gehsteig, das Netz aus weißen Linien und Strichen entfaltete sich zu einem Labyrinth, zu einer modrigen Sprunggrube, zu einem kalten Leichenhaus, zu einem schwindelerregenden Schachbrett, auf einem ungeheuren Schachbrett, auf einem geheimnisvoll schwarzen Feld erwartete mich ein wildes Pferd, das mich mit seinen Hufen in die Ecke stoßen wird, wenn es nach dem Sturz noch etwas zu stoßen gibt, und mich in Schach halten wird, wenn es nach dem Sturz noch etwas in Schach zu halten gibt, so daß ich mich nicht werde bewegen können, ich fliege ihm entgegen, obwohl ich gerade noch ganz oben auf dem Wolkenkratzer war und die Augen nur fester zugedrückt habe, nachdem man den Tjaž auf den Schultern herbeigebracht hatte, so wie es mein Wunsch gewesen war, ich drückte die Augen zu und löste einen Wirbel aus, jetzt stürze ich in eine unabsehbare Tiefe, kein Zweifel, daß ich jetzt, jetzt wie auf einem Amboß aufschlagen und auseinanderspritzen werde oder aber der Körper mir auf den Boden hinplatzen wird. Schon hatte ich die Augen geschlossen, um die letzten Stiche des Schmerzes leichter zu ertragen, aber als ich sie auftat, sauste ich immer noch an den Häusern vorbei hinunter in den Hof, noch war kein Ende, noch ist kein Ende, wird es kein Ende geben, der Hof, statt sich zu nähern, hat sich noch weiter entfernt, ich konnte nicht mehr unterscheiden, ob ich aufwärts oder abwärts, nach innen oder nach außen stürzte. Tief unten war das Schachpferd weggeprescht, es war nicht mehr da, die Hofstatt war leer. Als ich auf dem Boden aufschlug, streckte sich mein Körper, mein Gesicht wühlte sich bis zu den Ohren in die weiche Erde, kniend und die Hände auf den Boden gestützt, habe ich das Gesicht aus dem Erdreich gezogen, die feuchte Erde haftete daran, und ich atmete schwer, in den Schläfen pochte es heftig. Kaum daß sich die Netzhaut klärte und ich die Augen öffnete, da lag ich in meinem einstigen Bett im Internat, und das war sehr seltsam und ganz unverständlich. Bin ich bei Bewußtsein oder nicht, und wo bin ich?, es war mir, als ob ich gerade in dem Moment, da ich es herausbekam, erst in wirkliche Bewußtlosigkeit versänke, als sei das zuvor nur ein Witz gewesen, das jetzt aber sei der Anfang des wirklichen bewußtlosen Zustands, Zweifel befielen mich, was Wirklichkeit sei und was Schein, was Bewußtlosigkeit und was Bewußtsein, die Augen weiteten sich mir, und ich starrte mehr als verrückt vor mich hin. Dankbarkeit stieg in mir auf, weil der Wirbel wider Erwarten gut ausgegangen war und nicht auf dem Gehsteig geendet hatte wie bei Tjaž, ich war dankbar, obwohl ich nicht wußte, wem ich es sein sollte, bald aber packte mich das Entsetzen vor den letzten Begebenheiten im Kaffeehaus, die sich meinem Gedächtnis sehr klar mitteilten und der Beweis waren, daß ich dennoch bei Bewußtsein sein mußte, geraume Zeit habe ich damit verbracht, festzustellen, wie es mich ins Internat verschlagen hatte, wo ich doch nicht mehr in ihm wohnte, wie ich in mein einstiges Bett zurückversetzt worden war, mich mitten in dem alten Mobiliar wiedergefunden hatte, auf dem Tisch die Vase mit den Blumen, das weiße Fenster, der Blick auf die Kapelle, alles so, wie es einstmals gewesen war. In Wahrheit waren das nicht mehr mein Bett, meine Vase und mein Fenster, obwohl sie es irgendwann gewesen sind, aber jetzt sind sie's nicht mehr, manches hat sich ja geändert seit damals, als ich das Internat verlassen mußte. Der bekannte Internatsgeruch drang in meine Nasenlöcher, ich starrte auf diese unbekannt bekannten Wände und konnte von ihnen nicht genug bekommen, ich war in meinem alten Haus, von neuem habe ich es mit meinen Sinnen aufgenommen, dennoch war es nicht zu erwittern, wohl aber der Tjaž. Ich habe ihn so unmittelbar gerochen wie damals in diesen Räumen, jetzt, als ich wieder im alten Heim war, kam er mir wieder näher und blieb in einigem Abstand stehen, das mußte schon außerhalb dieser Mauern sein, in der Nähe der Kapelle, ziemlich weit weg von hier jetzt, ich streckte die Arme nach ihm, der von meinem Niveau aus nicht mehr zugänglich war, wenn er auch anwesend war, jeder von uns stand an seiner Stelle, ich erreichte ihn nicht mehr, je mehr ich versuchte, mich ihm zu nähern, um Auge in Auge mit ihm zu sein und nur einen gemeinsamen Lichtfunken zu erhaschen, desto mehr entzog er sich mir, mehr Mauer schob sich zwischen uns, mehr von der Kapelle kam an den Tag, ich konnte ihn nicht mehr aus dem Hintergrund herbeirufen, der Schmerz stak mir im Fleisch, das Fleisch begann zu zittern, manchmal pochte es, wurde dann zusammengeschnürt, ich wußte, daß es vorbei war, wenigstens vorbei, wenn schon nicht mehr herauszuschlagen war, ich konnte mich der Tränen nicht erwehren, sie liefen an meinen Gesichtsfalten entlang, die Falten bildeten Rinnen für sie, sie flossen die Rinnen entlang bis zu den Ohren und tropften von dort auf die Decke. Demnach mußte auch ich ihn geliebt haben, ich erinnere mich freilich, daß ich nicht aus Bedürfnis geweint habe, sondern aufgrund äußerer Einwirkung, also ist es wahr, was er behauptet hat: daß wir zwei zu sehr miteinander verknäuelt waren, zu oft ineinander verschmolzen und zu sehr beieinander steckten. Jetzt legen sie ihn auf ein Gestell, oben im Kaffeehaus, ist das weit von da?, ja, das ist weit von da, es muß weit von da sein, es war immer weit von da, nichts Vergängliches war an seinem Körper, er hat sich nicht verändert, so wie sonst die Totenbahren sich verändern, er ist gerade von einer Unterhaltung zurückgekehrt, noch mit einem Lied auf den Lippen und einer fröhlichen Farbe in den Augen, einem Rest des Tanzschwungs in den Gelenken, mit umherwirbelnden Armen und knisternder Hautoberfläche, die auch, sagen wir einmal, die Haut einer Esche oder eines Ahorns hätte sein können. Damals, als sich jene Affäre mit Tjaž zutrug, war ich im zweiten Jahrgang, und kurz nachdem die Nonnen mich vom Internat gewiesen hatten, mietete ich ein Zimmer in der Stadt, diese Begebenheit hat daher kaum mit den Nonnen zu tun, weder räumlich noch zeitlich, sie ereignete sich also, als ich selbständig unter dem Dach eines dreistöckigen Hauses logierte. In meinem Leben ereignete sich sozusagen erstmals etwas ohne Nonnen, trotzdem, so zeigte sich ziemlich schnell, ging das Ereignis nicht an ihnen vorbei, denn kaum wurde das unglückliche Ende des Tjaž bekannt, das mich bis zur Bewußtlosigkeit erschütterte, oder sagen wir so, kaum daß ich die Augen zumachte, um den Schlag leichter zu verschmerzen und in einem Schlummer neue Kräfte zu sammeln, also noch bevor alles beendet war und Tjaž seine Ruhe gefunden hatte, da war ich wieder in ihren Armen, es war in ihren Augen niemals zu spät, sie entrissen mich der einen Umgebung und pflanzten mich in die nächste Umgebung, ohne sich um meine Gefühle und um meinen seelischen Zustand zu kümmern, sie waren demnach die ganze Zeit meines Privatzimmerdaseins hinter mir her, sie blieben mir auf den Fersen und lauerten auf eine Gelegenheit, mich aus dem Abfall zu sammeln, sie hatten mich aus ihrem Heim gejagt, aber aus den Augen haben sie mich nicht gelassen, sie hatten also noch etwas Hoffnung für mich, sonst wären wie nicht so mit mir verfahren, wie sie verfahren sind. Wenn mir schon zuvor der bloße Gedanke an ihr Internat zuwider war, so hat mich das Bewußtsein, in der bittersten Erfahrung gerade dort aufzuwachen, wahrhaft niedergeschlagen. In dieser Lage bereiteten mir die Nonnen eine

Überraschung: alles Vorangegangene sollte vergessen sein, denn es sei nötig, einen Strich unter die eigene sündige Vergangenheit zu ziehen und neu anzufangen, jetzt sofort könnte ich damit beginnen, ich könnte wieder in ihrem Heim wohnen, nach meinem Abgang hätten sie den freigewordenen Platz nicht mehr besetzt, obwohl sie das hätten tun können, sie waren nämlich überzeugt, daß ich bußfertig zurückkehren würde, wie ich das gegenwärtig ja auch wirklich täte, und haben diese Stunde vom Himmel herabgefleht, und so weiter. Ich weiß nicht, wo ich die Kraft hernahm, abzulehnen und mich für ihr Erbarmen und ihre Nähe zu bedanken, es treffe mich halt bei einer besonders ungünstigen Gelegenheit, zu einer solchen Stunde, schon längst hatte ich ja aufgehört, mir die Nachmittage und Abende mit klösterlicher Frömmelei zu vertreiben, die vielleicht erst heute früh völlig verklungen ist, zuvor hatte sie ununterbrochen nachgeklungen, so wie die Leere nachklingt, wenn du daran stößt oder sie bloß anrührst oder wenn im Wind durch sie Splitterzeug flirrt. Ausgehöhlte Erfahrungen lasten auf dir, du stößt sie von dir weg, ohne doch von ihnen befreien zu können, du wünschst dir eine Überfülle, weil du sie nie genossen hast, du zapfst dein Gefäß an, und je mehr du es anzapfst, desto weniger wählerisch wirst du, du verlierst die Geduld, mit allem gibst du dich zufrieden. Seht, eben zu jener Zeit erschien der Tjaž und versprach mir eine Veränderung und ein Aufatmen, und weil ich jung und schön war, hat er mir auch den Himmel versprochen, wie man so sagt, ich muß anerkennen, daß er mit seinem Versprechen sehr gewissenhaft umging und es ernst nahm, obwohl er es nicht erfüllen konnte, trotzdem trifft ihn da keine Schuld, er trug in sich jenes Wort, das ihn letztlich in den Tod trieb, wenn ich recht vermute, jenes verheimlichte und verborgene, niemals ausgesprochene, sondern bloß zum Ausgesprochenwerden bereite Wort, es hätte nur eine Gelegenheit gebraucht, vielleicht hätte auch schon die Gelegenheit zur Gelegenheit genügt, ein also im Warten begriffenes, ein explosives Wort, das beim kleinsten Anstoß aufgeflammt wäre, glosend, bedeckt mit verkohlten Stummeln und mit Asche, für nichtig erklärt, verboten, unerwünscht, das alles zugleich und das alles einzeln, das geknüppelte und unterdrückte Wort, das hat der Tjaž mit sich herumgetragen, tief in seinen Absichten drin, besonders in den roten und besonders in den weißen Blutkörperchen, in jeder Faser seiner Existenz, die jetzt zu Ende ist, in jedem Teilchen seines Atems, das sorgfältig geschützte und heimlich gepflegte, das entsetzlich unruhige, mit Absicht habe ich das Wort »entsetzlich« genommen, das niemals ruhende, immer bereite und verfügbare, das gewaltige, zerfressende, totschlägerische Wort. Als wir uns eines Tages durch Zufall erblickten, uns auf der Straße begegneten, jeder auf seiner Seite und die Kastanienbäume dazwischen, da fühlte ich, daß er es *mir* zugedacht hatte. Er ließ sich noch einige Zeit zum Reifen und zur Besinnung, verschob es also auf ein anderes Mal, und eigentlich war das Schönste bei dem allem das Warten, wobei ich wußte, daß es sich binnen kurzem ereignen mußte, und nach ein paar Tagen hat es sich wirklich ereignet, er hielt mich an und sprach das Wort, sprach das Wort aus, das sich danach gesehnt hatte, ehebaldigst ausgesprochen zu werden, er erwartete mich vor dem Gebäude des zweiten Jahrgangs, und da hat er mir das bekannt, zu dem sich ihm wahrscheinlich noch nie zuvor die Gelegenheit geboten hatte, ich bezweifle, ob er je zuvor etwas wie Liebe, Innigkeit und Wärme erfahren hatte, vielleicht hat er das alles auch nur zu wenig gesucht und es sich bloß gewünscht, es sich erträumt und sich danach gesehnt, hat mit überkreuzten Armen untätig gewartet, statt entschlossen hinzutreten, und hat das auch in meinem Fall erst dann gemacht, als ich ihm entgegenkam. Allem zum Trotz habe ich mich nur an das Äußerliche seines Wortes gehalten, nur dessen Klang und die Farbe seiner Stimme habe ich festgestellt, seine innere Spannung habe ich überhört. Heute bin ich mir bewußt, daß ich die Not nicht richtig begriffen habe, die jeder einzelnen Silbe anhaftete, ich empfand jene große und einfache Wahrheit nicht nach, derentwegen das Wort erst groß und einfach war, ich denke auch, daß ich nie mit der Möglichkeit gerechnet hatte, das Wort könnte aus Qual und Schmerz entstehen, im Gegenteil, ich habe mich ein bißchen gespielt und so getan, als hätte ich nicht gehört, zuletzt habe ich zugestimmt, weil ich wegen der Leere halt aufnahmefähig für alles war und weil mir eine Veränderung verheißen wurde. Wir trafen uns zweimal in der Woche, an Tjaž' freien Nachmittagen, dann fing er an, auch an den Abenden zu mir zu kommen, auch das habe ich ihm nicht verwehrt, obwohl ich die Schwere der Übertretung richtig einzuschätzen wußte. Den Nonnen blieb unsere Bekanntschaft noch verborgen, dann haben wir immer mehr gewagt, er hat mit mir die ersten Höhepunkte erlebt, er pflegte bis zum Morgen zu bleiben, jetzt, da er tot ist, kann ich das sagen, ich ließ ihn gewähren, weil es mir gefiel, zum Spaß und aus Neugier, ich half ihm, alles Versäumte und Vertrödelte unter Dach und Fach zu bringen, anfangs ging er sehr niedergeschlagen und zerknirscht weg, es plagte ihn das Gewissen, und der Stachel der Reue wirkte in ihm, beim Gedanken ans Internat erfaßte ihn eine tierhafte Unruhe, aber langsam hat er sich daran gewöhnt, ich habe ihn beruhigt, ihm erklärt und ihn überzeugt, gemeinsam haben wir Hirngespinste und Wahnbilder gebändigt. Und dann ging es, etwas in ihm brach auf, etwas in ihm brachte die Wendung, ich spürte geradezu, wie es sich in ihm wendete und verwandelte, wie in einem Teig hat es in ihm gearbeitet, er liebte mich aus Auflehnung, zum Trotz, aus Widerspruchsgeist, in mir hatte er das Mittel gefunden, aus der Furche auszuscheren, er ging nie böse mit mir um, er kannte keine Roheit, das muß ich anerkennen und würde es auch in dem Fall anerkennen, daß er noch lebte, ich spreche nicht bloß wegen seines Todes derart von ihm, er war gut zu mir, als Beweis führe ich an, daß er mir, obwohl er kaum Geld hatte, eine Uhr, ein Kettchen, Bücher und andere Dinge gekauft hat, die ich brauchte oder die ich mir wünschte, er wußte zu erraten, er war immer zärtlich, rücksichts- und verständnisvoll. Erniedrigt hat mich allein jenes Gefühl, ich sei für ihn nicht das Ziel, sondern ein bloßes Mittel, vielleicht habe ich mir das nur eingebildet, es entschuldigt mich freilich der Umstand, daß wir beide uns nichts Ernsthaftes gedacht haben, zuletzt hat mich das auch nicht mehr gekümmert, ich habe mich abgefunden, ich habe es nicht für nichts gemacht, ich habe mich selber darum gesorgt, nicht zu kurz zu kommen, er war nicht der erste und nicht der letzte Mann, er war einer von jenen, die ihrem Geschick nach einzigartig waren, und daher irgendwie doch der erste und zugleich der letzte, ich will sagen, dieser junge Mann ist mit meiner Hilfe zu sich selbst gekommen, er wurde zu Tjaž, wie noch niemals zuvor und dann niemals nach mir, der wahrhaftigste, wesentlichste und ursprünglichste Tjaž, wie es neben ihm keinen andern gab, nach meiner Überzeugung auf der ganzen Welt nicht, wie es ihn anders und zu einer anderen Zeit und aus anderen Gründen und anderen Blickpunkten und in einer zweiten Auflage nicht gab. Dabei bezweifle ich, um meine Vermutung zu wiederholen, daß dieser sonderbare Mensch jemals zuvor seine Natur wirklich nach allen geistigen und körperlichen Fähigkeiten durchforscht und mit ihrer Hilfe die Leidenschaft gewagt hat, und wenn er sie erforscht hätte, wem hätte er sie erweisen sollen, all das hielt er für eine übergroße Unanständigkeit und eine Sünde, lieber sagte er sich davon los und verdrängte all das mit Gewalt, ein Held war der Tjaž nicht, es fehlte ihm an Mut und Selbstbewußtsein, er fürchtete, die Liebesleidenschaft würde ihn derart entflammen, daß er dabei vor Anstrengungen und Aufregungen verginge, verlösche wie eine Kerze, er wäre wie ein Stich gewesen, hätte auf die Schnelle, vielleicht für eine viertel Radlänge, gebrannt, und wahrscheinlich hätte er versäumt, daß es schon vorbei war, daß der Körper den Dienst versagte und sich ein für alle Male gerade in dem Augenblick verknotete, als der Orgasmus eingesetzt hatte, so daß er dessen Ende nicht mehr erwartet hätte, vor dieser Möglichkeit bibberte er immer und schauderte davor zurück, obwohl es doch ein leichter und schöner Abschluß hätte sein können, ein geradezu süßer, märchenhafter Tod hätte ihn ereilt. Nein, ein Held war der Tjaž keineswegs, am ehesten war er ein Held in jener Stunde, als er sich zum Sprung vom höchsten Hochhaus der ganzen Stadt entschloß, aber das war später, schon ganz am Ende, knapp vor seinem Ende heftete er den Heldenruhm an sich, Held oder Nicht-Held, es sei, wie es sei. Was unsere Begegnungen betrifft, so muß ich feststellen, daß er ein Zauderer war, wenn ihr wollt, wirft das einige Schatten auf seinen Charakter, ich erinnere mich zum Beispiel, daß ich ihm schon bald die Gelegenheit bot, er aber zögerte und zögerte, er konnte sich nicht und nicht entscheiden und wurde erst dann warm, als wir eine ganze Reihe gemeinsamer Ausgangspunkte und Wege in unser beider Leben festgestellt hatten, heute ist es klar, daß das alles bloßer leerer Zufall war, aber damals haben wir dem eine große Bedeutung beigemessen, wir meinten, justament füreinander geschaffen zu sein, wie lächerlich und vermessen, auch ich habe zu jener Zeit an solche Gemeinplätze geglaubt, alles deutete darauf hin, oder wir zwei allein drehten alles so, als ob wir füreinander bestimmt seien und uns mit den gemeinsamen Erfahrungen und den ähnlichen Lebensschicksalen auch mehr Leidenschaft erlauben könnten. So ergab es sich, daß die Schranken zwischen uns zu weichen anfingen, und das geschah sehr schnell, alle auf einmal und zur gleichen Zeit, ohne Umschweife gesprochen: wir gingen bis zum Ende. Durch meine Schuld gerieten wir auseinander, das bekenne ich, ich gab ihm alles zurück, was ich von ihm bekommen hatte, ich wollte ihn verletzen und auch bei ihm erreichen, mich zu lassen, ich hatte ihn über, ich ertrug seine Langweiligkeit und düstere Menschennatur nicht mehr, aber davon, daß er so unglückselig zugrunde gehen würde, habe ich nichts geahnt und habe es auch nicht im Sinn gehabt, überhaupt hat sein Selbstmord damit nichts zu schaffen, von Selbstmord hat er niemals geredet und nie etwas davon angedeutet, auch sein Verhalten ließ keinen derartigen Schluß zu. Am Abend vor seinem Tod hat er noch mein Fenster entglast und die Glühbirnen entzweigekratzt, diese Story kennt ihr, aber was hätte ich unternehmen und wie sein Rufen richtig verstehen sollen, ich kam zu anderen Schlüssen, er hat Glas nie vertragen, alles Gläserne war ihm zuwider, und er wollte es aus dem Wege, wo immer er die Gelegenheit dazu fand, jegliche Glasmaterie war ihm verhaßt, das mußte ihm wohl aus den Kinderjahren geblieben sein, irgendein Überbleibsel aus einer zu wenig durchsäuerten Kindheit in Verbindung mit Glas oder etwas dergleichen, was weiß ein Fremder, er selber hat nicht davon gesprochen, ich stelle mir einen Schuß durchs Fenster vor, den Splitter einer Bombe oder einer Granate, zersplitterte Scheiben und mit Karton abgedichtete Fenster, ein Geklirre von Glas bei irgendeinem schrecklichen Ereignis, irgend etwas halt, was ihm für alle Zeiten das Grauen ins Herz pflanzte, dieser Komplex hat ihn sichtlich belastet und in ihm Haß hervorgerufen, deswegen versuchte er ihm einerseits mit Ver-, andererseits mit Entglasung zu genügen. Sehr lebhaft vor Augen ist mir der Tag, als er mir am allergeeignetsten Ort, ohne Anlaß, angesichts eines zerbrochenen Glasbechers, der zu Boden gefallen war, seine Kratzergabe offenbarte, die ersten Opfer trugen die ersten Kratzer davon, das ist euch alles bekannt, anfangs habe ich es nicht geglaubt, ein solches Unterfangen erschien mir kindisch und sinnlos, später habe ich ihn mehrmals bei seinen Kratzereien begleitet und habe sie unsagbar genossen, einige Dinge hat er mir zuliebe entzweigekratzt, es schwirrte aus ihm hervor, und er lebte auf, daß er gar nicht wiederzuerkennen war. Seit jener Zeit urteilte ich anders über ihn, es war ihm nicht nach Possenreißerei, sondern es ging ihm tatsächlich um etwas, denn mit dem Gekratze vervollständigte er sich, formte sein eigenes Leben, hielt sein Geschick im Gleichgewicht, vervollkommnete seine Persönlichkeit, kurz, ohne das Gekratze hätte er nicht leben können, leben bedeutet frei sein, zwischen Möglichkeiten wählen, ausdauern, jetzt sein und späterhin, immer sein, auch danach noch. Jetzt ist er tot und liegt im Kaffeehaus, er hat sich bis zum letzten Zielpunkt gekratzt, ein entstellter Mensch aus Haut und Knochen, ein Gummiaugen- und Plastikglieder-Mensch, ein breiiger Auswurf, durch den halbgeöffneten Mund ist noch der Schrei zu sehen, der erstarrte, der auf halbem Wege versagt habende, der sich verhärtet hatte, ohne etwas erreicht zu haben, ein Schrei welcher Art also?, ein kurzer, schneidender Schrei, wie ihn die Frösche ausstoßen, bevor die Sense sie entzweischneidet. Es ist ihm anzusehen, mit diesem Schrei im Mund mußte er sterben, und damit liegt er jetzt hier, man merkt ihm den Sprung in die Tiefe an, und obwohl er selber schuld ist, beschuldigt er uns böser Handlungen, was nicht statthaft ist, er hat sich selber getötet, das ist bewiesen und wird noch bewiesen werden, wir waren's nicht, unser Gewissen ist rein, trotzdem hört er nicht auf, sein Finger zielt auf uns, jetzt, da er tot ist, noch besonders, er versteckt ihn unter dem schwarzen Schleier, aber er zielt auf uns, davon könnt ihr euch dieser Tage noch selber überzeugen, er zielt auf mich, auf dich, auf ihn, auf sie, der Tote liegt im Café, und immer findet er noch Zeit und Art und Weise, auf einen Menschen zu zielen, die Leute sind bei ihm, eine Menge Volk drängt sich um seinen Sarg, der Reihe nach bieten sie mir die Hand an, im Zimmer, im Treppenhaus, im Saal, an der Haltestelle, vor der Haustür, im Hof, sie drücken sie mir überall, es gibt einen Überfluß an Trauer, einen Überfluß an Beileid, einen Überfluß an Mitleid, trotzdem entgeht es mir nicht, daß ihre Gesten auf einen äußerlichen Effekt hinauslaufen, auf eine ordentliche Trauerhaltung und ein schluchzig hervorgebrachtes Wort, zu Hause haben sie sich geübt, und jetzt funktioniert's, trefflich kommt ihre Trauer zur Wirkung, im Herzen aber frohlocken sie, daß sie wieder einen Menschen auf den Schragen gelegt haben. Dort liegt er jetzt, und noch immer kommen Leute herbei, die einen auf einen Kaffee, die andern auf einen Snack, dritte auf ein Bier oder auf ein Sauerwasser, vierte wegen der Kellnerin, alle aber nebenbei auch zu Tjaž, der mitten im Kaffeehaus liegt, das kostet nichts, noch nie hat es etwas gekostet, der Tjaž war immer billig, er konnte die Preise weder halten noch in die Höhe treiben. Die Sonne wirft Profile an die Mauer, es erscheinen längliche Köpfe, schmale Schultern, hohle Brustkörbe, tierartige Rücken, Gebisse tollwütiger Hunde, Schreckbilder, Fratzen, Mißgestalten, Narrenköpfe. Ich bin nicht im Kaffeehaus, denke ich, weil ich doch zu Bewußtsein kam im Mädcheninternat, besser gesagt, in meinem alten Heim. Es wird für uns Zeit, den Tjaž zu begraben und zu vergessen, er hat es nicht verdient, daß wir ihn in der Erinnerung behalten, es wird genügen, wenn er *mir* in der Erinnerung bleibt, sozusagen für alle andern und im Auftrag aller andern, die so etwas nicht mögen, es gibt viele von solchen, schuld aber ist der Tjaž allein, er war meine persönliche Angelegenheit, seit er tot ist, gehört er zu mir, ist ein Teil meiner beweglichen Habe, wenn ich so sagen darf, ein Teil meines Mobiliars, nicht anders als ein Tisch oder ein Wandbild, ich werde ein paar Maßnahmen mit ihm treffen müssen, es ist mir noch nicht ganz klar, welche, dort kann er nicht auf ewig bleiben, auch nicht auf Zeit, wir zwei werden irgendwohin übersiedeln müssen. Als uns die Nonnen aufspürten, wiesen sie mich aus dem Internat, weil etwas anderes nicht in Frage kam, damals übersiedelten wir zwei in die Dachkammer, dorthin retteten wir uns, dort lebten wir weiter, machten wir weiter, wohin sollen wir denn jetzt übersiedeln und wie denn jetzt weitermachen, Gott weiß, man wird ihn auf die Straße werfen, zumindest auf die Straße, wenn schon nicht in den Abflußgraben oder in die Jauchegrube, auf den Scheiterhaufen oder auf den Schindanger, eins ist klar, lang werden sie ihn im Kaffeehaus nicht dulden, ein Kaffeehaus ist ein Kaffeehaus und keine Leichenhalle oder ein Möbelausstellungsraum, wir werden eine Maßnahme treffen müssen, nur daß ich im Moment noch nicht weiß, welche, ein Mädchen empfindet diese ungewisse und unausweichliche Aufgabe besonders schmerzhaft. Wenn ich mich am Abend niederlege und mir im Spiegel meinen Körper anschaue, dann fällt mir auf, daß ihm etwas fehlt, etwas ist nicht in Ordnung mit ihm, in letzter Zeit weiß ich, daß mein Körper den Tjaž vermißt. Er war an ihn gewöhnt, der Tjaž war sehr zärtlich und rücksichtsvoll zu ihm, und wenn ich gesagt hätte, heute nein, hätte er es unterlassen, so einer war er, aber ich sagte immer ja, weil es mich freute, davon habe ich ja schon gesprochen, mit den Lippen erforschte er jeden kleinen Teil meines Körpers, küßte jede kleine Faser meiner Haut, alles systematisch und schön der Reihe nach bedeckte er mit Küssen, von vorn und hinten, von unten und oben, genauso wie von der Seite, ich fühlte mich von ihm ganz neu entdeckt, fühlte mich durch ihn von innen her weich werden und nach außen schmelzen, fühlte, wie der Blutkreislauf sich staute, wie ein Frühlingsbaum schoß ich in Saft mit ihm. Selbstverständlich habe ich dazu beigetragen, daß auch er nicht leer ausging und friedlich einschlafen konnte, es gab keinen Grund zur Klage, schade, das ist jetzt vorbei, ich verstehe nicht, wie er sich das Leben nehmen konnte, ich habe ihn doch alles tun lassen, was ihm nottat, es ist mir nicht bewußt, ihm jemals nicht genügt oder nicht willfahren zu haben, deswegen bin ich nicht schuld, er kam und ging von sich aus, nie habe ich ihn irgendwie gedrängt, und von nirgendwoher habe ich ihn herbeigelockt, er hatte freie Hände und einen eigenen Willen, er kam und ging, so wie es ihm paßte. Auch für mich verlange ich nicht mehr, beiden die gleichen Möglichkeiten, ich bin noch jung und werde mir einen anderen Mann suchen, das müßt ihr verstehen. Mit dem Tjaž bin ich quitt, deswegen schiebe ich ruhigen Gewissens alles weg, was mich an ihn erinnert, ich habe von ihm geredet, weil ich denke, einige bemerkenswerte Fakten zur Aufklärung dieses unliebsamen Vorkommnisses beitragen zu können. Bevor ich über Tjaž schweige und die Angelegenheit endgültig und für alle Zeiten beendet sein wird, bevor ich also schließe, füge ich noch die Bitte an, meine Äußerungen nicht nur als formale Ergänzungen zu nehmen, sozusagen als Gefälligkeiten – so wie man sagt, man müsse auch die zweite oder dritte Partei anhören –, keinesfalls, es bedarf verläßlicher und erstrangiger Beiträge und glaubwürdiger Quellen, und wenn ich jetzt von Tjaž gesprochen habe, so war das die Erzählung einer Augenzeugin oder einer Beteiligten, zugleich aber der Ausdruck einer Betroffenen, all diese Angaben waren ein Teil von Tjaž' Wesen, ich verlange die Anerkennung, den Tjaž mehr als bloß gekannt zu haben, ihm bis auf den Grund der Seele geschaut zu haben, obwohl wir uns nur kurze Zeit nahe gewesen sind, und in dieser kurzen Zeit sein Leben mitgestaltet zu haben, ich bilde mir sogar ein, daß ich ihn schneller durchschaute und tiefer erfaßte als all jene, die mit ihm Jahre und Jahrzehnte zusammen waren, ich schäme mich meiner Beziehungen zu ihm nicht, ich weiß, was ihr denkt und was eure hinterfotzigen Andeutungen sagen wollen, all das, was ihr denkt und auf was ihr anspielt, all das haben wir wirklich getan, häufig getan, bewußt und regelmäßig, und ich sehe keinen Grund, weshalb wir diese Dinge hätten unterlassen sollen, so, jetzt wißt ihr auch das, ihr könnt also offen mit mir sein und könnt alles nach Herzenslust beim Namen nennen, am besten gleich mit dem ersten Wort, das euch auf die Zunge kommt, ich mag keine Duckmäuserei, meine Ursprünglichkeit habe ich von dem, der in seinen Anforderungen sehr unverblümt war. Ich hätte nicht von ihm Zeugnis ablegen müssen, wenn ich das nicht selber gewollt hätte, die Nonnen haben sich sehr bemüht, mich vor dem allen zu bewahren, sie haben mich rechtzeitig in Sicherheit gebracht, sie haben bei den höheren Stellen interveniert und erreicht, daß man auf meine Aussagen verzichtet hat, man hätte mich nicht gebraucht, wenn ich mich nicht selber darum gekümmert hätte, es lag ihnen nichts an meinem Beitrag, sie hätten mich kurzerhand übersehen, als sie in seiner Vergangenheit schnüffelten, schweigen hätte ich sollen von dem Menschen, der in mir lebt, auch jetzt noch, da alles vorbei ist. So wie ich jetzt denke und fühle, habe ich nicht immer gedacht und gefühlt, so denke und fühle ich erst jetzt, und das ist sein Verdienst, ich muß bezeugen, daß er mich umgekrempelt hat, ohne daß es mir bewußt wurde, wann und wie, aber er hat mich umgekrempelt, und ich bin nicht mehr jene, die ich vorher war, ich werde darauf schauen, daß es in mir weiterkeimt, das ist ein schöner Vorsatz, so, und jetzt Schluß! Ich werde das in dieser Stunde neubegonnene Leben bewahren, bis daß es aufschießt, deswegen bin ich auch den Wünschen der Nonnen nicht nachgekommen, obwohl sie noch nie zuvor so entschieden und mannhaft sich meiner angenommen haben wie dieses Mal, leider aber macht ein einziger mannhafter

Furz nicht ihr sonstiges Weibergetue ungeschehen, dessen ich teilhaftig geworden bin, und wie ihr selber gesehen habt, habe ich auf eigene Initiative und eigenen Wunsch, aus persönlichen Erkenntnissen und gegen den Willen meiner ehemaligen Erzieherinnen von Tjaž geredet.

9 | DAS KAPITEL VON DEN EBERN

Obwohl wir dieser Angelegenheit ziemlich fern stehen, hat uns der tragische Tod des Tjaž betroffen gemacht, hier gibt es keine Bedenken, er war halt doch längere Zeit bei uns und ist uns ans Herz gewachsen, wie man so sagt, wir haben seinen Tod registriert, der im großen und ganzen eine klare Angelegenheit ist, und haben ihn uns angemessen eingeprägt, aber er hat uns nicht übermäßig belastet (bei dem Hochbetrieb hier geht das auch nicht anders), weil Tjaž schon vorher das Internat verlassen hatte und wir darum schon vorher all jene Dinge erledigt und all jene Schritte administrativer Art unternommen hatten, die bei einem Abgang aus dem Internat notwendig sind, seien wir doch offen, im wesentlichen unangenehmes Zeug. Hätten wir diese Schritte nicht vorher unternommen, so müßten wir sie jetzt unternehmen, und der Unterschied wäre nicht nur ein zeitlicher gewesen, jetzt wäre es auch unangenehmer, so aber ist alles das, Dank sei Gott, schon hinter uns und läßt etwas mehr Raum und Zeit für die wesentlichen Dinge, die mit Tjaž' tragikomischer Tat in einem besonderen und mit seinen komitragischen Ansichten in einem allgemeinen Zusammenhang stehen. Der Heimverwalter hat ihn aus allen Namenslisten und Verzeichnissen gestrichen, und er machte Gott weiß keine Umstände damit, schnell waren die betreffenden Stellen durchgestrichen, und im nächsten Jahr wird schon irgend jemand andrer seine Plätze einnehmen können, seine Nummer übernehmen, sich auf seinen Sitz setzen und die Lücke in der Nummernfolge ausfüllen und so die Statistik wieder ins Gleichgewicht bringen, die mit Tjaž' Abgang ein bißchen in Unordnung geraten ist. Das soll aber keineswegs ein Vorwurf sein, sondern eine sachliche Feststellung, denn die Nachfrage nach den freien Plätzen in den Internaten ist mächtig, und so besteht keine Gefahr, daß der Platz des Tjaž nicht belegt würde. Die Wäscherei bekam die Aufgabe, seine Wäsche, die in den

Wannen und Kesseln zurückgeblieben war, zu sammeln und zu bündeln und sie ihm nachzuschicken, am besten an seine Heimatadresse, ebenso waren in der Näherei einige Kleidungsstücke liegengeblieben, alles zusammen ohne Wert, am Ende haben wir auch den Keller durchforscht, ohne daß wir noch mehr seiner Habseligkeiten hätten aufstöbern können, wie gesagt, all das war jetzt nicht mehr notwendig, all das war schon vorbereitet und ist der planmäßige Verlauf, so daß sein Tod nur noch registriert zu werden brauchte, sozusagen zur Kenntnis genommen mit einem Nicken, das den Punkt auf das i setzte, all das taten wir selbstverständlich in tiefer christlicher Trauer und mit allen Regeln innigster Teilnahme und Gesittung. Von Tjaž gibt es nicht viele gesammelte Daten, nur die wichtigsten, und wir sind wahrscheinlich die einzige Stelle, die überhaupt von ihm Lebensdaten zusammengetragen hat, fast ist es nicht wert, davon zu reden, trotzdem hat sich einiges Material angesammelt, gutes und auch solches, das nichts taugt. Daß er sich bemüht hat, daran ist kein Zweifel, wir können das nicht leugnen und ihm den guten Willen nicht absprechen, keineswegs, das wäre nicht christlich und ist jetzt, da er tot ist, keineswegs am Platz, denn alles, was wir unternommen haben, mußte auf christlichen Grundsätzen beruhen, und alles, was auf christlichen Grundsätzen beruhte, haben wir unternommen, das kann nicht anders sein, das fordert jede Gemeinschaft, auf der anderen Seite aber bemühte er sich nicht kräftig und ausdauernd genug, so daß die schwachen Stellen häufig überwogen, so etwas kommt leider vor, ist schon vorgekommen und wird noch vorkommen, was Gott abwende. Tjaž' Weg hat aufwärtsgeführt und war eben anstrengender und jäher als andere, er ging ihn zu dem Zweck, ihn zu Ende zu gehen, so denken wir, das Internat aber hat ihm dabei nach Kräften geholfen, wir waren die Geber, und er war der Nehmer, was gerecht war, so muß es sein, auf irgendwelche andern Beziehungen haben wir uns mit Absicht nicht eingelassen, und das war auch nicht nötig, denn dazu muß sich jeder allein durchringen, um nur an den »freien Willen« zu erinnern, so einfach und leicht erfaßbar waren die Grundlagen unserer Erziehung, sie ließen den persönlichen Folgerungen und Freizügigkeiten eine Unzahl von Möglichkeiten, nur daß Gott dem Tjaž kein Gehör und keine Ader für diese Schattierungen seiner Gnade verliehen hat, im übrigen aber ist es kein Zufall, daß unter allen Internatlingen gerade er so endete, nur er und kein anderer, wie zum Trotz, das müßte dem letzten Zweifler zu denken geben. Wir, die wir den Tjaž mehr als bloß gekannt haben, die wir ihm auf den Grund der Seele geblickt haben, obwohl wir einander nur kurze Zeit nahe waren, wir, die wir in dieser kurzen Zeit sein Leben mitgestaltet haben, bilden uns sogar ein, ihn schneller durchschaut und tiefer erfaßt zu haben als all jene, die mit ihm von Kindesbeinen an zusammen waren, und das ist nicht zu verwundern, fast würden wir sagen, daß hierin ein Fingerzeig Gottes zu bemerken sei, ein Finger, der aus Gerechtigkeit zeigt, wann immer er zeigt, und einen andersartigen Fingerzeig nicht verträgt. Das Internat hat alles getan, was in Tjaž' Fall möglich war, es hat ihn erzogen und ihm wegen seiner Schwererziehbarkeit und seines hartnäckigen Beharrens im Bösen unerhört viel Sorge und Zeit gewidmet, wie wir feststellen können, sogar mehr als allen anderen, die es seinetwegen vernachlässigen mußte, es hat ihm Ratschläge gegeben, ihm nützliche Lehren fürs Leben erteilt, es im Guten und im Bösen versucht, kurz, es hat alles unternommen, nicht bloß, damit Tjaž lebe, sondern lebe, wie es sich für einen getauften Menschen gehört, und wenn er jetzt noch lebte, so könntet ihr ihn selber fragen, ob er sich an diese Lehren gehalten hat, und wenn nicht, warum nicht, und so weiter, seine krummen Wege haben ihn nicht bereichert, und das Internat ist daran nicht ärmer geworden, der Tjaž glaubte sich zu ändern und blieb derselbe, nur daß er sich zusätzlich noch Schmach auflud, er wurde um dasselbe Maß gestutzt, um das er wachsen wollte. Die Leute sind ungeschickt und finden sich draußen allein nur selten zurecht, besonders, wenn das Heim nicht genug Gelegenheit hatte, den Menschen darauf vorzubereiten, das Internat hat seinen Tod nicht verschuldet, bei uns hat er so etwas nicht gelernt, solche Dinge versuchen wir zu verhindern, soweit es in unserer Macht steht, wir sind kein Begräbnisklub und kein Bestattungsverein. Wenn man es so nimmt, ist er an allem selbst schuld, weil er sich nicht das richtige Maß an Freiheit zu nehmen wußte, bei uns hat er von ihr nur im kleinen empfangen, jedesmal gerade so viel, daß man sich davon einen Tropfen mehr wünschte, wenn sie entzogen wurde, sie hat befriedigt und wiederum nicht befriedigt, weil man gerade wegen jenes vorenthaltenen Tropfens sie sich von neuem wünschte, sozusagen dosiert, je nachdem, was der Mensch verträgt, ohne Schaden zu erleiden, in der richtigen Menge also, so wie es Gott will, der Tjaž aber hat sich an der Freiheit überfressen, anders kann man seine Abenteuer nicht bezeichnen als mit dem häßlichen Wort »überfressen«, das waren auch die Gründe, daß er »zu den Krebsen pfeifen ging«, jetzt pfeift er den Krebsen, wie es ihm gebührt, er hat sich beim Fressen übernommen, er hat sich aufgeführt »wie das Schwein mit der Harmonika«, er war dem Leben in der Freiheit nicht gewachsen, er fand weder Maß noch Mitte, daher sah er das Heil im Selbstmord, er glaubte, sich nur so für den Internatsabgang entschuldigen zu können, vor dem eigenen Gewissen und vor der öffentlichen Meinung. Wahrscheinlich haben zu einem solchen Verhalten auch bestimmte Komplexe beigetragen, die verbunden waren mit der herkunftsmäßigen Unausgeglichenheit, was man als mildernde Umstände anrechnen muß, die Freiheit des Wortes, der Meinung, des Denkens, der Entscheidung und des Handelns haben auch wir ihm gegeben, selbstverständlich im Sinne der Hausordnung, Ordnung muß sein, in deren Grenzen waren alle Freizügigkeiten möglich, in diesem Rahmen konnte er sich die widersprüchlichsten Auslegungen der Bestimmungen und Vorschriften erlauben, die alle der christlichen Sorge für unsere Jugend entspringen, was allgemein bekannt ist, und die an die lauen Christen gerade deswegen ziemliche Anforderungen stellen, das geben wir zu und rechnen wir an, soweit es geht. Freilich aber tut es not, stets mehr zu fordern, um wenigstens ein wenig zu erreichen, ihr könnt euch selbst vom christlichen Geist überzeugen, der aus allen Bestimmungen und Vorschriften der Hausordnung weht, zum Beweis dessen zitieren wir wörtlich die vom bischöflichen Ordinariat genehmigten Texte, solch ein wörtliches Zitieren erscheint uns statthaft, um solcherart die Hausordnung aus erster Hand zu offenbaren, also in einer unberührten und unbefleckten, sozusagen jungfräulichen Form, soweit sie der breiten Öffentlichkeit noch nicht bekannt ist, und es kann uns keiner mehr unterstellen, daß wir sie mutwillig verdreht haben, im Gegenteil, solch ein Text wird den Kenner der Materie zu dem Schluß führen, wie leicht man sich daran hätte halten können und wie leichtsinnig jene gehandelt haben, die sich nicht daran hielten, es ist schwer, zu anderen Schlüssen zu kommen, überhaupt kann man nicht dazu kommen, auch nicht angesichts der Gefahr, daß wörtliche Zitate vielleicht unsern Stil verstümmeln und die Prägnanz unseres Standpunkts beeinträchtigen könnten, aber dergleichen muß man eben der Sache zuliebe auf sich nehmen. Die Hausordnung fordert also sehr anschaulich, daß alle im Heim Wohnhaften sich wie eine Familie fühlen – und jetzt beginnen wir mit dem wörtlichen Zitieren –, daher muß jedermann sich um gute zwischenmenschliche Beziehungen kümmern, solche, wie Gott sie will, von jedem Insassen wird anständiges Benehmen im Heim sowie außerhalb seiner gefordert sowie auch gewissenhafte Befolgung der Hausordnung zu allen Gelegenheiten als auch der Gelegenheitsvorschriften, es ist die Standespflicht eines jeden, brav zu lernen und rechtzeitig die Prüfungen abzulegen, sich daneben aber auch um das Seelenheil zu kümmern, eine grobe Vernachlässigung dieser Pflicht würde den Ausschluß aus dem Heim zur Folge haben, wegen Zeitverschwendungsgefahr ist es nicht gestattet, daß jemand im Zimmer eines andern länger als zehn Minuten verweilt, zu einer weiteren Aussprache stehen zahlreiche Gemeinschaftsräume zur Verfügung, zum gemeinsamen Lernen in einem Einzelzimmer ist eine ausdrückliche Genehmigung erforderlich, Besuche sind nur in den Parterreräumen gestattet und nur bis halb zehn am Abend, ohne besondere Erlaubnis darf niemand jemanden in die Wohnräume führen oder im Zimmer empfangen, ausgenommen die eigenen Eltern, aber auch in diesem Falle muß die Heimleitung benachrichtigt werden, weibliche Angestellte, die im Heim wohnen, haben freien Zutritt nur, wenn sie im Internatsbüro zu tun haben, der Zutritt zu den Räumen außerhalb ihres Zimmers ist ihnen strikt untersagt, gleichermaßen ist auch den Burschen der Zutritt in die Räume der Bediensteten verboten, in den Zimmern und im gesamten Heim haben Ordnung und Sauberkeit zu herrschen, und es hat darauf geachtet zu werden, daß nichts beschädigt wird, in den Lese- und Gemeinschaftsräumen ist jede Sache nach dem Gebrauch an ihren Platz zurückzustellen, wer Schaden im Heim verursacht, muß ihn wieder gutmachen, wenn der Übeltäter unbekannt bleibt, werden die Reparaturkosten allen auferlegt, das Anbringen und Ankleben von Bildern an die Mauern oder die Einrichtung ist strikt verboten, wer einen Ziergegenstand an die Wand zu heften wünscht, benötigt zu diesem Behufe eine besondere Erlaubnis, in jedem Zimmer hat ein Kruzifix zu hängen, zum Kruzifix hat man auch öfter aufzublicken, es ist auch darauf zu achten, daß Strom, Gas und Wasser nicht unnütz verbraucht werden, zum Trocknen der Wäsche kann ein Band über die Waschbecken gespannt werden, von einer Schraube zur andern, angeklebte oder saugbefestigte Plastikhaken verursachen Schaden und sind daher verboten, das Dasein im Heim wird um so angenehmer sein, je mehr ein jeder sich um ein gutes Verhalten bemüht, daher soll jeder diese Vorschriften und die Hausordnung mit sich herumtragen oder sie in Reichweite aufbewahren und sie immer wieder durchlesen, sie auch immer wieder überdenken, jeder soll um seinen guten Ruf unter den Genossen im Haus und außerhalb besorgt sein, eine Verleumdung des Internats und seiner Leitung ist nicht gestattet, in der Nacht hat jedermann die größte Sorge dafür zu tragen, die Nachtruhe keineswegs zu stören, die Türen sind sehr langsam zu schließen, damit sie nicht Lärm machen, die Klinken dürfen nicht plötzlich losgelassen werden, weil es sonst im Stahl nachklickt, auch die Schlüssel sind langsam umzudrehen, damit jedweder Krach vermieden wird, das Laufen im Stiegenhaus und auf den Fluren ist verboten, gehen sollte man nach Kräften leise, ebenso ist lautes Sprechen nicht erlaubt, jedermann soll häufig sein Zimmer kehren und es mit einem nassen Lappen auswischen, der 20 x 15 cm messen soll, auf dem gewachsten Boden hat man in Pantoffeln zu gehen, jedes Kleidungs- oder Papierstück muß sich im Zimmer am richtigen Ort befinden, jeden Samstag sind die Fenster mit einem nassen Lappen zu waschen und mit Zeitungspapier abzuwischen, zum Lüften des Zimmers genügt es gewöhnlich, daß das Oberlicht offensteht, jeder ist verantwortlich für einen etwaigen Schaden an Scheiben und Vorhängen, damit im Winter eine sinnlose Verschwendung der Wärme verhindert wird, ist es angebracht, das Zimmer nur kurze Zeit zu lüften, die Oberlichter sind sehr achtsam zu betätigen, damit sie nicht Schaden nehmen, der Gebrauch des Kühlschranks ist für jeden auf einen eigens dazu bestimmten Plastikbehälter beschränkt, der 39 Schilling kostet, und auf eine Halbliterflasche, im Kühlschrank darf im allgemeinen nichts anderes sein, jetzt sind wir mitten im wörtlichen Zitieren, jeder soll seine eigene Decke zur Benützung haben, fürs Liegen oder Sitzen. Die Decken des Internats dürfen nicht ohne Leintücher benützt werden, fürs Schlafen hat das Unterbett umgedreht zu sein, und damit es ja nicht beschmutzt und zu sehr abgenutzt werde, sollte jedermann zwischen Unterbett und Leintuch eine eigene Decke oder etwas dergleichen haben, am ersten Dienstag im

Monat muß jeder das Leintuch offen auf dem Bett lassen, vom Polster aber muß ein jeder den Überzug abziehen zwecks Wechsels, wenn die Leintücher wegen nächtlicher Samenergüsse befleckt sind, sind solche Stellen den Nonnen zuliebe, die die Leintücher einsammeln, zu verstecken, in den Baderäumen ist schon vor dem Entkleiden sorgfältig der Plastikvorhang zuzuziehen, außerdem darf die Dusche nicht zu sehr und nicht zu lange aufgedreht sein, zur Wasserverschwendungsvermeidung, wenn Wasser übergelaufen ist, hat es jeder sofort mit dem Schwamm aufzuwischen, nach dem Baden ist der Baderaum so sauber zu hinterlassen, wie ihn jedermann auch selber vorzufinden wünscht, deswegen ist er mit einem Schwamm oder einem kleinen Besen zu säubern, wobei darauf zu achten ist, daß der Abfluß nicht mit Haaren verstopft sei, die nämliche Vorschrift hat auch auf den Aborten zu gelten, auf daß dieselben sich nur nicht verstopfen, dürfen die Hintern lediglich mit Toilettenpapier gewischt werden, zum Öffnen des Hosenschlitzes hat die linke Hand benutzt zu werden, jenes Ding hat mit drei Fingern der Linken hervorgezogen und gehalten zu werden, der Strahl hat in die Muschel gezielt zu werden, und dabei ist zu beachten, daß kein Sprüheffekt auftritt, die letzten Tropfen sind mit der Hand abzuschütteln, auf dem Boden dürfen weder Papierstückchen noch Wassertröpfchen auftauchen, während des Wasserlassens ist der Blick frank und frei in die Ferne zu richten, also geradeaus, der Internatling ist ein gerader und aufrechter Mensch, noch immer sind wir beim wörtlichen Zitieren, der Besuch der Aborte und Baderäume ist einzubeziehen in die tägliche Gewissenserforschung, weil hier die Zöglinge am meisten der Unkeuschheit ausgesetzt sind, die Gewissenserforschung hat abzulaufen gemäß einer bestimmten Gewissenserforschungsordnung: habe ich mich unkeusch ausgezogen, habe ich Unkeusches berührt, beobachtet, angestarrt, gekauft und weggegeben in schamloser Absicht, habe ich Schamloses geschrieben oder gezeichnet oder Schamloses schreiben oder zeichnen wollen, Schamloses gesprochen, gesungen, erzählt, schamlos gelacht, gezwinkert, angedeutet, gelauscht, gerochen, zur Schamlosigkeit aufgefordert, Anlaß gegeben, meinen

Nächsten nicht davon abgehalten, mich ihr nicht öffentlich widersetzt, Unkeusches gedacht, gewünscht, ersehnt, mir vorgestellt, getan oder auch nur Unkeusches denken wollen, sprechen, singen, erzählen, unkeusch lachen, wünschen, sehnen, vorstellen, anschauen, zwinkern, andeuten, lauschen, riechen *wollen*, zur Schamlosigkeit auffordern, Anlaß geben, meinen Nächsten nicht davon abhalten, mich ihr nicht öffentlich widersetzen, Unkeuschheit treiben *wollen*, allein oder mit anderen, mit wem, mit einem Burschen oder einem Mädchen, mit einem wie alten Burschen und einem wie jungen Mädchen, mit einem Burschen oder Mädchen welcher Herkunft, wohlhabenden oder unbemittelten Standes, erfolgreich oder nicht erfolgreich, wie oft und wie regelmäßig, wie lang insgesamt und wie lang im einzelnen, und so weiter. Merk dir: was für die Reinheit und die körperliche Gesundheit nottut, das ist auch erlaubt, alles, was sich mit deinem Körper begibt, ohne daß du es selbst gewollt oder selbst verschuldet hättest, all das ist keine Sünde, sondern ein göttlicher Wille, siehst du, so ist der Wille Gottes, Gott hat dich in seiner unendlichen Gnade so geschaffen, erweise dich dessen würdig, ahme die guten Vorbilder nach, lösch das Licht, das Licht darf nirgendwo ohne ein Bedürfnis brennen, rauchen ist verboten, auch den Erwachsenen ist es nicht gestattet zu rauchen, weil der Rauch in die Kapelle steigt und Jesus das Rauchen nicht verträgt, falls in der Kapelle der Gottesdienst stattfindet, soll diesen niemand mit lauten Reden stören, wenn auf den Fluren Chorgesang erschallt, sei es im Choral, als Responsorium, als allgemeiner Gesang oder als was auch immer, so hat man ihm ehererbietig zu lauschen, Gottesdienst ist Dienst an Gott, im Saal ist der Fernseher eingeschaltet gewöhnlich von halb acht bis zehn, wichtige Sendungen außerhalb dieser Zeit werden bekanntgemacht auf der Verlautbarungstafel, dort, wo auch die Bekanntgabe der Gottesdienste im Ablauf der Woche angeschlagen ist, also die Abfolge der heiligen Messen, den Fernseher darf niemand anfassen, ausgenommen jener, der zum Anfassen ermächtigt ist, die Fernsehzeit soll nicht überzogen werden. Jeder Heiminsasse ist verpflichtet, etwas von seiner Zeit für die gemeinsamen Bedürfnisse aufzubringen, im Sommer zum Beispiel sammeln wir Schwarzbeeren in den Pfarreiwäldern der Nachbarschaft, im Internat ist dann das Obst zu ernten, das wir pressen und als Saft verkaufen, um mit dem Erlös den Internatsbeitrag senken zu können, jeder ist verpflichtet, eine bestimmte Menge solcher Früchte für die Gemeinschaft zu sammeln, wer mehr sammelt, der wird öffentlich belobigt und ans Verlautbarungsbrett geschlagen, beim Sammeln hat Ordnung zu herrschen, man muß sich das Allgemeinwohl vor Augen halten, man muß vorbildlich und fleißig sammeln, mehr als hundert Meter darf keiner sich vom Sammellastwagen entfernen, denn es ist schon passiert, daß sich einige zu weit entfernt haben, im Gebüsch und im Unterholz verschwunden sind, sich dort entkleidet haben oder auch nicht und es kurzweg im Schwarzbeerkraut getrieben haben oder einander in die Hosentasche faßten und sich begrapschten, bis es kam, das ist selbstverständlich verboten und gesundheitsschädlich, daher wird die Einhaltung dieser Anweisungen unnachsichtig überwacht, denn so manche Ehefrau wartet später vergeblich auf die Ejakulation, solch eine Spielerei und Verschwendung, das geht wirklich nicht, die Internatsleitung wird das nicht mehr dulden, daher jene Bestimmung bezüglich der hundert Meter, das muß genügen, also im Sommer die Schwarzbeeren, wie wir schon sagten, im Herbst aber klauben wir Erdäpfel bei den größeren Bauern der näheren Umgebung, wenn die Bauern Töchter oder andere weibliche Angestellte haben, sammeln diese auf einem anderen Feld oder zu einem anderen Zeitpunkt, dafür geben die Bauern dem Heim umsonst ein paar Zentner Erdäpfel, auf daß ihnen Gott eine gute Ernte beschere, wenn wir auf den gräflichen Äckern Erdäpfel klauben, hat das Klauben flink und penibel vor sich zu gehen, man muß daran denken, beim Herrn Grafen einen guten Eindruck zu hinterlassen, der Graf ist ein angesehener Herr und hat Einfluß, allmählich kommen wir zum Ende des wörtlichen Zitierens der Hausordnung, wer sich gegen die Hausordnung versündigt, und sei es auch nur gegen eine einzige Vorschrift, der bekommt zur Strafaufgabe einen Aufsatz des Titels »Die christlichen Tugenden der Hausordnung«, wer einen solchen Aufsatz bereits geschrieben hat und sich von neuem versündigt und diese Aufgabe ein zweites Mal niederschreiben muß, der wird aus dem Heim ausgeschlossen, zwei solcher Aufsätze bedeuten also: Entlassung aus dem Heim, das hat der Tjaž sehr wohl gewußt, dafür haben wir den Beweis, Tjaž' eigenhändigen Aufsatz bezüglich der christlichen Tugenden der Hausordnung, den wir aufbewahren als ein kostbares Souvenir unter seinen Dokumenten im Tresor, und nichtsdestotrotz hat er sich von neuem versündigt und hätte ein zweites Mal einen Aufsatz schreiben müssen, das hat er freilich nicht getan, und wir haben ihn auch nicht dazu gezwungen, er hat sich selber das Urteil ausgesprochen, sein Ausschluß aus dem Internat war demnach durch und durch gesetzmäßig, das heißt im Einklang mit den Vorschriften der Hausordnung, und wir hatten folglich jegliches Recht dazu, er selber hat uns die rechtlichen Mittel in die Hände gedrückt. Daß er gleich so enden würde, das konnte keiner voraussehen und auch nicht ahnen, das haben wir auch nicht beabsichtigt, der Tjaž war halt kein Mensch für ein Internat und war hier eher verloren, zu lang hat er sich bei uns aufgehalten, nur wegen seiner sozialen Umstände haben wir ihn genommen, aus christlichem Erbarmen sozusagen, ohne rechte Erziehung war er, ohne gute Vorbilder, ohne Ansehen, ohne Ideale und dergleichen, die Eltern schlecht beleumundet, der Vater ein entlassener Holzfäller und versoffener Straßenkehrer, die Mutter eine KZlerin, sie hat die Partisanen unterstützt, das hätte sie doch nicht tun sollen, solcher und ähnlicher Schweinereien hat sie sich schuldig gemacht, die ganze Umgebung hat sie angesteckt, selber war sie schuld, und recht ist ihr geschehen, Verbrecher sind aus der menschlichen Gesellschaft zu entfernen, und diese ist vor ihnen zu schützen, Verräter sind auszumerzen, aus diesen Gründen haben wir ihn ins Heim aufgenommen. Der Selbstmord aber hat mit dem Internat überhaupt nichts zu schaffen, von Selbstmord hat er nie gesprochen, Selbstmordgedanken hat er nie offenbart, auch sein Verhalten ließ einen derartigen Schluß nicht zu, obwohl es einigermaßen wunderlich war, zu weit würde gehen, wer seinen Selbstmord irgendwie mit dem Internat in Verbindung brächte, ein Mensch seiner Sorte konnte halt nicht anders enden als so, wie er geendet hat, er hat sich selbst gerichtet, weil er sich auf krumme Wege verirrt hatte und sich unvorbereitet vor der Sinnlosigkeit seines Beginnens fand, sein Gewissen war zur Feinfühligkeit erzogen, das ist uns in diesen kurzen Jahren mit göttlicher Hilfe geglückt, mit einem so beschaffenen Gewissen hat er bis in die letzten Nuancen seine Liederlichkeit durchschaut, angeekelt hat ihn die Langeweile eines derartig hohlen In-den-Tag-hinein-Vegetierens, und er hat sich daher selbst gerichtet, das muß klar herauskommen, ohne daß wir damit seinen Schritt billigen würden, keineswegs, obwohl jetzt einige Sorge wegfällt und wir mit seinem Ende wieder einige Verantwortung los sind, eine Sorge und Verantwortung weniger, auch das ist etwas, was man wissen muß, etwas Last ist uns abgenommen worden. Wir Menschen schaffen, und der Herrgott richtet's, wir Menschen bereiten vor, und der Herrgott führt aus, wir Menschen gehen Schritt für Schritt, Gott schreitet, wir tragen die Last und schwanken unter ihr, und da entlastet uns Er, der unendlich gütig ist, Er nimmt von den Lasten die Last, deren Abwälzung wir am wenigsten erwarten, aber Er tut's, der schweren Lasten können wir allein nicht Herr werden, Er indes bläst sie hinweg, Preis und Lob sei ihm dafür, unser Volk ist nicht umsonst ein gläubiges Volk, Gottes Wille war, daß er sterbe, bevor er noch mehr Schandtaten begehen konnte, ganz gewiß hätte er sie begangen, und es ist für alle am besten, daß er sich derart davongemacht hat, Gott sei ihm ein guter Richter, er hat nichts von dieser Welt gehabt, wir werden für das Heil seiner Seele beten, das wird notwendig sein, morgen werden wir damit anfangen, denn seine Schuld schreit zum Himmel, wirklich schade um Tinte und Papier, jedermann konnte im voraus wissen, daß er sich gegen uns richten würde, er hat einen Schatten auf das Internat geworfen, er hat uns erniedrigt, uns, die wir seine Freunde waren und die wir ihm nur Gutes wünschten, er hat uns die Haut abgezogen, um uns in die Tinte zu tunken, trotzdem verzeihen wir ihm, wir haben uns nicht in den Turm der Selbstzufriedenheit zurückgezogen und uns nicht in Beleidigtsein gehüllt, wir haben ihn nicht nur aus dem Internat gewiesen, wie er es zu Recht verdient hat, sondern ihm auch verziehen. Er hat dem Malchus sozusagen das Ohr abgehauen, wir aber haben es wieder angeheilt, ohne Ohr kann man nicht sein, Malchus kann nicht ohne es sein, und das Ohr kann nicht ohne den Malchus sein, denn ein Ohr ohne Malchus ist kein Ohr, und Malchus ohne Ohr ist nicht Malchus, jedes Ding muß mit dem zugehörigen Ding zusammengebracht werden, jedes Ding muß am richtigen Platz sein, wir waren immer darauf vorbereitet, es ihm anzuheilen, falls er zurückgekehrt wäre, Zuneigung und Liebe zum Nächsten haben uns davon abgehalten, vollends mit ihm zu brechen, wie er es rechtmäßig verdient hätte, nicht, daß wir uns ihn nicht hätten angelegen sein lassen, wer sagt so etwas, wir haben ihm nicht alle Wege versperrt, jederzeit hätte er zurückkehren können aus der Nacht in den hellen, heilen Tag, wenn er das gewollt hätte. Wunderliche Ausdrücke vermag das Internat doch hervorzubringen, »heller, heiler Tag«, die Worte schmelzen einem auf der Zunge, er ist nicht zurückgekehrt und er ist zurückgekehrt, schaut, das ist es, er ist nur dergestalt zurückgekehrt, daß wir hier seinen Tod registrieren, wir setzen ein

Kreuzchen neben seinen Namen, nicht einmal einen Gruß hat er hinterlassen. Wir haben versucht zu bemänteln, was es zu bemänteln gab, wir sind ihn mit Weihwasser besprengen gegangen, um ihm die letzte Ehre zu erweisen, auf der Verlautbarungstafel, zwischen dem Gottesdienst- und dem Fernsehprogramm, ist jetzt sein Partezettel angeschlagen, jedem zur Mahnung und Warnung, auch am Kirchentor hängt ein Partezettel, oft ging er da durch und daran vorbei, oft hat man ihn da durch- und daran vorbeigehen sehen, da durch und daran vorbei wird man ihn nicht mehr kommen sehen, hier ist er hindurchgegangen, und er hat so geendet, weil er nicht mit reinem Herzen und gottgefälliger Seele daran vorbeiging, zu hoch hat er den Kopf getragen und den Nacken zu wenig gekrümmt, das sind jetzt die Früchte, Früchte sind das, sage ich euch, leer ist die Schürze des Sämanns, und die Schnittzeit ist im Gang, er ist ins Kraut geschossen, und es gab nichts zu ernten, denn jegliches abgestandene Zeug schießt ins Kraut, du wiegst es im Handteller, aber du spürst kein Gewicht, es wird von dir gewogen und zu leicht befunden, leer ist die Schürze des

Sämanns, und die Schnittzeit, die im Gang ist, wird nichts abwerfen, eine hoffnungslose Erkenntnis ist das, es trifft dich, niedergeschlagen entfernst du dich und mit dem Gefühl, daß du am Mißerfolg mitschuldig bist, aber das bist du nicht, denn du hast deine Schuldigkeit getan, du hast gedüngt und begossen, dich überwunden und alles getan, der Rücken wurde dir krumm vor Schufterei, nur die Erde hat nichts abgeworfen, das ist alles, du bist nicht schuld, und du kannst nichts dafür. In bezug auf den Tjaž hast du dir nichts vorzuwerfen, er hatte sich in Liebesgeschichten draußen in der Stadt verwickelt und mußte deswegen zu Fall kommen, Geschichten gänzlich weltlichen Charakters, schon allein seine Liebesbriefe weisen, was ihre teilweise Unleserlichkeit, das unerfüllte Liebesverlangen sowie den versteckten Winkel betrifft, wo wir sie fanden, in Richtung Kaffeehausspelunke, wie das Leben, so der Tod, Gott ist gerecht und kennt keine Ausnahme. Er ist nicht einmal vor Zärtlichkeiten zurückgeschreckt, für die es ansonsten einer sakramentalen Befugnis bedarf, und hat ohne Bedenken und ohne innerliche Kämpfe, also absichtlich, bewußt und planmäßig seinen eigenen und einen fremden Körper geschändet sowie die eigene Seele befleckt, pfui, und danach nicht einmal zur Beichte!, keine Reue, keine festen Vorsätze, nichts von Besserung und Buße, häßlich ist das, deswegen auch die verschlafenen heiligen Messen und Andachten, die allein den Menschen aufrechthalten, die Trübung des Friedens im Haus, das getrübte Ansehen und alles das, kurz, die Sündhaftigkeit innerhalb dieser Wände, die nicht für die Sündhaftigkeit bestimmt sind, was denkt ihr eigentlich, es war nötig, sie im Keime zu ersticken, wir konnten nichts Skandalöses auf uns nehmen, deswegen war es richtig, wenn wir ihm rieten, sich eine Wohnstatt außerhalb des Internats zu suchen, auch außerhalb könne er viel Gutes tun, und überhaupt würde es so für ihn besser sein, so haben wir ihm zugeredet, aber es war vergebens, freiwillig ist er nicht gegangen, wir mußten ihn mit Gewalt entfernen. Obwohl er soviel Garstiges bezüglich des Internats verlauten ließ, war die Ansprache unseres Abgeordneten am offenen Grab versöhnlich, wir verschafften ihm ein kirchliches Begräbnis, obwohl diese Ehre Selbstmördern üblicherweise nicht zusteht, es gelang uns, nachzuweisen, daß er seine Tat in geistiger Umnachtung begangen hatte, der Arzt hat ihn untersucht und festgestellt, daß der Selbstmord Ergebnis einer körperlichen Indisponiertheit war, die einen schlechten Einfluß auf die Psyche hatte, und daß der Selbstmord die Folge einer seelischen Not war, die schlecht auf die körperliche Disponiertheit einwirkte, so in etwa, und alles das zur Zeit des vollen Mondes, die Autopsie des Kadavers hat das gezeigt, daneben bedenke man sein Schuldbewußtsein, das sich immer offensichtlicher ankündigte und ihn bedrückte, in seiner Hinterlassenschaft fanden wir ein Tagebuch, das von einem gar bescheidenen geistigen Leben und durchweg zweifelhaften Beziehungen zum Internat zeugt, na schaut, wir haben eine Reihe verbotener Literatur entdeckt, die wir hier aus pädagogischen Gründen und um keine Werbung dafür zu machen, nicht genauer anführen können, wir haben aber zum Beispiel nicht gefunden: Thomas von Aquin und Thomas a Kempis, Cyril von Alexandria, Augustinus, Ambrosius, Bonaventura und so weiter. Sonderbar und störrisch war er all die Jahre, die er bei uns verlebte, das ist schon wahr, ungewöhnlich hat er sich verhalten, und dann der Bluff mit den Nägeln, wenn man es recht bedenkt, war die völlige geistige Umnachtung demzufolge nur noch eine Frage der Zeit, und deswegen war er für seine letzte Handlung nicht mehr haftbar, kurz, es war die Folge einer geistigen Verdüsterung. Aus diesen Gründen haben wir ihm ein kirchliches Begräbnis besorgt und haben auch vollzählig daran teilgenommen, so daß man von einem erfolgreichen Begräbnis reden kann, jene Geste mit dem Internatsbanner, das einmal ins offene Grab getaucht wurde, hat einen tiefen Eindruck auf die Leute gemacht, das Internat, das sich vor seinen Söhnen verneigt, die Mehrzahl der Zöglinge schwarz gekleidet, eine große Demonstration der Trauer, des Schweigens und der Ordnung, die Gedächtnismesse mit voller Assistenz, das Singen des Internatschors, die Trauergesänge und das »Libera«, die Ansprachen, der Leichenschmaus, die Tagesgebete und dergleichen, schlußendlich wirklich ein schönes Begräbnis, wie es kaum jemandem zuteil wird, auch die Angehörigen waren benachrichtigt, aber sie waren abgehalten und haben am Begräbnis nicht teilgenommen, soweit es dem Heim bekannt ist, das Heim hat also die Situation gerettet, weil es in einer so schönen Zahl an den Begräbnisfeierlichkeiten teilnahm, es hat demnach die Quantität geliefert, so daß das Begräbnis ein durchschlagender Erfolg wurde, der Abschied war mannhaft kurz, weniger bestimmt von Gefühligkeit denn von christusnachfolgender Bitterkeit, erschütternd war die Predigt, basierend auf dem Gleichnis mit den Fischernetzen, und so gleicht das himmlische Königreich einem Netz, welches man ins Meer geworfen hat und das Fische aller Art gefangen hat, und als es gefüllt war, hat man es ans Ufer gezogen und sich niedergelassen und die guten in ein Gefäß sortiert, die schlechten aber weggeworfen, mehr konnten wir nicht für ihn tun, uns kann man nichts nachsagen.

10 | DAS KAPITEL VON DER IRDISCHEN WELT UND ALLEN ANDEREN WELTEN

Am Tag der Beerdigung kam der Regen, wenn euch das recht ist. Seit ich mich an den Bericht vom Tjaž gemacht habe, war es mir von allem Anfang an klar, daß die Begebenheiten um Tjaž nicht an uns vorbeigehen könnten ohne Regen. Wenn ich mich recht entsinne, hat in unserer Geschichte der Regen bisher nirgendwo und nirgendwann mitgemischt, daher ist es Zeit, daß er das jetzt tut, solange noch Zeit ist. Und die Zeit ist knapp, denn von den Hausdächern löst sich bereits das Getöse und schwillt rasch an, auf der Straße ballen sich die Leute schwarz in schwarz, wegen des allgemeinen Gehetzes werden wir Straßen und Plätze auslassen, der Zug soll also abkürzungshalber durch den Park gehen, dieser Weg wird wohl der kürzeste sein. Allen kam dieses Geschäft ungelegen, das war offensichtlich, deshalb eine solche Heimlichtuerei, solch ein Geschiebe und solch eine Eile, nur schnell in die Grube mit ihm, nur keine Zeit vergeuden, sondern im Hasengalopp hakenschlagend zum Trauerhain, sich hüten vor den großen Straßen und Geschäften, die dieser Tage den Sommerschlußverkauf beendet und zugleich angefangen haben, die Wintersachen anzubieten, man erzählt sich, daß sich heuer alles verteuern wird, höchste Zeit, daß wir es regnen lassen, daß wir die Schleusen der Wolken auftun und die schwersten Tropfen vom Himmel fallen lassen, derer ich mit entsinne, sofern man sich überhaupt auf mein Gedächtnis verlassen kann, und Gott sprach, es werde Regen, und es ward ein Regen, wie er sich nicht jeden Tag ereignet, und Gott lenkte lange und harte Strahlen auf alle diese Hüte und feiertäglichen Rücken, ein rechtes Ungewitter ergoß sich über sie, ein pures, weitgespanntes Geregne ohne Blitze und Gedonner dampfte hernieder und verschlug ihnen allen die Stimme. Bald wellten sich die Häuser in den schmutzigen Pfützen, und ihre Trübe verstärkte sich noch, wenn eins sich ins andre schob, der Glockenturm ragte aus dem nassen, aufrührerischen Element, der Friedhof wurde zu einer Sumpfebene, ein weiches Dahingehen im Flutregen, unsere Schritte bildeten eine Harmonie mit dem Regen, wenn euch ein derartiges Wortesetzen genehm ist. Ich muß bekennen, daß ich zu spät kam und mich dem Zug erst am Friedhofstor anschloß, denn Geschäfte hatten mich aufgehalten, da ein Herumstehen und dort ein Plausch, überall hältst du dich kurz auf, eine Kleinigkeit hier, eine Kleinigkeit dort, und nichts der Rede wert, aber es wächst sich aus, jedenfalls genug, sich zu verspäten und sich dem Zug gerade erst in dem Moment anzuschließen, da er noch ein Zug ist und noch nicht eine zerstreute Menge, sich ihm also anzuschließen im letzten Moment vor seiner Mutation, gerade bevor er sich auflöst und in jene Masse verwandelt, die sich dann gewöhnlich über den Friedhof ausbreitet. Voran der Träger des Kreuzes mit dem Totenschädel, gepflanzt auf einen schwarzen Pfahl, so daß du erschauerst, hintennach Kinder mit Windlichtern, viel Jugend, Vertreter der Schülerschaft und der Internate, ein durch und durch organisiertes Begräbnis, Erwachsene etwas weniger, was verständlich ist, die ungünstigste Zeit, die herbstliche Geschäftigkeit, die Vorbereitung auf den Winter, Berufstätigkeiten, Dienste, Arbeit, Schinderei, der Regen und all das, im Sarg ein unbedeutender Mensch, ein Begräbnis unter »ferner liefen«. Der Sarg hüpfte leicht auf und nieder auf den Schultern der unrhythmisch stapfenden, unwissenden und unkundigen Sargträger, der Neulinge also, der Anfänger in diesem Fach. Ich und der Tjaž, wir waren Mitschüler gewesen, also wollt mir meine Betroffenheit im letzten Kapitel dieser Erzählung nachsehen, den Schritten des Trauerzugs, der schon dabei war, in ein Ameisenhaufengewimmel auseinanderzulaufen, habe ich mich nur für einige wenige Schritte angeschlossen, und es überfiel mich ein Schuldbewußtsein, wenn ich dieses auch nicht klarer zu bestimmen und in keinem geordneten Bild einzufangen wußte, trotzdem habe ich mich mit Schrecken unserer Schülerzeit erinnert, die kaum einige bescheidene Gemeinsamkeitssplitter hervorgebracht hat und nur wenig Verbindlichkeit, Mitverantwortlichkeit, Mitgefühl und Mitdenken mit einem andern Menschen erzeugte. Ich stellte mir vor, daß den Tjaž das Drum und Dran reizen könnte, das seinen letzten Weg begleitete, so daß er sich schließlich im Sarg aufsetzen würde, um sich zu überzeugen und den Reiz zu befriedigen, und sich den Weg anschauen würde, der der Weg seiner Sargträger ist. Die Träger hätten Tjaž' Aufsitzen im Sarg wahrscheinlich gar nicht bemerkt, in den Brettern und an den Schultern hätten sie vielleicht eine kaum wahrnehmbare Unruhe gespürt, eine Konzentration und eine Steigerung der Last, ein sanftes, unerklärliches Verlagern der Last aus der Waagrechten in die Senkrechte. Langsam und fast unwahrnehmbar hätte der Tjaž sich aufgerichtet und gesetzt, die Leute betrachtet, die ihm folgten, zu zweit oder zu dritt in einer Reihe, damit nimmt man es nicht so genau, es hängt ab vom Gesprächsstoff, nicht alles interessiert jeden, alle mit gesenkten Blicken, die Köpfe wimmeln durch die von dem Zug zweigeteilte Straße, über den Köpfen der Sarg auf dem Weg zum Trauerhain, die schweren Tragestangen knarren auf den Schultern, der Regen schwillt an und klatscht auf die Körper, Leute treten zur Seite, scheren endgültig aus, dieser Zug ist nichts für sie, mitsamt den eingezogenen, tief gesenkten Köpfen bahnt er sich seinen Weg unter dem nassen Baumzeug, ein scharfer Wind rumort um die Ohren und unterläuft auch die Kleidung wie mit bitterkalten Lanzenspitzen, wirbelt jetzt Sand dazwischen, wühlt jetzt in den Pfützen. Bei dieser Gelegenheit hätte der Tjaž auch mich erblickt, pfefferlebendig hätten seine bleiernen Augen mich kurz getroffen und mir die letzten Überbleibsel unserer Mitschülerschaft aus der Seele gejagt. Tjaž kannte den Stadtteil auswendig, wo wir uns im Moment unsern Weg durch das Unwetter bahnen, deswegen würde er sich sofort zurechtfinden, er würde die örtlich bedingten Regengeräusche erkennen, in anderen Stadtteilen hat der Regen anders geklungen, das Regengeräusch würde ihm genügen, um herauszubekommen, in welchem Viertel er ist, niemand öffnet eins der Fenster, unter denen der Trauerzug vorbeischwankt, die Leute sind an derlei Szenen gewöhnt, es ist weder der erste noch der letzte, der sich vor ihren Augen hinzieht, das eine gleicht dem andern, alles ist gleich, deswegen achten sie nicht mehr darauf, das Begräbnis interessiert sie nicht, es ist gar zu bescheiden, ihre Aufmerksamkeit zu wecken, so bleibt das Hälserecken aus, keiner stellt sich auf die Zehen. Tjaž würde einige Dinge wahrnehmen, andere würde er nur streifen, bei manchen Stellen würde er innehalten, woanders würde er vorbeigehen, und an einiges würde er sich erinnern, erinnern würde er sich der Dachkammer, wo er einst Unterschlupf fand, und des Mädchens, in dessen Gesellschaft ihm der Kamm schwoll, und wenn er genauer hinschaute, so würde er sie gerade jetzt auch mitten im Zug erkennen, doch der Tjaž schaut nicht näher hin und erkennt sie nicht mitten im Zug und erinnert sich an nichts, sein Augapfel hat ausgedient, die Pupillen haben genug gesehen, das Herz hat abgehalftert und die Norm erreicht, man hat es abberufen, keine liebenden Lippen mehr, die vielbeschriebene und zu Tod gepredigte Liebe ist zu Plunder geworden, sie ist in sich selbst zerfallen, also liebet einander nicht mehr, sonder esset und fresset euch untereinander auf. Sie ist still und schaut vor sich hin, weil sie den Lachen aus dem Weg geht, wenn die anderen beten, betet sie nicht, weil sie unschuldig ist, sie weicht den Pfützen aus, und ferne Tage treten ihr vor die Augen, wie wunderbar, auch ihr, und gerade jetzt, und an diesem Ort, welch ein Fingerzeig der Übereinstimmung, welch ein Zusammenklang zweier Leben, bekannt und vertraut scheinen ihr die Tage, derer sie sich zuvor nicht bewußt war, sie beginnt das Große an jenen großen Begebenheiten zu begreifen: daß er an ihr entbrannte und daß der Mensch an ihr auch ausbrannte, sie versteht ihn, der sich von allem losgesagt hat, um alles *ihr* zu sagen, heute wäre sie stark genug, ihn über die Maßen und Grenzen zu ertragen, ein Zeichen der Unreife sind ihre sogenannten Tugenden gewesen, nicht aus Stärke, aus Schwäche hat sie ihre Brüste geschützt und ihren Schoß bewahrt, sie hat sich nicht verschwendet und verloren, warum nur hatte er sie nicht ganz, heute hätte er sie, das fühlt sie, wenn es auch zu spät ist. Sie zeigt sich aber gefaßt, weil sie zu den Anwesenden zählt und hinter dem Sarg hergeht und weil das gesamte Internat da ist, aber das Internat betet, obwohl es keine Schuld hat, und auch all die andern sind da, weil sie rechtschaffen sind und schon manch einem auf diesem Weg etwas gebetet haben, sie sind erfahren und wissen, was sich gehört, all jene früheren Ratgeberlinge und Besserwisser, Allesseher und Stänkerer, denen es nicht gepaßt hat, daß sie jung war, sie führten Klage wegen ihres Alters, so jung ist sie noch, aber schon schleicht sie hinter den Burschen her, auch eingelassen hat sie sich schon, ein ungeduldiges Rebhuhn, und jetzt hat sie's, sie hat sich ihn aufgeladen, sie beide können nicht mehr auseinander, denkt nur, sie ist am Ende gar in anderen Umständen, und das in diesem Alter. Beurteilt wurde ihre Leistungsfähigkeit, gefeilscht wurde um ihren Preis, gerechtet ums Lebend- und Schlachtgewicht, mit fleischhauerhafter Gründlichkeit hat man ihr Rücken und Rippen abgeklopft, wieviel daran Fleisch ist und wieviel Talgzeug, es wurde das Verhältnis zwischen Fleisch und Talg abgeschätzt, das allerdings nicht in Ordnung war, der Tag der Schlachtung wurde festgesetzt, nach hartem Handeln über ihren Wert und über ihre Kategorie wurden sie sich über den Preis einig, die Schiedsleute hatten ihre Arbeit getan und verließen das Schlachthaus, der Schiedsspruch war verlautbart, ein Schwall höflicher Worte bezüglich des Wetters, Grußaufträge an die Angehörigen und Bekannten, und das Geschäft war abgeschlossen, das arme Haustier verkauft, sagen wir, daß am Ende die Sonne zum Vorschein kam oder daß ein wärmerer Wind zu wehen begann, heute war ausnahmsweise ein Regentag, so ist es abgemacht, wenn ihr nichts dagegen habt, bleiben wir dabei. Im Sarg sitzend, hätte der Tjaž ein letztes Mal seine Hinterlassenschaft vor Augen und um sich gehabt, die zeitliche Entferntheit sowie die körperliche Gleichstellung mit den irdischen Materialien, die sofort nach dem Aufprall auf den Gehsteig eingesetzt hatte, ermöglichten ihm diesen letzten Überblick auf das, was hinter ihm zurückblieb. Es zeigte sich, daß er nur halbe Arbeit geleistet hatte, oberflächlich nur hatte er gehandelt, nicht glatt hatte er gemäht, nur abgerupft hatte er ein bißchen, das Zöglingsheim loderte in ihm auf, die unvollendete Arbeit setzte ihm zu, und schon richtete er sich darauf ein, aus der bösen Vergangenheit aufzuerstehen und auf die Füße zu springen, aus dem Sarg herauszuwachsen und den dünnen Körper auszudehnen, jählings vorbei an den erschreckten Köpfen, stracks hätte er sich aus dem Sarg gereckt, der Deckel wäre weggeflogen, er würde von den Toten auferstehen, um in eurem Idiom zu sprechen, den einen zur Belustigung und den andern zum Ärgernis. In jenem Moment ist dem Tjaž die Anwandlung im Herzen verklungen, dem Führer des Begräbniszuges war sie nicht genehm, er duldete nicht, daß der Tjaž im Sarg saß, geschweige denn aufsprang. Allen Begräbnisführern ist ein Theater zuwider, das liturgisch nicht vorgeschrieben ist und welches die Begräbnisordnung nicht vorsieht, die Gründe liegen auf der Hand und sind sogar dem Tjaž einsichtig, deswegen setzt er sich im Sarg nicht auf, er liegt auf dem Rücken, und liegend nimmt er seinen Weg, er harrt aus in der Lage, die ihm bestimmt wurde, es drängt ihn zum Friedhof, er selbst beginnt zu erkennen, daß das ganze Verfahren viel zu langsam abläuft, das Begräbnis ist in Verzug, sein Tod ödet an, man muß ihn ehestens begraben, ein für alle Mal verscharren, dem Frieden zuliebe der Erde übergeben. Noch eine andere Begebenheit hat uns an jenem Tag an Fleischhackertätigkeiten erinnert. Begraben haben wir ihn knapp an der Friedhofsmauer, im nördlichen Friedhofsbereich, wenn euch diese Richtung genehm ist, jenseits der Mauer führt eine Straße vorbei oder eine Bahnlinie oder ein Fuhrweg, anfangs waren wir uns nicht im klaren, was hinter der Mauer war, schließlich haben wir uns auf die Bahnlinie geeinigt, denn als man den Tjaž in die Grube hinabließ, tauchte aus der Kurve eine Lokomotive auf, die eine Reihe von Waggons hinter sich herzog, beladen mit Schlachtvieh, bestimmt für einen weit entfernten Ort. Zuerst traf uns bis ins Eingeweide die Musik der runden Messer, die unter dem Gewicht der Rinderkörper so stark auf die Gleiskörper drückten, daß durch das Eisen ein Aufstöhnen ging, auf gleicher Höhe mit der Grube, wohinein wir den Tjaž legten, hat ein einzelnes Rind aufgebrüllt und rücksichtslos seine tiefen und scharfen Register auf uns losgelassen, die Gründe blieben im dunkeln, vielleicht hat sich uns das Rindvieh deshalb bemerkbar gemacht, weil es über die Friedhofsmauer blickte und sah, welch langwierige Mühe die Schaufeln mit der Masse der lehmigen Erde hatten. Zur selben Zeit, als das

Rindvieh mit gestrecktem Hals und weit herausgestreckter Zunge all seine Register zog, ereignete sich eine zweite unerhörte Begebenheit: dem Rind antwortete ein Rind im nächsten Waggon, dieser Dialog aber inspirierte auch alle anderen Rindviecher, so daß sie gemeinsam zu brüllen anfingen, aufbrüllte also die ganze Rinderherde in allen Wagen und trompetete aus Leibeskräften in alle Richtungen, daß allen Fleischhauern, die das hörten, das Herz im Leibe hüpfen mußte, laut verbreitete sich die Rindersprache über den Friedhof und übertönte das dünne Geleier der Gebetsformeln, mit einem Schlag stoppte sie das Beten, das nicht Gott weiß wieviel taugen konnte, sonst hätte es sich keinesfalls so mir nichts dir nichts stoppen lassen, unterbrach die Gespräche im übrigen Bereich des Friedhofs, so daß man sie auf eine andere Gelegenheit und eine spätere Zeit verschieben mußte, vielleicht auf das nächste Begräbnis, der Pfarrer hat in seiner Zeremonie innegehalten, in der Bedrängnis gab es keinen anderen Ausweg, die Assistenten, die in den schwarzen Kitteln steckten, versanken jetzt noch mehr darin, die Kittel schlossen sich enger um die dünnen Ministrantengestalten, die Kaugummis wurden aus dem linken in den rechten Kieferwinkel geschoben, wurden in Sicherheit gebracht. Wir Trauergäste haben uns nach den Rinderköpfen umgedreht, die sich über die Waggonplanken reckten und nicht zu trompeten aufhörten, es schien geradezu, als hätten sie mit dem Brüllen erst angefangen, die schwermütige, langgezogene Rindermuttersprache schnürte uns die Brust zusammen, sie löste bei allen Trauer aus, die noch ein Stück Herz in sich hatten, Tränen kündigten sich dem Kehlkopf an, erstmals im Leben bekam ich ein Gefühl für Rindssuppe, Schnittlauch und Petersilie, Pfeffer, Maggi und Porree, allen war klar, daß das schöne Begräbnis verdorben war, der gute Eindruck zunichte, es war der Anfang vom Ende, der Rinderauftritt war die Einleitung zu den folgenden Begebenheiten, es bewahrheitete sich der alte Spruch, daß ein Unglück selten allein kommt, denn kurz nachdem der Zug mit dem Schlachtvieh sich entfernt hatte und dessen Getöse verklungen und verstummt war, geschah das Ärgernis mit dem Sarg. Entweder war er zu groß und die Grube war zu klein, oder

der Regen hatte die Öffnung verzerrt, oder das Rindertrompeten hat diese verschoben, oder die Erde hatte aus eigenem sozusagen das Maul verkniffen, das sie zuvor noch sperrangelweit offenhielt, den Trägern gelang es jedenfalls nicht, den Sarg in die Grube zu lassen, sooft sie ihn auch der schlammigen Höhlung übergeben wollten, er ließ sich nicht dazu herbei, weder im bösen noch im guten, sie versuchten ihn auf alle Arten unterzubringen, Spitze voran und dann das Ende, jetzt auf die eine, jetzt auf die andere Seite gedreht, aber es war alles vergebens, alle Mühe war sinnlos, die Haut auf den Schultern der Träger verspannte sich, an Achseln, Schenkeln und Waden spielte das Muskelwerk, Bärenanstrengungen waren vonnöten, ehe sie ihn umgedreht und in eine andere Lage für einen neuen Versuch gebracht hatten, aber sie wurden seiner weder so noch anders Herr, wie auch immer sie sich anstellen mochten, der Sarg paßte nicht in die Grube, wie er gesollt hätte, nicht und nicht konnten sie ihn versenken, seltsam war es, die Träger zu betrachten, wie sie mit der Erde im Streit lagen bezüglich Tjaž' Erdenresten, aber die Erde war diesen nicht geneigt, es lag ihr nichts an ihnen. Der Pfarrer begann auf einem Haufen frischer Erde herumzutänzeln, was gut war für die alten Füße in den neuen Schuhen, aber sonst blieb es bedeutungs- und wirkungslos, die Schuhe versanken, wie aus lauter Verlegenheit, die Assistenten verlagerten die Kaugummis aus dem Ober- in den Unterkiefer, weil sie sich außer Gefahr fühlten, das Volk hat ergeben wie immer gewartet, was kommen würde, es war die Langmut selbst, die Langmut, die es der Pfarrer gelehrt hatte, derentwegen es in die Kirche geht, zu Beerdigungen und zu Hochzeiten, zu Fronleichnahm und in der Osternacht trägt es ihm zuliebe die Fahnen und den Baldachin, weil Hochwürden ein guter Herr sind und Gallenblasenkrebs haben, das Durcheinander wurde sichtlich größer, die Verlegenheit nahm überhand, Angst und Sorge um den Pfarrer breiteten sich in der Menge aus, kräftige Männer drängten sich in den Vordergrund und standen bereit, in den ersten Reihen kam es zu Unruhe, einigen Weibern war es zum Heulen und Zähneknirschen, die Luft schwoll davon an, man hätte sie mit dem Messer schneiden können. Die Sargträger haben das Äußerstmögliche versucht, sie haben den Sarg geschwenkt, auf den Kopf gestellt, so daß der Leichnam sich gegen den Deckel wälzte und auf dem Bauch landete, die Zähne haben sich im Holz des Deckels verbissen, und schau, das Werk war erfolgreich. Erleichterten Herzens standen wir um die Grube, die jetzt endgültig die Bretter um den Tjaž verschlang, mit dieser Lage war sie, Dank sei Gott, einverstanden, die Sargträger waren erlöst, bisher hatten sie heldenhaft zu ihrer Verantwortung gestanden, jetzt sind sie sie losgeworden, die Freude war ihnen in die Gesichter geschrieben, als sie ihn kopfüber in die Grube ließen, für den weiteren Verlauf haben sie die Verantwortung dem Erdreich übergeben. Ohne Verzug wird es das Seine tun, davon könnt ihr überzeugt sein, zuerst wird es die Stiefel von den Füßen ziehen, die Arbeit wird beginnen mit dem Ablegen des Schuhzeugs, hernach wird es die Haut vom Leib ziehen, über einige Zeit wird es die Muskeln und deren Mechanismen von ihren Rollen befreien, die Gelenke und Knöchel ihrer Funktionen entkleiden, das Fleisch von den Knochen saugen und den Saft aus dem Knochenmark, es wird sich das Mark fürs Ende aufsparen, seid unbesorgt, die Erde wird das verrichten, was hierorts rechtens und üblich ist, die letzte Kratzerei, die der Tjaž erfahren wird, wird ihn selber betreffen und die gründlichste sein. Wir standen um die Grube herum, im Kreisring, mit den Tüchern um den Kopf und den Hüten in den Händen, die Kaugummis zwischen den Kiefern und ein Knirschen in den Zähnen, eins von jenen Kopftüchern gehörte zu Nini, einer jener Hüte war zum Beispiel der Besitzer des Hochhauscafés, den der Tod des Tjaž sehr betroffen gemacht hatte, einer jener in den Regen aufgezwirbelten Strünke war der Glockenturm der Kirche, welche dem und dem Heiligen geweiht war und diese und jene Leute soundsoviel gekostet hatte, so stehe es einmal geschrieben, einer von diesen Regenschirmen war vielleicht ein Verwandter des Tjaž, der auf dem Weg ins Wirtshaus oder zur Holzausstellung gewesen war, aber den Weg verfehlte und sich also auf den Friedhof verirrte, der gerade in jenen Momenten viel durchzustehen hatte. Vom Himmel ist erbarmungslos der Regen geronnen, die Trauergäste haben sich an ihre Regenschirme geklammert und die Nässe in ihren Schuhen verflucht, über die Regenschirmmassen haben unaufhörlich die Regenschwaden hingepfiffen, die Schirme haben den Regen abgestoßen, die Schirmträger haben die Beerdigung fortgesetzt, es war ein allgemeines Schirme-zum-Himmel-Flehen, was der Stoff hielt, damit das Begräbnis nicht weiterhin stocke, es möge zu einem Ende kommen, ein Unternehmen muß doch funktionieren, produktiv sein, die Norm erfüllen, die Schirme treiben die Zeremonie voran, wenn ihr die Häufung der »Schirme« billigen wollt, so prasselt erbarmungslos der Regen auf die Schirme, von den größeren Schirmen rinnt er auf die kleineren Schirme, von den kleineren Schirmen rinnt er zu Boden, auf die Leute ohne Schirme rinnt er von den Nebenschirmen, die Kleidung der Begräbnisgänger saugt das Regenwasser auf, das Regenwasser verformt die Kleidung, und die Kleidung verfärbt das Regenwasser, sie vergelten einander ihr Tun, sie wirken Hand in Hand, sie bleiben einander nichts schuldig, wenn ihr gestattet, die Oberhand behält selbstredend das Regenwasser, welches die Kleidung außer

Fasson bringt und obendrein die besonders ausgesetzten Stellen sumpfig macht und den Sumpf besonders vertieft im Bereich der Hosenstulpen, des Hosenschlitzes, der Ärmel und der Krägen, nach der Bescherung wird man den Sumpf mit einem speziellen Waschpulver angehen müssen, am besten mit jenem, das die Radioreklame empfiehlt. Ich habe schon betont, daß wir im Kreisring um die Grube standen und sie lobpriesen, weil sie endlich Tjaž' Sarg aufgenommen und uns aus der qualvollen Situation erlöst hatte. Wir standen im Kreis und hatten die Grube in unserer Mitte, in unmittelbarer Nähe der Grube stand der begräbnisleitende, also geschäftsführende Pfarrer, dessen Titel »Stadtpfarrer« war, zu seiner Linken die technische Begleitung, zur Rechten die Liturgie- und Zeremoniefachleute, hinter ihnen der Kreis der Nonnen, die bei Begräbnissen am ehesten zur Stelle sind, weil sie bloß die schwarze Farbe mit der schwarzen Farbe zu tauschen und sich einen Ring anzustecken brauchen, in den eingraviert ist »Christus Erlöser der Welt« und den sie sonst in einem besonderen Schächtelchen auf dem Toilettentischchen oder Nachtkästchen aufbewahren, je nachdem, der Kreis der Nonnen also, die für dergleichen Gelegenheiten geschaffen sind, hinten das Publikum, das gewöhnliche, einfach sterbliche Volk im Schutz der zahllosen Regenschirme. Gleichgeschaltet war ich sozusagen mit den Trauernden, ich gehörte zu den Schirmen, das heißt, leistete mit dem Schirm meinen Beitrag, indem ich ihn dem Regenguß aussetzte, etwas anderes war nicht zu tun, der Schirm tat seinen Dienst und blähte sich über mir, so daß ich unbesorgt bei der Begräbnisfeier anwesend sein konnte. Die Leute suchten für ihre Kleider Zuflucht nah am Mauerwerk, sei es, weil das Begräbnis dauerte und dauerte oder wegen meiner unangekündigten Anwesenheit unter den übrigen Schirmträgern oder wegen des nahen Winters, hol' mich der Teufel, wenn das überhaupt wichtig ist, der Winter schien noch fern, alles wies eher auf einen späten Herbst als auf den Winter, für den Winter war es noch zu früh, die Bäume holten sich noch die letzten Scheffel von Wärme aus der Erde, seht her, das ist der Herbst, wenn es euch recht ist, Zeltplanen von Nebel spannten sich zusehends über Pflaster und Gehsteige, auch knackte es schon im Geäst, was bewirkte, daß einige Stunden später die ersten Mäntel auftauchten, noch durchdringend nach Mottenpulver riechend, aber der Winter war noch fern und ließ sich durch den Reiz des Mottenpulvers nicht herbeibeschwören. Daß sich die Leute auf den Winter einrichteten, daran ist kein Zweifel, aber sie bereiteten sich so vor, als sei es damit noch nicht ganz ernst. Tjaž war an jenem Tag der einzige, der sich weder um Winter noch um Glatteis scherte, er hatte die Fron abgedient, ab jetzt fällt der Weg dahin aus, er ist in Sicherheit, für ihn ist gesorgt. Gerade als der Pfarrer sich dem Höhepunkt des Begräbnisses näherte, knisterten die ersten Flocken auf sein Gesicht herab, sanken ihm in die Falten, jedoch ich bin überzeugt, daß der gute Mann die scharfen Stiche nicht spürte, er war ganz erfüllt von der Zeremonie, das Amt brannte aus seinen Worten und Gebärden, er verherrlichte die Erde, die sich anfangs gewehrt hatte, den Tjaž zu verschlingen, und die dann bezwungen, am Horn gepackt und überlistet wurde, er nahm die Erde vor der Trauermenge in Schutz, irgendwo im Turm tönte ein erlösender Schlag und fand seinen Widerhall in der Menge, die unter einem Schüttelfrost bebte. Den Redner sehe ich nicht genau, und auch seine Worte verstehe ich nicht, weil ich zu sehr im Hintergrund stehe und er mir den Rücken zukehrt, trotzdem kommen mir seine Worte bekannt vor, irgendwo habe ich sie wohl schon anhören müssen, nur den zugehörigen Regenschirm sehe ich, nur die Predigerstimme vernehme ich, die mitsamt dem Regen in den Boden wegrinnt, das alles aufgrund der Distanz, denn ich stehe ziemlich unter den letzten, vielleicht sieht er so aus, wie ich ihn mir vorstelle, vielleicht aber anders, seine Gesichtszüge sind vielleicht hier eckig, dort rund oder aber umgekehrt, dort eckig und hier rund, das ist ja einerlei, und es ist seine Angelegenheit, wie er sich seine Gesichtszüge aufteilt. Zufrieden ist er mit den Punkten und Beistrichen seiner Sätze, das höre ich von weitem, mit der Stimme hat er keine Schwierigkeiten, das Gedächtnis funktioniert, und forsch gibt er das am Vorvorabend eingelernte Gemisch aus Tjaž' Lebensdaten und der christlichen Lehre wieder, an Speichel fehlt es ihm bis jetzt nicht, laßt uns abwarten, wie es später sein wird, die Absätze kommen zur Geltung, ein roter Faden wickelt sich ab und zieht sich durch alle Sätze, die Anspache verläuft in der schönsten Ordnung. Ein Mann steht in der Helligkeit, die die Häuserfenster auf die Straße werfen: die Arme des Redners schneidern die Helligkeit zur Nutzanwendung sozusagen noch zu und tüfteln sie um, ein Mann steht da, seit der Redner predigt, seit über ihm sich sanft der Regenschirm wellt, unter dem der zornentbrannte Klöppel in Stummheit schlägt, bei dem katastrophal mißratenen Auferstehungsumzug der »velika noč«, der »großen Nacht«, der Osternacht, und seither müssen für alle Zeit die Fenster der Nachbarhäuser einander mit Helligkeit dienen, für einen ganzen Friedhof reicht es freilich nicht, denn der Regen schüttet hernieder in finsteren Strahlen, und die Sintflut verdickt die Finsternis zu Balken, unablässig regnet es aus den Wolken, so daß der Redner mit seiner Stimme sich immer mehr dem destillierten Wasser annähert und sich von den Menschen entfernt, wenn da überhaupt ein Unterschied ist. Die Helligkeit der Nachbarfenster fällt also auf sein Gesicht, seine

Hand steckt in der Manteltasche, hält sich im Trockenen und im Finsteren, so bleibt mehr Helligkeit für das Gesicht, seine Rechte palavert von Frieden, Freude und Belohnung. Die Regenschirmträger pflichten als erste den Worten des Sprechers bei. Wenn es regnet und den Menschen die Kälte schüttelt, wenn es von den großen Schirmen auf die kleineren Schirme rinnt und von diesen auf die Leute ohne Schirme, dann ist es am leichtesten, an die Freude und an die Sonne zu glauben. Die letzten Sekunden, als er noch bei Bewußtsein war, schon aufgetroffen auf dem betonharten Gehsteig dort unten, muß er in der Mundhöhle ein widerwärtiges Gefühl gehabt haben und seinen Schritt schon bedauert haben, er starb für sich *allein*, dort *unten*, für *niemanden* von den Menschen, die sich jetzt um seine Grube drängen, und konnte sich daher einen eigenen Weg aussuchen, er brauchte nicht auf andere Rücksicht zu nehmen, sagen wir auf eine bresthafte alte Mutter oder auf den unternehmungslustigen und verschuldeten Nachbarn, bei dem er bis dato die Milch bekommen hat, die er jetzt nicht mehr bekommen wird, er brauchte nur die Gelegenheit zu finden, er starb gemäß dem eigenen Urteilsspruch, ohne Vorbehalte und Ausreden, von Anfang bis zum Ende, von vorn in den Hintergrund, schön der Reihe nach, wie es sich ergeben hat, weil er zuerst angekommen ist, hat er auch zuerst gemahlt, wer zuerst kommt, mahlt zuerst, und wer zuerst mahlt, mahlt besser und schneller, die Zündschnur brennt leidenschaftlicher ab, er starb und starb, von oben nach unten, starb und starb, vom Kaffeehaus weg bis hinunter zum Gehsteig, also ohne Umschweife, geradewegs und aufrecht, der Internatling ist ein gerader und aufrechter Mensch. Wir hätten das Reifen des Getreides erwartet, behauptet der redselige Schirmredner, der zerhagelte Acker hätte sich aus der Niedergeschlagenheit wieder erhoben und so weiter, das Korn hätte Ähren gebildet und so weiter, vom Regen gewaschen rage es gelb in die Sonne und so weiter. Weil ich den Tjaž gekannt hatte und wir zwei Mitschüler gewesen waren, was freilich nicht viel ist, etwas aber doch, wenn euch diese Definition genehm ist, also schon aus dem Grund, daß wir zwei Mitschüler gewesen waren, habe ich gewußt, daß all diese Rednerworte lügnerisch, verlogen waren, von der ersten Silbe bis zur letzten. Der Tjaž hat nie und nimmer gelb in die Sonne geragt, sondern ist ins Verderben gerast, das war gemeinhin bekannt, jedes Kind auf der Straße hätte das bestätigen können, nur das ist die Wahrheit, und sie darf schon deswegen nicht verheimlicht und übersehen werden, weil sie den Philistern so unangenehm ist. Ich muß dem Redner die Zeit lassen, zu einem Punkt zu kommen, wo ihn vielleicht doch noch der Heilige Geist ergreift, so daß sie gemeinsam ihren Irrtum berichtigen, sofern sie jetzt überhaupt noch Fahrtwind bekommen, da das Begräbnis im völlig gegensätzlichen Drall abläuft. Auch muß ich den Totengräbern genug Zeit zur Bestattung lassen, jedenfalls solange das Glockengebimmel dauert. Sollen sie ihn bestatten, sollen sie ihn in die Grube kippen und ihn dort überwintern lassen. Die Leute stehen daneben und werfen zufrieden Erde in die Grube, einige aus der Nähe, die andern von weiter weg, sie werfen, und die Erde fliegt dem Tjaž auf den Rücken, weil man ihn mit den Zähnen nach unten hineingelegt hat, die vier kurzen Beine des Sargs ragen in die

Höhe. Ich muß warten, bis genug Erde auf Tjaž' Rücken und zwischen den Sargbeinen liegt. Das Begräbnis ist im großen und ganzen abgeschlossen, die Mitarbeiter haben das Ihre dazu beigetragen, die Rollen sind zu Ende gespielt, die Totengräber sind guter Dinge, weil sie den Sarg so billig losgeworden sind, die Angelrute sozusagen herausgezogen haben, an der weder Fisch noch Köder war, die Ministranten haben sich eine frische Sammlung Kaugummi erkaut, der Pfarrer hat geweihräuchert, den Toten zu Staub und Asche gewünscht, der Sängerchor hat die Anwesenden mit einem Trauerlied angetönt, das im vorgesehenen Moment, binnen kürzester Zeit, Schniefen und Schluchzen wiederherstellte, das Begräbnis hat sich also nach dem anfänglichen Schlamassel doch noch einem erfolgreichen Ende zugeneigt. Einige Zeit wird noch das Formen des Grabhügels beanspruchen, die Anordnung der Blumen, das Einstecken der Kerzen, das Niederlegen der Kränze, deswegen mag ich sie noch nicht bei ihren Beschäftigungen stören, sollen sie doch ihre Arbeit gründlich und entsprechend der Belohnung verrichten, die auf sie wartet, ich denke, daß die Grube, das Errichten des Grabhügels, das Waschen, Ankleiden und In-den-Sarg-Legen des Leichnams ins Geld geht, nur die Erde, die sie dem Tjaž nachwerfen, kostet nichts. Für all das muß ich ihnen genug Zeit lassen, danach werden sie eine Gaststätte aufsuchen, wo der Leichenschmaus stattfinden wird, aber fröhlich wird die Geschichte des Tjaž trotz des Leichenschmauses nicht sein. Ich habe mit der Geschichte über Tjaž angefangen, weil man annahm, ich hätte die glücklichste Hand dafür, und nicht deswegen, weil sie mich persönlich gar so interessiert hätte, auf diese Weise verdient man halt sein Brot als Nachrichtendienstler, häufig mit Hafer versetzt ist es, und verbrannt ist seine Rinde, auch aus dem Grund habe ich nicht mit Begeisterung angefangen, weil mir die Bekannten unanblässig in den Ohren liegen, ich solle ihnen doch etwas Fröhliches besorgen, unsere Leute sind fröhliche Leute, mit Gelächter wurden sie empfangen, mit einem Lächeln auf den Lippen haben ihre Mütter sie geboren, lächelnd tragen sie ihre Last, und wenn sie darunter zusammenbrechen, sind sie lachend dankbar, daß sie nicht schon vorher zusammengebrochen sind, lächelnd legen sie sich ins Grab, finstere Geschichten mögen sie nicht, die Geschichte des Tjaž aber ist eine finstere Geschichte, von ihr habe ich schon im vorhinein gewußt, daß sie nicht fröhlich sein würde. Ich habe sie aufgegliedert in Kapitel, und es war mir schwer ums Herz, ich habe mich bei Tjaž, dem Zögling, aufgehalten, und gar keine Freude schien aus seinem Gesicht, ich habe Tjaž, das Kind, gesucht und war betroffen über seinen schwerfüßigen Schritt, ich habe Tjaž, den Liebhaber, gesehen und bin schnell daran vorbei, weder der kleine noch der große Tjaž haben mir jene Helligkeit, Sonnigkeit und Friedlichkeit eingeflößt, die der lügenhafte Redner am offenen Grab ausgebreitet hat. Wozu ich mich auch entschloß und wie ich auch an die Sache herantrat, immer zehrten an mir bittere Gedanken. Des Kratzers Tjaž habe ich mich erinnert, dabei jedoch Wermut geschmeckt, und hätte ich bei der Erinnerung ausgeharrt, wäre mir die Zunge starr geworden vor Bitternis. Ihr aber wünscht euch fröhliche Geschichten, ich soll euch mit Gelächter und Possenreißerei eindecken, der Aufheiterung seid ihr angeblich bedürftig, und unterhaltensdurstig seid ihr, sorglos lebt ihr dahin, Kreuzworträtsel löst ihr, und Bienen züchtet ihr, es tut mir leid, daß ich euch nicht zu Diensten sein konnte, ihr müßt eurer Lachlust und eurer Frohnatur woanders Nachschub besorgen und auf andere Weise eure Lebensbedürfnisse befriedigen. Ich denke, die Totengräber haben es inzwischen vollbracht, und ihr Werk hat den letzten Schliff bekommen, ich denke auch, daß sie nicht zu kurz gekommen sind, so wie auch ich niemanden, was die Zeit angeht, habe zu kurz kommen lassen, genügend Zeit habe ich dem Friedhof eingeräumt, daß er sich leere, und dem Volk, daß es sich in alle Richtungen zerstreue, es ist auf dem Friedhof von ihm nichts mehr zu sehen, die Nonnen sind leichtflügelig abgerauscht, auch der Pfarrer hat seine Zeit gehabt, er hat die letzten Kreuzzeichen geschlagen, ist mit seiner Begleitung in die Sakristei gesegelt und hat die Stätte den Trauernden im engeren Sinn überlassen, aber das wäre gar nicht nötig gewesen, denn nach seinem Abgang blieb der Haufen frischer Erde einsam und allein, der Grabhügel stand in diesem Fall ohne im engeren Sinn Trauernde in den leergewordenen Raum. Die Hauptsache ist geschafft, der Tjaž ist beerdigt, den Leuten war es leichter, sie hatten ihren Frieden und ihre Genugtuung gefunden und sich zerstreut, kaum daß sie Frieden und Genugtuung gefunden hatten, wir haben ihn, leb wohl, unter die Erde gebracht, und keiner war, der nicht Erleichterung empfunden hätte, der nicht mit der Empfindung weggegangen wäre, in einer sehr schweren Stunde auf seinem Platz gewesen zu sein und sich als ein Mann erwiesen zu haben. Es hat aufgehört zu regnen, die Wolken sind auseinandergerissen, ich habe den Schirm zugemacht und bin in einen Dreiecksraum blauer Helligkeit eingetreten, meine Augen wurden davon geblendet und blinzelten in die leere Gräberstätte.